CLAUDIA ROSSBACHER

Steirerzorn

CLAUDIA ROSSBACHER

Steirerzorn

SANDRA MOHRS 14. FALL

GMEINER

Personen und Handlung sind frei erfunden.
Ähnlichkeiten mit lebenden oder toten Personen
sind rein zufällig und nicht beabsichtigt.

MIX
Papier | Fördert
gute Waldnutzung
FSC® C014496

Besuchen Sie uns im Internet:
www.gmeiner-verlag.de

Im Ehnried 5, 88605 Meßkirch
Telefon 07575/2095-0
info@gmeiner-verlag.de

1. Auflage 2024

Lektorat: Claudia Senghaas, Kirchardt
Herstellung: Mirjam Hecht
Umschlaggestaltung: U.O.R.G. Lutz Eberle, Stuttgart
nach einer Idee von Hannes Rossbacher, Kainberg
unter Verwendung der Fotos von: © mindscapephotos / stock.adobe.com
und Katrin Lahmer mit Adobe Firefly
Druck: GGP Media GmbH, Pößneck
Printed in Germany
ISBN 978-3-8392-0733-8

Für Robert
† 8.11.2023

VORWORT DER AUTORIN

Liebe Leserinnen,
geschätzte Leser!

Herzlich willkommen im Schilcherland, das ich als Schauplatz meines 14. Steirerkrimis auserkoren habe! Tatort ist diesmal der Reinischkogel, wo dereinst meine Liebe zur Steiermark ihren Lauf nahm. Im zarten Alter von sieben Jahren wurde ich erstmals in den Sommerferien ins Erholungsheim dorthin geschickt und habe mich, aus dem grauen Wien kommend, auf Anhieb in den Wald, in das Land und in die Leute verliebt.

20 Jahre später habe ich einen »Steirer in Wien« geheiratet, weitere 20 Jahre später den verlorenen Steirersohn in die Steiermark zurückgeholt. Ganz in der Nähe des Ferienlagers am Reinischkogel haben wir eine kleine Hütte im Wald gemietet und sind ab und zu auch am Haus meiner Kindheit vorbeigekommen, das längst verlassen und verfallen war. Im Internet bin ich dann auf Fotos der heruntergekommenen Räume gestoßen, die mich schließlich dazu inspiriert haben, diesem Lost Place einen Steirerkrimi zu widmen.

Die Schauplätze im Buch sind alle real. Die Geschichte, die bis in die 1970er-Jahre zurückführt, ist fiktiv, auch wenn sie in der Vergangenheit andernorts tatsächlich so ähnlich und noch schlimmer vielfach vorgefallen ist. Mehr kann ich an dieser Stelle nicht verraten, ohne zu spoilern.

Stattdessen möchte ich ausdrücklich davor warnen, es dem jungen Mann, den Sie im ersten Kapitel kennenlernen werden, gleichzutun und diesen Lost Place unerlaubt zu betreten. Nicht nur, weil es lebensgefährlich wäre, sondern weil sich das Haus in Privatbesitz befindet, überwacht wird und ein rechtliches Nachspiel drohen könnte. Völlig ungefährlich und viel spannender ist es, Steirerzorn zu lesen.

Noch ein Hinweis: Der Lesbarkeit zuliebe verzichte ich im Buch auf die gleichzeitige Verwendung der männlichen, weiblichen beziehungsweise diversen Sprachformen. Die Personenbezeichnungen gelten im Zweifelsfall für alle Geschlechter.

Sollte Ihnen der eine oder andere steirische beziehungsweise österreichische Ausdruck oder eine Abkürzung nicht geläufig sein, können Sie wie immer im Glossar im Buch hinten nachschlagen. Falls Ihnen Erklärungen abgehen oder Sie Fehler im Text entdecken, dürfen Sie mir gerne ein E-Mail an office@claudia-rossbacher.com schicken, damit ich etwaige Korrekturen und Ergänzungen für die nachfolgenden Auflagen veranlassen kann.

Nun wünsche ich Ihnen gute Unterhaltung und spannende Stunden in meiner Herzensheimat – dem wunderschönen Schilcherland!

Herzlichst,
Ihre Claudia Rossbacher

Kainberg, im Juni 2024

PROLOG

Auf einem Gummi-Gummi-Berg,
da saß ein Gummi-Gummi-Zwerg.
Der aß ein Gummi-Gummi-Brot,
dann war er Gummi-Gummi-tot.

Spruch beim Gummihüpfen in den 1970er- und 80er-Jahren (heute Gummitwist genannt)

KAPITEL 1

Reinischkogel – Schilcherland
Donnerstag, 9. November

»Dort oben! Das ist es!« Christian Zwettler bremste den staubigen Volvo auf der schmalen Straße ab, die zwischen Sommereben und Oberwald durch den Nadelwald führte. Sein Blick war auf die Waldlichtung gerichtet. Keine 100 Meter von ihm entfernt stand das Objekt seiner Begierde im gleißenden Sonnenlicht. Seit er im Internet auf ein Foto des verfallenen Hauses gestoßen war, ließ es ihn nicht mehr los. Gleich nach dem Frühstück war er aus Graz aufgebrochen. Ohne die genaue Adresse oder Koordinaten zu kennen, hatte er stundenlang nach diesem Lost Place am Reinischkogel gesucht. Jetzt hatte er ihn gefunden. Vor Freude pochte sein Herz schneller.

Christian liebte es, verlassene Plätze aufzuspüren, sie zu erkunden und den Spuren der Vergangenheit zu folgen. Kaum etwas konnte ihn mehr begeistern, als verborgene Schätze zu entdecken und den morbiden Charme vergessener Orte einzufangen. Seine besten Fotos hatte er bereits ausgestellt, eines war sogar international ausgezeichnet worden. Im kommenden Frühjahr sollte sein erstes Buch über Lost Places in der Steiermark erscheinen. Die letzten noch leeren Seiten plante er, diesem besonderen Fundstück zu widmen, dessen Geschichte er anschließend erforschen wollte.

»Privatbesitz – Betreten verboten!« Das verwitterte Schild am rot-weiß-rot lackierten Schlagbaum, von dem die Farbe abblätterte, vermochte ihn nicht aufzuhalten. Wenngleich er wusste, dass er eine Genehmigung vom Eigentümer oder Verwalter des Grundstücks benötigte, bevor er einen Fuß daraufsetzen durfte, und dass er außerdem noch eine Abdruckgenehmigung für seine Fotos einholen musste. Mit seinem Handy rief er die Webseite für Grundbuchauszüge auf, um den Eigentümer ausfindig zu machen. In diesem entlegenen Waldgebiet war jedoch kein Empfang. Die Formalitäten würde er eben später erledigen.

Gedankenverloren schob er seine Sonnenbrille zur Nasenwurzel, während seine Augen über das verlassene Anwesen schweiften. Eingezäunt war es nicht. Das lang gestreckte Holzhaus mit der großen, zentral gelegenen Veranda war über die Wiese zu Fuß ungehindert erreichbar. Seinen Wagen musste er allerdings woanders parken, um nicht erwischt zu werden und eine Anzeige wegen Besitzstörung zu riskieren.

Christian gab Gas und folgte der Straße, die an einer Hofzufahrt vorbeiführte. Nach der nächsten Kurve bog er auf einen holprigen Forstweg ab. Hinter dem Holzstoß würde der alte silbergraue Kombi kaum jemandem auffallen. Und wenn doch, am ehesten einem Wanderer oder Schwammerlsucher aus Graz zugeordnet werden. Für Eierschwammerl und Steinpilze war es heuer bereits zu spät. Allerdings waren auch die jungen Schopftintlinge genießbar, die den Waldrand entlang der Straße säumten, solange ihre Hüte sich nicht entfalteten und wie Tinte zerrannen. Doch die Pilze interessierten ihn heute nicht.

Christian stieg aus dem Volvo und setzte seine Schirmkappe auf. Die Waldluft roch nach frisch geschlagenem Holz und würzigen Nadeln. Er holte seine Fotoausrüstung und den Rucksack aus dem Laderaum und verriegelte den Wagen. Im Schatten der hohen Fichten war es kühler, als er es auf einer geschätzten Seehöhe von 800 bis 900 Metern erwartet hätte. Der Fußmarsch mit Sack und Pack brachte ihn dennoch ins Schwitzen. Stativ, Kamera, Blitzgerät und verschiedene zusätzliche Lampen, Akkus und Objektive – auch das Weitwinkelobjektiv – hatte er dabei, um Lichtakzente zu setzen und den erwünschten Eindruck der Verlassenheit auf den Fotos zu verstärken. Mit Strom war an solchen Plätzen nicht zu rechnen, ebenso wenig mit funktionierenden Wasserleitungen. Daher hatte er immer eine Flasche mit stillem Wasser, Salznüsse und einen Schokoriegel in seinem Rucksack.

Christian marschierte am Straßenrand entlang, bis die Hofzufahrt und die Lichtung mit dem Haus hinter der Kurve wieder vor ihm auftauchten. Zu seiner Rechten entdeckte er zwei kleinere Hütten, die sich weiter oben an den Waldrand schmiegten. Im Vorbeifahren hatte er die dunklen Holzhäuschen mit ihren grünen Fensterläden und den spitzen grauen Giebeldächern im Schatten der hohen Fichten gar nicht bemerkt. Wahrscheinlich waren diese Hütten nur im Sommer bewohnt.

Die Waldschneise auf der linken Straßenseite gab den Blick auf herbstlich gefärbte Wälder, Wiesen, verstreute Siedlungen und kleinere Ortschaften im Tal frei. In der Ferne erhoben sich das Steirische Randgebirge mit dem Grazer Bergland und dem markanten Schöckl. Den Hausberg der steirischen Landeshauptstadt kannte Christian von Kindesbeinen an durch unzählige Wanderungen mit den Eltern, später vom Biken in der Trail Area und von einem Tandemflug mit dem Gleitschirm, den ihm seine Freunde vor einigen Jahren zum Geburtstag geschenkt hatten.

Entschlossen wandte er sich wieder seinem Ziel zu und verließ die Straße, um über die feuchte Wiese direkt auf das zweistöckige Gebäude zuzusteuern. Das harte Mittagslicht war für Außenaufnahmen nicht ideal. Lieber wollte er abwarten, bis die Sonne hinter die Fichten wanderte und das Haus in weicheres Licht tauchte. Solange würde er drinnen fotografieren. In den vielen Zimmern fanden sich bestimmt einige lohnende Motive.

Vor der Veranda hielt er inne, stellte sein Gepäck ab und schnaufte durch. Im Licht- und Schattenspiel der spärlich belaubten Sträucher war er in seinem beige-braunen Gewand gut getarnt und von der Straße kaum noch zu sehen. Blinzelnd schaute er sich um und lauschte. Da war weit und breit nichts und niemand. Die Stille war beinahe gespenstisch. Nicht einmal Vogelgezwitscher war zu hören.

Sein Blick wanderte vom stark verwitterten Giebeldach der Veranda über das ebenfalls graue Hauptdach mit den drei Gauben. Etliche Dachziegel fehlten, einige hingen nur noch locker oben und drohten beim nächsten Windstoß herabzustürzen. Auch an der Holzfassade hatten Wind und Wetter ihre Spuren hinterlassen. Die Fensterscheiben waren zerbrochen, die orange-braunen Muster der schmutzigen Vorhänge ausgebleicht. Die Farbe blätterte von den weiß lackierten Sprossen und den rot gestrichenen Rahmen der Doppelfenster ab. Das winzige Kellerfenster im Fundament aus Natursteinen war eingeschlagen. Offensichtlich hatte nicht nur der Zahn der Zeit an diesem Haus genagt, es hatten auch Vandalen hier gewütet. Christian konnte nirgendwo eine Alarmanlage oder eine Überwachungskamera entdecken.

Ob das früher ein Wirtshaus war? Hinter den Gaubenfenstern unter dem Dach lagen vermutlich Schlafzimmer, vielleicht auch Fremdenzimmer, die an Gäste vermietet worden waren. Was mochte an diesem Ort alles vorgefallen sein? Seine Fantasie schlug Purzelbäume, das Kopfkino setzte ein. Der Drang hineinzugehen war schier unwiderstehlich. Gleich würde er eine längst vergessene Welt betreten.

Der Hobbyfotograf, der seinen Lebensunterhalt als Mediendesigner verdiente, holte die Kamera aus der Tasche, überprüfte den Akkustand und hängte sie um seinen Hals. Anschließend zog er Einweghandschuhe an, um seine Hände vor dem Dreck zu schützen, den er in dem verwahrlosten Gebäude erwartete.

Den Eingang fand er um die Ecke auf der linken schmalen Seite des Hauses. Einige Holzstufen führten zur überdachten Haustür hinauf. Mit vorsichtigen Schritten vergewisserte er sich, ob sie sein Gewicht tragen würden, ehe er sie voll belastete. Gesetze zu brechen war eine Sache, seinen Hals wollte er nicht riskieren.

Das einfache Buntbartschloss hatte er im Nu geknackt. Die schiefe Holztür öffnete sich knarrend. Ein Ekel erregender Geruch schlug ihm entgegen, als er sich in einem langen Flur wiederfand. In verlassenen Gebäuden war er schon öfter auf Tierkadaver und Exkremente gestoßen.

Durch die zerbrochenen Scheiben dreier Schwingtüren drang Tageslicht aus den straßenseitig gelegenen Räumen. An den Wänden wuchs der Schimmel bis über die Decke hinauf. Der Staub der vergangenen Jahrzehnte wirbelte durch die Luft, und Fliegen schwirrten umher. Da und dort waberten Spinnweben. Ein abgeschlagener gusseiserner Heizkörper war halb aus der Wand herausgerissen.

Christian konzentrierte sich auf die Lichtstimmung im Haus, um sie später bei der Fotobearbeitung aus dem

Gedächtnis abrufen zu können. Auf künstliches Licht konnte er hier verzichten, was ihm ohnehin lieber war. Er stellte die Kamera ein und drückte mehrmals auf den Auslöser. Beim Anblick der Fotos würde Leonie bestimmt niesen müssen, dachte er schmunzelnd. Er hatte seiner allergiegeplagten Freundin gar nicht erzählt, dass er sich alleine auf die Suche nach diesem Lost Place begab. Leonie sollte sich keine unnötigen Sorgen machen. Sie zeigte wenig Verständnis für sein Hobby, dafür teilten sie andere Interessen. Er konnte sich sogar vorstellen, sie später zu heiraten und eine Familie mit ihr zu gründen. Mit seinen 26 Jahren fühlte er sich allerdings noch zu jung dafür, und Leonie war erst 22.

Sein Blick flog über die schäbige Holztreppe ins Obergeschoß und entlang der schwarz gefleckten Wand wieder hinunter. Im Haus gab es keine Kellertreppe. Stattdessen entdeckte er eine Falltür im morschen Boden. Ringsherum lagen verrottete Dielen kreuz und quer, dazwischen Glasscherben und Müll.

Christian wandte sich einer der drei Schwingtüren zu und drückte sie vorsichtig auf. Mit bedachten Schritten betrat er die holzvertäfelte Veranda, die einst als Gaststube oder Speisesaal gedient hatte. Ein kalter Luftzug wehte durch die kaputten Fenster herein. Im Haus kam es ihm noch kälter vor als draußen. Weitere Glasscherben und zerbrochenes Geschirr lagen neben zertrümmerten Holzstühlen und Bilderrahmen, Zeitungs- und Kartonschnipsel bedeckten die kaputten Dielen. Auf den alten Tischen häufte sich allerlei Gerümpel, und auf einer Holzbank lehnte ein Teddybär in einem schmutzigen weißen Hemdchen. Christian hob das zerschlissene Plüschtier auf, um es näher zu betrachten. Aus einem halb abgerissenen Bein quollen Sägespäne.

Ein braunes Knopfauge fehlte. Er platzierte das alte Spielzeug auf einer wurmstichigen Tischplatte und fotografierte darauf los.

Nebenan in der Küche herrschte ein ähnliches Chaos. Die Wandfliesen waren ebenso beschädigt wie die Küchenkästen und Schubladen. Verdreckte Kochutensilien lagen auf den schrundigen Arbeitsplatten und in den verschmutzten Stahlbecken, in denen die Abwäscherinnen früher das Geschirr, Töpfe und Pfannen gespült hatten. Der alte Tischherd war mit Holz zu befeuern. Christian rückte einen zerlegten Mixer und einen antiquierten Flaschenwärmer ins rechte Licht. Danach wandte er sich der Fensterbank zu. Ein Glasfläschchen funkelte leuchtend orange, als wäre es mit Sonnenlicht gefüllt. Das Logo und die Schrift auf dem Etikett stammten aus den 1970er-Jahren, der Hustensirup aus einer Apotheke in der Grazer Kärntnerstraße. Er drückte mehrfach auf den Auslöser, bis er mit dem Ergebnis zufrieden war. Anschließend gönnte er sich einen Schluck Wasser, bevor er sich den Zimmern auf der anderen Seite des Flurs widmete.

Im Waschraum fand er schmutzige Waschbecken, rostige Armaturen, abgeschlagene Kacheln, schimmelige Duschzellen und verdreckte WC-Kabinen vor, an denen die Türen fehlten. Der Anblick der fetten Spinne in der Ecke ließ in abermals schmunzeln. Wieder dachte er an Leonie, der vor Krabbeltieren grauste, und zoomte das Motiv näher heran. Sie würde sich schreiend abwenden.

An den Waschraum grenzten mehrere nahezu identische Schlafzimmer an. Alle waren jeweils mit einem Fenster, einem Einzelbett, einem Stockbett und zwei doppeltürigen Kleiderkästen ausgestattet. Die Matratzen auf den schäbigen, einst weiß lackierten Eisenbetten wiesen Löcher und Stockflecken auf. Auf einer Matratze lag ein strohblonder Puppenkopf, der ihn aus einem halb geöffneten blauen Schlafauge und einer leeren Augenhöhle anstarrte. Der abgetrennte Kopf gab ein ähnlich starkes Fotomotiv ab wie der Teddybär in der Küche. Vielleicht war dieses Haus früher eine Jugendherberge, ein Jungschar- oder ein Pfadfinderlager, überlegte Christian, während er die letzte Fotoserie auf dem Kamera-Display betrachtete.

Dann schweifte sein Blick aus dem Fenster über die Wiese hinter dem Haus zum Waldrand hinauf. Nebel zog auf – der perfekte Weichzeichner für die Außenaufnahmen. Hastig packte er seine Sachen zusammen, um die Gunst des Augenblicks zu nutzen und nicht noch einmal herfahren zu müssen. Mit geschultertem Rucksack, der Tasche samt Stativ in einer Hand und dem Scheinwerfer in der anderen, eilte er über den Flur, als plötzlich der Boden unter ihm krachend nachgab.

Christian verlor den Halt. Er stürzte in die Tiefe, schlug hart mit dem Rücken auf. Die Luft blieb ihm weg. Er konnte nicht atmen. Reglos lag er auf dem Boden und starrte mit weit aufgerissenen Augen auf die rechteckige Lücke, die hoch über ihm klaffte. Während er noch immer nach Luft rang, versuchte er zu begreifen, was geschehen war. Seine Gedanken überschlugen sich, bis ihm dämmerte, dass er die Falltür im Flur übersehen haben musste. Endlich füllte sich seine Lunge wieder mit Luft. Ein eigentümlicher Geruch brachte ihn zum Husten.

Warum spürte er seine Beine nicht? So sehr er sich auch anstrengte, er konnte sie nicht bewegen. Verzweifelt drosch er mit den Fäusten auf seine Oberschenkel ein, spürte jedoch nichts. Er holte tief Luft, dann schrie er um Hilfe, so laut er konnte. Es war sinnlos. Wer sollte ihn hier unten hören? Außer den abertausenden Fliegen, die ihn umschwirrten.

Der Geruch im Keller verursachte ihm Übelkeit. Was war das? Fäkalien von Mäusen, Ratten, Haus- oder Wildtieren? Tierkadaver?

Langsam drehte er den Kopf zur Seite. Ein kühler Luftzug streifte sein Gesicht. Durch das zerbrochene Kellerfenster drang Tageslicht.

Das Handy! Wo war sein Handy?

Christian blickte sich panisch um, tastete den Boden um sich herum ab. Er musste auf die Trümmer der Holzleiter und der Falltür gestürzt sein, die unter ihm zerbrochen waren. Die Kamera hing noch immer an seinem Hals. Keinen Meter von ihm entfernt lag sein Rucksack, weiter hinten die Fototasche. Er streckte den Arm aus, erreichte einen Riemen und schaffte es, den Rucksack zu sich zu ziehen. Sein Handy fand er im Seitenfach.

Kein Netz, verdammt! Der Akku stand bei 31 Prozent. Mit zittrigen Händen drehte er das Mobiltelefon in alle Richtungen, hob und senkte es immer wieder, während er auf das Display starrte. Das durfte doch nicht wahr sein! In diesem verfluchten Keller war ein Funkloch. Nicht einmal einen Notruf konnte er absetzen.

Er schaltete die Taschenlampen-App an seinem Handy ein. Die Fototasche mit der Stablampe war zu weit weg, um sie erreichen zu können. Das grelle LED-Licht wanderte durch den Keller. Was war das dort drüben? Eine Zelle? Die Tür stand weit offen. Auf dem Boden lag etwas, das sein Verstand nicht gleich erfasste. Ein totes Tier? Nein, das war kein Tier. Dort lag ein toter Mensch, der ihn aus leeren Augenhöhlen anstarrte. Lange weiße Haare wuchsen aus dem Schädel. Die Nase und das linke Ohr fehlten.

Der Mund war weit aufgerissen und schief. An der Wange nagte eine Ratte. Dort drüben saß noch eine! Überall waren diese Viecher!

Voller Grauen wandte er sich ab und schrie erneut los. Was für ein Albtraum! Er wollte aufwachen. Doch er war bereits wach, und er spürte seine Beine nicht. Aus eigener Kraft würde er diesen Keller nicht mehr verlassen können. Weder durch die Lücke in der Decke noch durch das winzige Fenster, das mindestens zwei Meter vom Boden entfernt war.

Die Erkenntnis traf ihn hart. Er war querschnittsgelähmt, hatte kaum zu essen und zu trinken. Die Ratten würden an seinem lebendigen Leib nagen, bevor er in diesem Drecksloch verreckte. In Gesellschaft einer Leiche, deren Schicksal er demnächst teilen würde. Christian schlug die Hände vors Gesicht und brach in Tränen aus.

KAPITEL 2

Freitag, 10. November

»Schickst du mir bitte die Koordinaten vom Einsatzort aufs Handy?« Sandra Mohr rollte mit ihrem Bürostuhl zurück, während sie telefonierte.

»Soeben geschehen«, bestätigte ihr der Anrufer aus der Landesleitzentrale. »Das Gebäude ist hochgradig einsturzgefährdet«, fuhr Lubensky fort. Ein Experte war bereits unterwegs, um den Tatort mithilfe der Feuerwehr abzusichern, damit dieser gefahrlos betreten werden konnte.

»Alles klar. Wir brechen gleich auf. Pfiat di, Lubensky!«, verabschiedete sich Sandra und trennte die Verbindung im Aufstehen. Die Abteilungsinspektorin des LKA Steiermark holte ihren braunen Lederrucksack unter dem Schreibtisch hervor und sprach den Chefinspektor an, der hoch konzentriert auf seinen Bildschirm starrte. »Können wir dann, Sascha?«

Der dritte Schreibtisch im Büro war seit einer guten halben Stunde nicht mehr besetzt, die Kollegin Anni Thaler bereits im Wochenende.

»Sofort«, murmelte Sascha Bergmann, ohne aufzublicken, und hantierte mit seiner Maus.

Was war so fesselnd, dass er seinen Computer noch nicht heruntergefahren hatte? War ihm etwa entgangen, dass ein Einsatz auf sie wartete? Sandra zog ihre leichte Steppjacke über das Schulterholster mit der Dienstwaffe und warf einen Blick auf ihr Handy. 17.58 Uhr. Die Koordinaten des Einsatzortes waren eingegangen, stellte sie fest und tauschte das Diensthandy gegen ihr privates Smartphone. Keine neuen Nachrichten. Am besten schrieb sie Hubert gleich, dass ihr gemeinsames Abendessen heute ins Wasser fallen würde. An Kummer war er gewöhnt. Und sie auch. Unwillkürlich entkam ihr ein Seufzen.

Bergmann erhob sich endlich und streckte sein Kreuz durch. »Was gibt's denn?«, erkundigte er sich.

»Eine unbekannte weibliche Tote«, antwortete Sandra, den Blick auf ihr Handy gerichtet.

»Schon wieder ein Femizid?«, fragte der Chefinspektor, während sie die Nachricht an Hubert abschickte.

Im Durchschnitt wurde in Österreich alle zwei Wochen eine Frau getötet, wobei für gewöhnlich mehr weibliche als männliche Mordopfer zu beklagen waren. Die meisten Frauen kamen durch die Hand eines eifersüchtigen oder gekränkten Mannes aus ihrem privaten Umfeld gewaltsam zu Tode. Ausgerechnet die Steiermark führte das traurige Ranking der sogenannten Femizide in diesem Jahr an. »Wir wissen bisher nur, dass die Leiche im Keller eines leer stehenden Hauses aufgefunden wurde«, sagte sie. Der Tatort an sich war auch nicht ungewöhnlich. Die heimische Kriminalgeschichte wusste von etlichen Leichen und Leichenteilen zu berichten, die in Kellern, manchmal sogar eingemauert, entdeckt worden waren. Entführte Mädchen wurden gefangen gehalten, Töchter von ihren Vätern missbraucht, geschwängert und samt ihren Inzestkindern versteckt. Und wer wusste schon, welche Geheimnisse sich sonst noch unter der oftmals biederen Oberfläche verbargen, und ob sie jemals ans Tageslicht gelangen würden. Sandra steckte ihr privates Handy in den Rucksack. Bis auf Weiteres würde sie es ignorieren, um die Kommentare zu ihrer kurzfristigen Absage nicht lesen zu müssen. Das konnte getrost bis nach dem Einsatz warten.

»Was wissen wir über die Todesursache?«, fuhr Bergmann fort, während er seinen Parka anzog.

»Warum die Frau gestorben ist, ist noch unklar«, antwortete Sandra, die mit geschultertem Rucksack an der offenen Tür auf ihn wartete. Allein die Tatsache, dass der Amtsarzt eine unnatürliche Todesart in Betracht zog, genügte, um einen Einsatz der Kriminalpolizei auszulösen. Der Staatsanwalt war bereits verständigt, die forensischen Untersuchungen des Tatorts und der Leiche in die Wege geleitet.

Bergmann wandte sich ab und kehrte zu seinem Schreibtisch zurück, um sein Handy zu holen und es in die Jackentasche zu stecken. »Eine genauere Diagnose hat der Herr Doktor nicht gestellt?«, fragte er.

»Das könnte am schlechten Zustand der Leiche liegen«, meinte Sandra achselzuckend. »Sie befindet sich offenbar schon länger in diesem Keller. Außerdem wurde auch ein junger Mann dort aufgefunden. Sein Name ist Christian Zwettler, Jahrgang 1997, wohnhaft in Graz …«

»Noch eine Leiche?«, unterbrach sie der Chefinspektor, offenbar überrascht darüber, dass sie die zweite Person nicht gleich erwähnt hatte.

»Der Mann lebt noch, ist jedoch schwer verletzt«, stellte Sandra klar. »Er wurde mit einem Wirbelsäulentrauma aus dem Keller geborgen und nach Graz in die Universitätsklinik transportiert.«

»Konnte er zu den Geschehnissen im Haus schon befragt werden?«, wollte Bergmann wissen.

Sandra zuckte erneut mit den Achseln. »Du fragst mich Sachen, von denen ich leider noch nichts weiß.«

Der Chefinspektor ging stirnrunzelnd als Erster durch die Tür.

Sandra schaltete das Licht aus, bevor sie ihm auf den Gang folgte. An diesem trüben Herbsttag hatten die Deckenleuchten den ganzen Tag gebrannt. Dass es im Winterhalbjahr so früh dunkel wurde, nervte sie ebenso wie das Aufstehen bei völliger Finsternis am Morgen. Dabei hätte die Zeitumstellung in der EU längst abgeschafft und die Sommerzeit dauerhaft beibehalten werden sollen. Aber ganz so einfach war es dann doch nicht. Nach einer Online-Befragung der Bevölkerung waren sich die EU-Länder noch immer uneinig. Einige Unionsmitglieder sprachen sich strikt gegen eine Abschaffung der Zeitumstellung aus, andere befürworteten die permanente Winterzeit, während manche wiederum die permanente Sommerzeit bevorzugten. Da die mitteleuropäischen Zeitzonen in der EU von Zypern im Osten bis nach Portugal im Westen reichten, wäre die Umsetzung des Votums folgenreich. Zum Beispiel würde sich bei permanenter Sommerzeit im Winter der Sonnenaufgang im westlichen Spanien in den Vormittag verschieben, während in Polen erst der Morgen graute.

»Wo müssen wir eigentlich hin?«, holte Bergmann sie aus ihren Gedanken.

»Zum Reinischkogel.« Sandra trabte neben ihm die Stufen hinunter.

»Kenne ich nicht«, meinte er.

Alles andere hätte sie auch gewundert. »Wir haben schon einmal ganz in der Nähe im Schilcherland ermittelt«, half sie ihm auf die Sprünge. »Du erinnerst dich doch bestimmt an die ermordete Weinkönigin, die im Weingarten ihres Vaters tot aufgefunden wurde.«

Der Chefinspektor hielt vor der gläsernen Eingangstür an und lächelte auf einmal verklärt. »Wie könnte ich unseren ersten gemeinsamen Serienmord vergessen«, sagte er, als würde er an ein romantisches Date denken.

Dabei hätte es damals beinahe ein weiteres Mordopfer aus den eigenen Reihen gegeben, wäre ihre junge Kollegin nicht im letzten Moment gerettet worden. Der Name des Täters war Sandra allerdings entfallen. Immerhin waren mittlerweile zwölf Jahre vergangen, rechnete sie zurück, als sie hinter Bergmann durch die Tür marschierte. Draußen zog sie fröstelnd den Reißverschluss ihrer Jacke zu.

Während die Ermittler nebeneinander über den Parkplatz trabten, blickte sich Sandra nach ihrem schwarzen Audi A6 um. Da der Standort des Dienstwagens beinahe täglich wechselte, manchmal sogar mehrmals, wusste sie oft nicht, wo sie ihn zuletzt abgestellt hatte, und im Nebel waren die dunklen zivilen Fahrzeuge kaum voneinander zu unterscheiden. Erst als sie auf den Funkschlüssel drückte, um die Türschlösser zu entriegeln, verrieten ihr die blinkenden Scheinwerfer, wo das Auto geparkt war.

Als Sandra hinterm Lenkrad saß, rief sie Lubenskys Koordinaten auf ihrem Handy auf, um das Navi damit zu füttern. Dass die Autobahn-Anschlussstelle Steinberg nach einer langen Sperre wieder geöffnet war, hatte sie bereits aus den Nachrichten mitbekommen. Die Bauarbeiten waren sogar zwei Monate früher als geplant abgeschlossen worden, was den Protesten der Betreiber von Buschenschänken, Wirtshäusern und Tourismusbetrieben am Reinischkogel zu verdanken war, oder jemand anderem, der wirtschaftliches Interesse an der Region hatte und über politischen Einfluss verfügte. Ansonsten hätte Sandra die A 2 bereits in Lieboch verlassen und wäre über die Radlpassstraße und

Sankt Stefan ob Stainz gefahren. Die kaum längere Route hätte sie unter anderem am malerischen Hochgrail vorbeigeführt, der zu den schönsten Plätzen Österreichs zählte. Doch von den goldgefärbten herbstlichen Weinhängen des Schilcherlandes war bei Nacht und Nebel ohnehin nicht viel zu sehen.

Während Sandra aus der Parklücke und weiter zur Ausfahrt fuhr, tippte Bergmann in sein Smartphone. Vielleicht musste er ebenfalls private Pläne für diesen Abend absagen, überlegte sie und winkte dem Wachposten zu, der den Schranken für sie öffnete.

Bergmann blickte von seinem Handy auf. »Wie lange dauert die Fahrt?«, fragte er.

Sandra wies mit dem Kinn auf das Navi, das die Ankunftszeit anzeigte. Der dichte Verkehr aus der Stadt heraus sorgte für eine Verzögerung von rund zehn Minuten.

»Ich hätte vorher noch etwas essen sollen«, sagte Bergmann.

»Cashewnüsse sind im Handschuhfach, wenn du magst.«

»Gesalzene?«

Sandra schüttelte den Kopf. »Zu viel Salz treibt den Blutdruck in die Höhe.«

»Mein Blutdruck ist völlig normal«, murrte Bergmann, riss aber dennoch die Packung auf.

30. August 1977

Liebes Tagebuch!

Gestern hat mich die Frau Moser von der Fürsorge abgeholt. Schuld ist der Karl. Ich bin zu nichts nutze, sagt er, koste nur Geld und verzapfe Lügen. Dabei hat er doch gelogen und nicht ich! In letzter Zeit begrapscht er mich immer. Das habe ich der Mutti erzählt, und sie hat ihn zur Rede gestellt. Er hat alles abgestritten und mich eine hinterfotzige Hure geschimpft. Ich hasse diesen alten Giftler! Warum schickt die Mutti nicht ihn fort, sondern mich? Ohne den Karl wäre unser Leben viel schöner.

Vor meiner Abreise in die Steiermark hat sie mir versprochen, daß sie sich von ihm trennen wird. Diesmal wirklich. Sie möchte zur Therapie nach Kalksburg, um von dem Äitsch wegzukommen. Solange muß ich im Kinderheim bleiben. Wenn alles gut geht, darf ich zu Weihnachten wieder nach Hause kommen. Dann ist der Karl nicht mehr da. Ich wünsche mir so sehr, daß die Mutti ihr Versprechen hält.

Sie hat mir Briefpapier und Briefmarken geschenkt. Ich soll ihr bald schreiben, damit sie weiß, wie es mir geht. Oder wenn ich etwas brauche. Anrufen darf sie mich im Heim nicht. Auch nicht besuchen. Ich habe ihr versprechen müssen, fleißig zu lernen. Damit es mir später einmal besser geht als ihr. Und ich soll ja die Finger vom Rauschgift lassen!

Meinen Teddybären habe ich mitgenommen, aber ohne Batterien. Jetzt kann der Johnny nicht mehr sprechen und brummen. Dafür sind in seinem Batteriefach 120 Schilling versteckt. Das Geld habe ich am Freitag von meinem Sparbuch abgehoben. Die Beamtin am Bankschalter hat mir einen Sparefroh geschenkt. Seine Arme und Beine kann man in alle Richtungen verbiegen. Ich habe ihn zu Hause lassen, aber meine Lieblingsbücher alle eingepackt. Und mein neues Notizbuch mit einem roten Bändchen, das mir die Mutti geschenkt hat, damit ich meine Gedanken und Erlebnisse aufschreiben kann. Vielleicht wird später einmal ein richtiges Buch daraus. Eines, das man in den Buchhandlungen kaufen kann. Ich würde gerne Schriftstellerin werden. Aber die Mutti meint, daß man davon nicht leben kann. Ich soll lieber etwas Anständiges lernen und Sekretärin, Verkäuferin oder Friseuse werden.

Nach dem Mittagessen hat es an der Tür geklingelt. Vor lauter Aufregung habe ich noch einmal aufs Klo gehen müssen. Dann hat mir die Mutti mit dem Koffer geholfen und wir sind im Lift hinuntergefahren. Zum Abschied haben wir uns abgebusselt und viel geweint. Sie hat mir versprochen, daß alles gut wird. Ich soll jeden Abend brav beten. Das mache ich, und ich bete auch dafür, daß der Karl verschwindet. Hoffentlich hört der liebe Gott auf mich.

Die Mutti hat meinen Koffer in den Kofferraum gehoben, und ich bin in den orangen Opel Kadett von der Fürsorgerin eingestiegen.

Die Frau Moser war schon öfter bei uns zu Besuch. Sie stellt mir immer tausend Fragen und redet auch allein mit der Mutti. Auf der Fahrt in die Steiermark hat sie mir erzählt, daß es im Kinderheim viele Mädchen in meinem Alter gibt, mit denen ich mich anfreunden und in die Schule gehen kann. Außerdem sind dort nur Dreibettzimmer. Kein großer Schlafsaal, in dem 30 Kinder oder noch mehr schlafen wie in anderen Heimen. Sie glaubt, daß es mir auf dem Land gut gefallen wird. Unterwegs sind uns vier Traktoren entgegengekommen, fast keine Autos. Das letzte Stück sind wir über eine schmale Straße durch den Wald gefahren. Es gibt hier so viel Natur, aber nur wenige Häuser, und die meisten sind Bauernhöfe.

Das Kinderheim hat zwei Stockwerke, eine dunkle Holzfassade, rote Fensterrahmen und steht ganz allein auf einer großen Wiese mitten im Wald. Vor dem Haus gibt es einen Spielplatz. Ein paar kleine Mäderln sind mit dem Karussell gefahren. Andere haben geschaukelt und sind Gummi gehüpft. Das habe ich früher auch immer mit meinen Freundinnen gespielt, meistens im Hof von unserem Gemeindebau und in der großen Pause in der Volksschule. Die Sprüche finde ich beim Gummihüpfen am lustigsten. »Am dam des, diese male press, diese male pumperness, am dam des« usw.

Die Fürsorgerin war von dem Heim mitten in der Natur begeistert, aber mir war der finstere Wald rundherum ein wenig unheimlich. Vielleicht wohnen da Hexen oder Räuber wie der Hotzenplotz.

Die Frau Moser hat mich ausgelacht. Im Wald wohnen Vögel, Rehe, Füchse, Käfer und Ameisen, aber keine Hexen oder Räuber, hat sie mir versichert. Ganz bestimmt gibt es auch Schwammerln, die wir sammeln, kochen und essen können.

Ich mag aber keine Schwammerln.

Die Frau Moser hat meinen Koffer aus ihrem Kofferraum gehoben und gefragt, ob da Steine drin sind.

So ein Unsinn! Wer nimmt denn Steine mit? Ich habe ihr erklärt, daß meine Bücher so schwer sind. Ich lese nämlich gerne und denke mir auch selbst Geschichten aus. Dann bin ich in einer anderen Welt. In einer Welt ohne den Karl. Ohne Rauschgift, Schläge und Grapschen. Mit einem Vati, der viel Geld verdient, der die Mutti und mich liebhat und uns verwöhnt. Am Wochenende machen wir Ausflüge mit unserem Auto, einem metallic-hellblauen amerikanischen Schlitten. In den Ferien fahren wir zusammen ans Meer oder in den Skiurlaub.

Meinen richtigen Vati kenne ich gar nicht. Er hat die Mutti verlassen, noch bevor ich geboren bin. Der Karl ist erst später bei uns eingezogen. Aber er ist nicht mit der Mutti verheiratet. Trotzdem spielt er sich immer wie mein Stiefvater auf und will mir Manieren beibringen. Dabei hat er doch selbst keine.

»Auf einem Gummi-Gummi-Berg, da saß ein Gummi-Gummi-Zwerg …« Die Mädchen vor dem Heim haben zum Spielen aufgehört und mich neugierig angeschaut, als wir vorbeigegangen sind. Die Frau Moser hat mich ins Büro vom Heimleiter gebracht. Der Herr Direktor Schmölzerl hat wenige dünne Haare, die von einem Ohr zum anderen über die Glatze frisiert sind. Seine grünen Augen durchbohren einen fast, wenn er einen anschaut. Außerdem raucht er dieselben Zigaretten wie der Karl. Pfui Teufel!

»Wer Falk raucht, frißt auch kleine Kinder«, habe ich den Trafikanten einmal sagen gehört. Gefressen hat mich der Karl nicht, aber gehaut. Von seinen Zigaretten ist mir im Auto immer schlecht geworden. Manchmal habe ich speiben müssen und danach mit der Mutti ihr Auto putzen. Das hat der Karl später verkauft, weil er das Geld gebraucht hat. Seitdem haben wir kein Auto mehr.

Die Frau Moser hat den Herrn Direktor Schmölzerl Zetteln unterschreiben lassen und sich dann verabschiedet.

Ich habe Angst bekommen und wollte nicht hierbleiben.

Der Herr Schmölzerl hat mich festgehalten, damit ich der Fürsorgerin nicht nachlaufen kann. Als sie weg war, hat er mich angeschrien, daß ich sofort zum Rean aufhören soll. Unter seinem Dach ist Weinen verboten!

Ich habe zurückgeschrien, daß er mich gefälligst loslassen soll.

Dafür hat er mir links und rechts eine runtergehaut. Ich soll es ja nie wieder wagen, so mit ihm zu reden. Sonst lande ich im Karzer, damit ich zur Besinnung komme.

Was ist ein Karzer?

KAPITEL 3

Die spitze Kurve, die von der Landstraße zum Reinischkogel abzweigte, war im dichten Nebel kaum zu erkennen, aber Sandra bog hier nicht zum ersten Mal ab. Sie kniff die Augen zusammen, während sie der schmalen, stetig ansteigenden, stellenweise kurvigen Straße durch den Wald folgte, bis das Navi sie nach rechts schickte.

Bergmann blickte besorgt über den Rand seiner Lesebrille hinweg in die mondlose Nacht.

»Keine Angst. Ich bin ja bei dir«, sagte Sandra scherzhaft. Bis zur nächsten Abzweigung kannte sie den Weg. Von da an musste sie umso mehr aufpassen, dass sie im Nebel nicht die Orientierung verlor. Navis waren zwar hilfreich, aber nicht unfehlbar.

»Was täte ich nur ohne dich«, sagte Bergmann.

Sandra ignorierte seine Bemerkung, von der sie nicht wusste, ob er sie ernst oder sarkastisch meinte.

»Ich bin noch immer hungrig«, beschwerte er sich. Dabei hatte er ihre Cashewnüsse ratzeputz aufgegessen, ohne ihr auch nur eine einzige anzubieten.

»Es gibt hier ein paar ausgezeichnete Gasthäuser«, sagte Sandra und erzählte ihm von einem Ausflugslokal in Sommereben, das steirische Hausmannskost vom Feinsten auftischte. »Der *Auerhahnhof* ist unter anderem für seinen *Blutwurz* bekannt.« Die gute Küche und der Kräuterlikör, den die Seniorchefin selbst ansetzte, lockte Gäste aus Nah und Fern auf den Reinischkogel. Der lateinische Name des Krautes ließ den wahren Grund erahnen. Angeblich regte der hochprozentige Potentilla erecta nicht nur die Verdauung an.

»Ein Schnaps als Potenzmittel?«, fragte Bergmann interessiert.

»Eigentlich ist es ein Likör«, sagte Sandra. »Du kannst ihn ja ausprobieren.« Kaum ausgesprochen, bereute sie ihren Vorschlag.

»Jetzt gleich?«, zeigte er sich begeistert. Der alte Macho konnte es einfach nicht lassen.

»Es ist schon zu spät«, erwiderte Sandra.

»Für uns?«

»Das sowieso ... In einer Viertelstunde sperrt die Hütte zu.«

»Dann muss ich wohl verhungern«, seufzte Bergmann.

»Es gibt auch noch andere Wirtshäuser am Reinischkogel, die länger geöffnet haben.« Sie nannte ihm einen weithin bekannten Familienbetrieb, in dessen Freigehege alte Schweinerassen artgerecht gehalten und gezüchtet wurden. Ihr bekömmliches Fleisch landete unter anderem als Waldschweinschnitzerl und Schweinsbraten auf den Tellern der Gäste. Je nach Saison wurden auch Kräuter, Gemüse und Salate von den Hügelbeeten der Permakultur und Obst aus dem Hausgarten in der Küche verarbeitet. Dazu kredenzte der Juniorchef und Sommelier des Hauses eigene und andere, vorzugsweise steirische, Weine und hausgebrannte Schnäpse.

»Und wie lange haben die offen?«, erkundigte sich Bergmann.

»Solange Gäste da sind«, nahm Sandra an. »Aber die Küche schließt wahrscheinlich schon früher.«

»Dann lass uns auf dem Heimweg ein Wildschweinschnitzel einschneiden«, schlug Bergmann vor.

»Waldschwein, nicht Wildschwein«, korrigierte Sandra ihn.

»Von mir aus«, meinte Bergmann, während sie auf das stumm geschaltete Navi blickte.

18.49 Uhr. »In fünf Minuten sollten wir den Einsatzort erreichen«, sagte Sandra. Durch den Nebel mochte die Fahrt vielleicht noch eine Minute länger dauern.

Bergmann kratzte sich am unrasierten Kinn. »Ich reserviere uns einen Tisch«, entschied er. »Zwischen 20.15 und 20.30 Uhr sollte sich ausgehen.«

»Wenn du meinst, dass wir das schaffen«, sagte Sandra skeptisch und nannte ihm den Namen des Wirtshauses. Im Vorhinein ließ sich schwer abschätzen, was sie beim Einsatz erwartete, geschweige denn, wie lange dieser dauern würde. Hoffentlich war der Tatort inzwischen so weit abgesichert, dass sie ihn betreten durften und nicht frierend im Wald herumstehen mussten. Hätte sie bloß die warme Polizeijacke angezogen, die in ihrem Spind in der Landespolizeidirektion hing, ging ihr durch den Kopf, während sie im Schneckentempo der Route folgte. Außerdem war es höchste Zeit, ihre private Winterkleidung aus dem Kellerabteil zu holen und gegen die Sommerkleidung in ihrem Kleiderkasten auszutauschen. Vielleicht schaffte sie es bei dieser Gelegenheit endlich auch einmal, ihr Gewand auszusortieren und die Kleidungsstücke, die sie seit Jahren nicht mehr getragen hatte, zur *Carla* zu bringen.

Bergmann unterbrach ihre Gedanken, als er mit der Wirtin telefonierte. Wenn der Chefinspektor etwas wollte, konnte er ausgesprochen charmant sein. Dass er von der Mordgruppe war, hatte er wohlweislich verschwiegen. »Warme Küche gibt's bis 20.30 Uhr«, verkündete er, nachdem er die Verbindung getrennt hatte. Sollten sie sich verspäten, würde ihnen die Wirtin eine Jause zubereiten, hatte sie ihm versprochen.

»Was ist das denn?« Sandra ging vom Gas. Bremsbereit kniff sie abermals die Augen zusammen und rollte langsam auf das schwache Licht zu, das im Nebel auf und ab tanzte.

Bergmann stöhnte auf. »Lapos«, sagte er.

Sandra hatte den Landpolizisten bei der Funkstreife, der sie mit einer Taschenlampe geradeaus an der Weggabelung vorbeiwinken wollte, ebenfalls bemerkt. Das Navi schickte sie allerdings nach links, damit sie in anderthalb Kilometern ihr Ziel erreichten. Ein weiterer uniformierte Kollege kam auf sie zu. Sandra hielt an und ließ ihr Fenster hinunter. »Guten Abend! LKA Steiermark, Abteilung Leib/Leben«, begrüßte sie den Polizisten, der jetzt neben ihr stand, und nannte ihm ihre Namen und Dienstränge.

Der Mittdreißiger lugte vornübergebeugt an ihr vorbei und leuchtete mit der Taschenlampe ins Wageninnere. Das Funkgerät und der genervte Blick ihres Beifahrers schienen ihn von der Richtigkeit ihrer Aussage zu überzeugen, sonst hätte er wohl darauf bestanden, ihren Dienstausweis zu kontrollieren. Er richtete sich wieder auf, trat zwei Schritte zurück und salutierte, während sein Kollege noch um den Audi herumschlich, um das Grazer Kennzeichen und die Pickerl auf der Windschutzscheibe zu überprüfen.

»Passt schon, Luis! Die sind von der Blutgruppn.«

»Scherzküberl«, kommentierte Bergmann die Bezeichnung des Landpolizisten für die Mordgruppe aus der Stadt.

Sandra hob ihre Hand zum Gruß, schloss das Fenster und fuhr weiter. Nach der nächsten Kurve folgte sie dem diffusen weißen Licht, das durch die Baumstämme auf die Fahrbahn fiel und sich über den Wipfeln im Abendhimmel verlor. Am rechten Straßenrand parkte eine Reihe ziviler

Wagen und Einsatzfahrzeuge, halb auf der leicht abschüssigen feuchten und rutschigen Wiese.

Mehrere Flutlichtstrahler beleuchteten das lang gestreckte Haus auf der Lichtung, in dem die unbekannte Tote und der schwer verletzte junge Mann heute Nachmittag aufgefunden worden waren. Wer die beiden im Keller entdeckt hatte, war – wie so vieles in diesem Fall – noch unklar.

»Was für eine Bruchbude«, stellte Bergmann fest, während sie am Gebäude und am Polizeizelt vorbeirollten, das die Kollegen auf der Wiese aufgestellt hatten. Ringsherum herrschte geschäftiges Treiben.

»Sieht aus wie ein Geisterhaus«, kommentierte Sandra das verfallene Haus mit der großen Veranda, die über beide Stockwerke reichte.

»Komm mir bloß nicht wieder mit Geistern«, spielte der Chefinspektor auf einen früheren Mordfall an. Damals waren sie bei dichtem Nebel zu einem Einsatz ins südsteirische Sausal gefahren, als plötzlich ein Mädchen wie aus dem Nichts mitten auf der Fahrbahn aufgetaucht war und Sandra den Wagen gerade noch rechtzeitig hatte abbremsen können. Aber das war eine andere, reichlich mysteriöse Geschichte, die ihr einige Kopfschmerzen bereitet hatte.

Sandra hielt weiterhin Ausschau nach einer Parkmöglichkeit, fand jedoch keine. Am Schlagbaum an der Zufahrt hielt sie an und sprach die Kollegen an, die dort postiert waren. »Wo können wir parken?«, erkundigte sie sich, nachdem sie sich zu erkennen gegeben hatte.

Ein Wachmann zeigte in die Richtung, aus der sie eben gekommen waren. »Am besten fahrst wieder z'ruck. Auf der Zufahrt vor den Hüttn am Waldrand kannst parken«, erklärte er ihr. »Von dort gehts am besten direkt über d' Wiesn zum Tatort umi.«

Welche Hütten?, überlegte Sandra. Im Vorbeifahren waren ihr keine aufgefallen.

»Wir sind doch nicht zum Wandern hier«, polterte ihr Beifahrer los, noch ehe sie nachfragen konnte. »Steig aus, Sandra!« Er löste seinen Sicherheitsgurt, sprang aus dem Auto und warf die Tür zu. »Lass den Schlüssel stecken und komm!«, rief er ihr von draußen zu. »Der Kollege wird unseren Wagen parken und uns später wieder hier abholen«, ordnete er an und klopfte dem Inspektor vermeintlich jovial auf die Schulter.

Der jüngere Mann nahm Haltung an. »Jawoll, Herr Chefinspektor!«, bestätigte er die Anweisung des ranghöheren Kriminalpolizisten aus der Landeshauptstadt.

»Na also, geht doch«, sagte Bergmann zufrieden und setzte sich in Bewegung.

Sandra überließ dem Landpolizisten den Audi. Während er reversierte, marschierte sie hinter Bergmann um den Schlagbaum herum über die Zufahrt auf das Haus zu. Ihre Hände waren in den Jackentaschen vergraben, um sie möglichst warmzuhalten. Eigentlich hätte sie ihren Schal aus dem Auto mitnehmen wollen, aber der Chefinspektor hatte sie mit seiner spontanen Reaktion dermaßen abgelenkt, dass sie darauf vergessen hatte. Auf halbem Weg kam ihnen eine Gruppe von Feuerwehrmännern entgegen, die ihren Einsatz bereits hinter sich hatte. Sie begrüßten die Freiwilligen und setzten ihren Weg fort, ohne sich nach dem Status quo zu erkundigen. Vor dem Haus hielten sie inne, um das verwitterte Dach und die Holzfassade zu betrachten.

Durch die kaputten Fenster waren LED-Scheinwerfer und Baustützen zu erkennen, die die einsturzgefährdeten Decken absicherten. Mehrere Gestalten in weißen Overalls und Kapuzen auf dem Kopf waren auf der Veranda beschäftigt. Sandras Blick schweifte über das steinerne Fundament der Ruine zum winzigen Fenster. Um in den hell erleuchteten Keller hineinsehen zu können, hätte sie näher herangehen müssen. Stattdessen folgte sie Bergmann, der auf das Polizeizelt auf der Wiese zusteuerte.

Die gelbe Daunenjacke der Gerichtsmedizinerin stach im Nebel am meisten hervor. Um Doktor Jutta Kehrer herum standen ein Polizist in Uniform und zwei weitere Männer in weißen Einwegoveralls. Während die Ermittler sich der Gruppe näherten, erkannte Sandra den Leiter der Tatortgruppe. Jörg Schöffmann stellte ihnen den unbekannten Mann mit dem weißen Bauhelm auf dem Kopf als Statiker vor, der für die Gebäudesicherung verantwortlich zeichnete. Der Polizist mit dem Spitzbärtchen war der Kommandant der zuständigen Polizeiinspektion.

»Dürfen wir schon ins Haus hinein?«, erkundigte sich der Chefinspektor.

»Alle Räume sind so weit abgesichert«, gab der Sicherheitstechniker grünes Licht. »Ich wollte mich gerade verabschieden.«

»Auf Wiedersehen«, sagte Bergmann beiläufig und wandte sich dem Leiter der Tatortgruppe zu.

»Es wäre mir lieber, wenn ihr das Haus noch nicht betretet,« antwortete Jörg Schöffmann, während der Sicherheitstechniker hinter ihrem Rücken im Nebel verschwand. »Da drinnen herrscht Chaos. Wir werden noch eine ganze Weile mit der Spurensicherung und der Dokumentation beschäftigt sein. Wie lange die Auswertung danach noch dauert, wissen die Götter.«

Bergmann hob die Augenbrauen und warf einen abschätzigen Blick auf das Gebäude. »Dafür brauchen wir hier wohl keinen Tatortreiniger mehr.«

Niemand ging auf seine Bemerkung ein, nicht einmal die Gerichtsmedizinerin, die sich mit dem Chefinspektor den schwarzen Humor teilte, was unter anderem dazu beitrug, dass den beiden seit geraumer Zeit ein Verhältnis unterstellt wurde. Unter demselben Verdacht stand auch die Vize-Landespolizeidirektorin Nicole Herbst, mit der Bergmann früher in Wien zusammengearbeitet hatte. Um Sandra rankten sich ebenfalls Beziehungsgerüchte mit ihrem Vorgesetzten, die völlig aus der Luft gegriffen waren. Für die beiden anderen Damen konnte sie freilich nicht die Hand ins Feuer legen, und für Bergmann schon gar nicht.

»Wem gehört diese Bruchbude überhaupt?«, erkundigte er sich.

»Der Familie Leinzinger, die in den 60er-Jahren mit Sack und Pack nach Amerika ausg'wandert ist«, antwortete der Provinzpolizist. Bei den Einheimischen hieß es noch immer *Leinzingerhaus.*

Das gut proportionierte Gebäude musste sehr gemütlich gewesen sein, als es noch gut in Schuss war, dachte Sandra. Das weitläufige Grundstück lag idyllisch mitten im Wald und war dennoch über die öffentliche Straße erreichbar, was keineswegs selbstverständlich war. »Und seither steht das Haus leer?«, fragte sie.

Wie lange es schon unbewohnt war und immer weiter verfiel, wusste der Kommandant nicht, da er aus dem oststeirischen Passail stammte und erst im Jahr 2001 in die Weststeiermark gezogen war. Mit der Buchhändlerin aus Voitsberg, in die er sich seinerzeit verliebt hatte, war er heute noch verheiratet. »Am besten redets mi'm Förster vom Reinischkogel. Der Steinbauer Georg schaut aufs *Leinzingerhaus* und hat Kontakt zum Eigentümer.«

Sandra ließ sich die Daten des Försters, der ebenfalls am Reinischkogel wohnte, auf ihr Handy schicken.

»Herr Steinbauer hat sich aber nicht besonders gut um das Haus gekümmert«, merkte Bergmann kritisch an.

»Für den maroden Zustand kann der Georg nix«, entgegnete der Kommandant. »Die Keischn war schon vor 20 Jahren baufällig und nimmer sanierbar.« Außerdem hatten wiederholt Vandalen im Haus gewütet.

»Ist die Leiche inzwischen identifiziert?«, wechselte der Chefinspektor das Thema.

Der Kommandant verneinte. »In dem Zustand würd ich meine eigene Mutter nimmer erkennen. Gott hab sie selig ...«

»Habt ihr die Abgängigkeitsanzeigen schon überprüft?«, fragte Sandra.

»Bei uns wird niemand vermisst.«

Bergmann schaute den Mann mit schmalen Augen an. »Und außerhalb eures Kaffs?«

Der Spitzbart zuckte mit den Schultern. »Soweit samma no net«, meinte er gelassen.

Der Chefinspektor verdrehte die Augen und atmete ein weißes Wölkchen aus.

»Wir kümmern uns darum«, lenkte Sandra ein.

30. August 1977

Bevor ich den Herrn Direktor Schmölzerl fragen habe können, was ein Karzer ist, hat es an seiner Bürotür geklopft. Eine Frau ist hereingekommen mit einem riesigen Schlüsselbund in der Hand. Ihre haselnußbraunen Haare sind am Hinterkopf zu einer geflochtenen Schnecke zusammengedreht. Die Frau Höllerer hat schmale Lippen, rote Wangen und helle graublaue Augen. Sie ist die Erzieherin von meiner Gruppe, und ich muß ihr ohne Widerrede folgen, hat sie gesagt. Den anderen Erzieherinnen auch und dem Herrn Schmölzerl sowieso. Sonst setzt es was. Sie wollte mir zuerst gar nicht glauben, daß ich erst 13 bin. Mir ist es kalt über den Rücken gerieselt, wie sie mich angeschaut hat. Der Herr Schmölzerl hat ihr mein Alter bestätigt und mir meine Zöglingsnummer mitgeteilt: 131.

Ich bin doch keine Nummer! Ich bin die Brigitte Sedlaczek aus Wien. Am 8. Dezember werde ich 14 Jahre alt. Ausgesprochen habe ich meine Gedanken aber nicht. Sonst hätte mir der Herr Schmölzerl womöglich noch eine runtergehaut. Oder die Frau Höllerer.

Sie hat mir dann angeschafft, meinen Koffer zu nehmen und mitzukommen, damit sie mir die Anstaltswäsche zuteilen und das Zimmer zeigen kann. Mein Koffer war so schwer, daß ich ihr am Gang kaum hinterhergekommen bin. Die Maschinengeräusche, die ich gehört habe, sind immer lauter geworden. Vor einer Tür ganz hinten ist die Erzieherin endlich stehengeblieben und hat sie aufgesperrt.

In der Wäschekammer war es warm, feucht, und es hat muffig gerochen. Direkt nebenan liegt die Waschküche, hat sie mir erklärt und verlangt, daß ich meinen Koffer aufmache. Dann habe ich mich vor ihr ausziehen müssen.

Ich habe mich so geniert!

Sie meint, daß ich für mein Alter sehr weit entwickelt bin. Ich habe mich zur Meßlatte am Türstock und danach auf die Waage stellen müssen, damit sie meine Größe und mein Gewicht aufschreiben kann. Danach hat sie von mir verlangt, daß ich die Beine grätsche und die Arme in die Höhe hebe. Sie hat mich von oben bis unten und von vorne bis hinten ausgegriffen und wollte dann, dass ich mich vornüberbeuge, damit sie mir den Finger hineinstecken kann.

Vor lauter Schreck habe ich aufgeschrien.

Ich soll mich nicht so anstellen, hat sie geschimpft und mir ihren Schlüsselbund ins Kreuz geschlagen, damit ich unten bleibe. Sie muss schließlich nachschauen, ob ich Rauschgift oder andere verbotene Sachen ins Heim schmuggeln will. »Wie der Herr, so 's G'scherr«, hat sie gesagt. »Wir wissen doch beide, daß Deine Mutter rauschgiftsüchtig ist.«

Aber ich bin es nicht! Sie hat keine Drogen bei mir gefunden, und ich habe mich wieder anziehen dürfen. Währenddessen hat sie meinen Koffer durchwühlt und mich nach Geld gefragt. Ich habe sie angelogen, daß ich nur ein paar Schilling mithabe, und mein Geldbörsel aus dem Rucksack geholt.

Sie hat die Münzen gezählt. Ich soll gut drauf aufpassen, hat sie mir geraten und mir das Börsel zurückgegeben. Meine Briefmarken hat sie mir weggenommen. Wenn ich Briefe schreibe, muß ich sie abgeben. Die Post der Zöglinge wird von den Erzieherinnen abgeschickt und verteilt. Das soll ich mir gefälligst hinter die Ohren schreiben.

Das Briefpapier und das Notizbuch habe ich behalten dürfen. Auch meine Bücher, die sie alle durchgeblättert und ausgeschüttelt hat. Viel Zeit zum Lesen und Schreiben werde ich nicht haben, hat sie gemeint. Höchstens für Hausübungen und Strafarbeiten, wenn ich nicht spure. Dann hat sie sich meinen Teddybären angeschaut. Wofür ich das verlauste Kuscheltier überhaupt mitgenommen habe, wollte sie wissen. Dafür bin ich doch schon viel zu alt.

Ich habe sie angefleht, daß sie mir den Johnny nicht wegnehmen soll. Mir ist fast das Herz stehengeblieben. Wenn sie seinen Ringelpulli hochzieht und das Batteriefach auf dem Rücken aufmacht, findet sie mein Geld.

Hat sie aber nicht. Dafür hat sie mich ausgelacht, weil ich meinem Teddy einen Negernamen gegeben habe, und hat ihn auf die Kommode geschmissen. Aus dieser hat sie dann ein paar häßliche Unterhosen, riesige Oma-BHs und kratzige Handtücher herausgenommen, die vielleicht früher einmal weiß waren. Ich soll meine Sachen mit meiner Zöglingsnummer 131 markieren, hat sie gesagt und mir einen Wäschestift gegeben. Auch die, die ich von daheim mitgenommen habe. Sonst sind sie im Nu weg. Den Stift muß ich ihr morgen beim Frühstück zurückgeben.

Der Name Höllerer paßt zu dieser Teufelin. Ich habe sie gefragt, wofür die verwaschenen Lumpen gut sind, die sie mir in den Koffer geworfen hat. Das sollen Monatsbinden sein. Gibt es denn keine Tampons? Ich habe nur eine kleine Packung von zu Hause mitbekommen. Wenn ich die Binden zusammenrolle und mir hineinstecke, dann habe ich meine Tampons, hat sie gesagt und dabei boshaft gelacht. Fällt mir nicht im Traum ein. Die Fetzen sind bestimmt schon hundertmal gebraucht und gewaschen worden.

Die Teufelin hat dann auch noch Bettzeug für mich aus dem Kasten geholt. Ich habe meinen Koffer wieder zumachen und mitkommen müssen. Der Johnny ist auf der Kommode liegengeblieben. Wie soll ich denn jetzt an mein Geld kommen? Ich *will mir Tampons und Briefmarken kaufen, damit ich meine Briefe selbst in den Postkasten werfen kann.*

Bis wir endlich im ersten Stock waren, habe ich wegen meinem schweren Koffer immer wieder stehenbleiben müssen. Vor lauter Zorn sind mir die Tränen gekommen. Ich soll mich gefälligst zusammenreißen, hat die Frau Höllerer unterwegs mit mir geschimpft und mir ein paar feste Kopfnüsse verpasst. Wenn ich nicht sofort zum Plärren aufhöre, muß ich heute hungrig liegen gehen.

Liegen gehen? Was meint sie damit? Soll das eine Strafe sein? Ihr steirischer Dialekt ist für mich nicht immer verständlich. Verstanden habe ich aber, daß am nächsten Tag ein weiterer Zögling ankommt. Sobald das zweite neue Mädchen eingezogen ist, wird sie uns die Heimregeln beibringen.

Dann hat mir die Frau Höllerer ein Einzelbett und einen schmalen Kleiderkasten im Zimmer Nummer 15 zugeteilt. Im Stockbett an der Wand gegenüber schlafen zwei andere Mädchen. Sie sind schon 14. Die Monika schläft unten, die Birgit oben. Ich mag sie beide nicht.

Kaum war die Erzieherin draußen, haben sie getuschelt und gelacht. Während ich meine Sachen in den Kasten eingeräumt habe, sind sie auf einmal von hinten über mich hergefallen. Die Monika hat mir den Arm auf den Rücken gedreht, mich an den Haaren gezogen und wollte Geld von mir. Ich muß bezahlen, wenn ich in ihrem Zimmer schlafen will.

Aber ich will ja gar nicht bei ihnen schlafen, ich muß!

Wo ich mein Geld versteckt habe, hat die Birgit gefragt und mich in den Bauch geboxt. Mir ist die Luft weggeblieben. Ich soll sagen, wo mein Geld ist, sonst tögeln sie mich anständig, hat mir die Monika gedroht. Also habe ich ihr mein Geldbörsel gegeben. Sie hat es ausgeleert, die Münzen gezählt und eingesteckt. Das leere Börsel hat sie mir zurückgegeben und sich beschwert, daß es nur so wenig ist. Dann haben sie mir auch noch meine Tampons und den warmen blauen Pullover weggenommen. Über die großen BHs, die mir die Teufelin gegeben hat, haben sie sich zerkugelt und rufen mich seither »Titti« anstatt Gitti.

Ob ich die beiden verpetzen soll? Dann dreschen sie mich windelweich, haben sie mir angedroht. Die meinen es bestimmt ernst. Die Monika hat mich so fest geschubst, daß ich mit dem Kopf auf den Radiator gefallen bin. Jetzt habe ich eine Beule, und mein Arm tut weh, den sie mir verdreht hat. Wenigstens habe ich bis zum Abendessen meine Ruhe von ihnen gehabt, weil die beiden zum Holzhacken eingeteilt waren.

Ich habe dann mein Bett überzogen, meine Sachen markiert und der Mutti geschrieben, daß sie mir Tampons und Briefmarken schicken soll. Und daß ich nicht hierbleiben will. Mir kommen schon wieder die Tränen. Ich will nach Hause!

KAPITEL 4

»Was kannst du uns über die Leiche berichten?«, fragte Bergmann die Gerichtsmedizinerin, den Blick auf das Kellerfenster des verfallenen *Leinzingerhauses* gerichtet.

Doktor Jutta Kehrer sah heute irgendwie anders aus, fand Sandra. Jünger, frischer, erholt. Als wäre sie gerade aus dem Urlaub zurückgekehrt. Vielleicht lag es auch am kürzeren Haarschnitt, den die blondierte Frau neuerdings trug. Zudem schmeichelte ihr die sonnengelbe Farbe ihres Anoraks.

»Das Opfer ist weiblich. Der Gebissstatus und die Abnutzung der Zähne lassen auf ein Alter jenseits der 60 schließen«, sagte sie. »Wahrscheinlich war die Frau sogar schon 70 oder noch älter.«

Sandra kam die eigene Mutter in den Sinn. Wie es ihr wohl ging? Den Kontakt zu ihr hatte sie vor 13 Jahren abgebrochen, was für sie beide besser war. Zu besonderen Anlässen schrieb sie der Mutter noch, wenngleich diese auch auf ihre letzte Glückwunschkarte zum 70. Geburtstag nicht reagiert hatte.

»Einige Zähne sind abgebrochen, andere fehlen. Zudem weist der Kiefer Frakturen auf«, unterbrach die Gerichtsmedizinerin ihre Gedanken an die lieblose Mutter, der sie nie etwas recht machen konnte. »Auch die Rippen und das rechte Sprunggelenk sind gebrochen. Abgesehen von den Frakturen gibt es massive Tierfraßspuren von Insekten und Nagetieren.«

»Fingerabdrücke können wir vergessen«, warf Jörg Schöffmann ein.

Doktor Kehrer nickte. »Alles andere wird die Obduktion zeigen. Ich habe sie als erste Patientin morgen Früh eingeschoben.«

»Und wann beginnt der interessante Teil für mich?«, fragte Bergmann.

»Gegen 10 Uhr«, schätzte die Gerichtsmedizinerin.

Vorher musste die Leiche von Kopf bis Fuß geröntgt und in den Computertomografen geschoben werden. Anschließend wurde die Haut Zentimeter für Zentimeter mit Folie abgeklebt, um etwaige Fremd-DNA, Fasern und andere Spuren zu sichern. Auch in den Haaren, unter den Fingernägeln und in den Körperöffnungen wurde gesucht. Erst danach folgten die äußere Untersuchung, die Leichenöffnung und die Organentnahme, bei der ein Ermittler, in vielen Fällen auch ein Vertreter der Staatsanwaltschaft, anwesend war.

Sandra war es nur recht, dass der Chefinspektor die meisten Obduktionstermine übernahm und sie sich währenddessen anderen Ermittlungstätigkeiten widmen konnte. Gerade in der Früh war ihr empfindlicher Magen schnell von strengen Gerüchen überfordert.

»Wie lange liegt der Todeszeitpunkt in etwa zurück?«, erkundigte sich Bergmann.

Die Gerichtsmedizinerin zuckte mit den Achseln. »Durch die Fensteröffnung ist der Keller recht gut belüftet. Dennoch sind die Mauern feucht und schimmelig, was das Wachstum von Pilzen und Bakterien und damit die Verwesungsprozesse begünstigt, auch wenn die Raumtemperatur relativ niedrig ist. Grob geschätzt liegt der Todeszeitpunkt wenige Wochen bis Monate zurück. Ich habe ein paar

Insektenproben für den Kollegen genommen …« Damit meinte sie den forensischen Entomologen, der anhand des Insektenbefalls der Leiche und der Entwicklungsstadien unterschiedlicher Larven und Maden die Leichenliegezeit bestimmen und den Todeszeitpunkt eingrenzen konnte.

»Und die Todesursache?«, fragte Bergmann.

»Lässt sich noch nicht zuverlässig sagen«, antwortete die Ärztin.

»Ist die Frau vor ihrem Tod misshandelt worden?«, fragte Sandra nach dem Offensichtlichen.

»Davon ist auszugehen«, meinte die Gerichtsmedizinerin.

Jörg Schöffmann, der inzwischen seinen Overall bis zur Taille hinuntergezogen und eine Jacke über dem Pullover angezogen hatte, stimmte ihr zu. »Die Spuren im Keller sprechen ebenfalls dafür. Ihre Hände waren mit Kabelbindern hinter dem Rücken gefesselt, und sie war unbekleidet.«

»Die Frau war nackt?«, hakte Bergmann nach.

Seine Frage wurde bestätigt.

»Eine nackte, misshandelte tote Greisin im Keller eines verfallenen Hauses«, fasste der Chefinspektor zusammen. »Wurde sie auch vergewaltigt?«

»Ich kann es nicht ausschließen«, antwortete Doktor Jutta Kehrer.

»Habt ihr Kleidungsstücke oder andere persönliche Gegenstände gefunden?«, erkundigte sich Sandra.

Der leitende Kriminaltechniker verneinte ihre Frage. »Nichts, was sich der Toten zuordnen ließe«, berichtete er. »Im ganzen Haus nicht. Da drinnen befindet sich nur altes Graffl.«

»Aber die Frau ist am Fundort verstorben?« Sandra wies mit ihrem Kinn zum Kellerfenster. Ihre Hände steckten noch immer in den Jackentaschen, jedoch war die Kälte längst unter ihre Jeans gekrochen und ließ sie frösteln.

»Fundort und Tatort sind identisch«, bestätigte Jörg Schöffmann. »Es finden sich zahlreiche Blutspuren im Keller.«

Mit Luminol und einem Oxidationsmittel besprüht, leuchteten Blutanhaftungen selbst in geringsten Mengen im Dunkeln bläulich.

»Demnach hat das Martyrium der Frau länger angedauert«, folgerte Sandra.

Der Leiter der Tatortgruppe wiegte seinen Kopf hin und her. »Sofern die Blutspuren nicht von mehreren Opfern stammen«, schränkte er ein. Die DNA-Analysen würden ihnen die Anzahl der Personen verraten, die dort ihre Spuren hinterlassen hatten. Jedoch gab es bisher keine forensische Methode, die zuverlässig nachweisen konnte, zu welchem Zeitpunkt dies geschehen war.

»Es gibt aber nur *eine* Leiche im Keller«, vergewisserte sich Bergmann.

»Wenn man von Rattenkadavern absieht, ja«, bestätigte Jörg Schöffmann. »Aber es wurde ein Schwerverletzter aus dem Keller geborgen«, brachte er Christian Zwettler ins Spiel.

Bergmann und Sandra nickten. »Von ihm werden sich wohl auch Blutspuren im Keller befinden, oder nicht?«, fragte sie.

Der Leiter der Tatortgruppe nahm es ebenfalls an. Um sicherzugehen, mussten sie jedoch die Laborergebnisse abwarten.

Sandra wandte sich nach einem Motorengeräusch um, das näherkam. Der Leichenwagen fuhr am Zelt vorbei bis ans Ende der Zufahrt und blieb neben dem Hauseingang stehen.

Die Gerichtsmedizinerin bückte sich nach ihrem Alukoffer und der Kühlbox mit den Insektenproben. »Da ich für lebende Patienten nicht zuständig bin, werde ich mich jetzt auf den Heimweg begeben«, spielte sie auf den Verletzten an und verabschiedete sich von den Anwesenden. »Gute Nacht!«

Der Chefinspektor entließ sie mit einer Geste und wandte sich dem Kommandanten zu. »Gibt es einen Hinweis, wie die Frau hierhergekommen ist? Und was sie hier gewollt haben könnte?«

Der Landpolizist schüttelte den Kopf.

»Vielleicht war sie obdachlos und hat das Haus als Unterschlupf benutzt«, sprach Sandra ihren spontanen Gedanken aus. Steigende Kosten und die hohe Inflation führten dazu, dass es immer mehr Bedürftige in Österreich gab. Die Armen wurden immer ärmer, manche sogar obdachlos. Dabei waren Frauen stärker armutsgefährdet als Männer und fast doppelt so häufig von Altersarmut betroffen.

»Schwer vorstellbar, dass jemand freiwillig da drinnen gehaust haben soll«, bezweifelte Jörg Schöffmann ihre Theorie. »Bei all dem Schimmel und dem Dreck, ohne Strom, Wasser und Lebensmittel …«

Was blieb einem anderes übrig, wenn man kein Dach über dem Kopf hatte und sonst nirgendwo unterkommen konnte? »Was ist mit dem Verletzten? Könnte er die Frau hergebracht haben? Habt ihr ihn schon befragt?«, erkundigte sich Sandra. Christian Zwettler konnte ein wichtiger Tatzeuge sein. Oder auch der Täter.

Der Kommandant fuhr sich über den Bart und verneinte ihre letzte Frage. Eine Vernehmung des Schwerverletzten sei nicht möglich gewesen, die Erstversorgung und Bergung dringlicher, berichtete er. Nur der Rettungsarzt hatte mit dem Notfallpatienten gesprochen, diesen behandelt und im *Christophorus*-Hubschrauber in die Uniklinik nach Graz begleitet.

»Kennt jemand von euch Christian Zwettler? Oder ist er euch zuvor schon einmal begegnet?«, wollte Sandra wissen.

Der Landpolizist verneinte erneut.

»Irgendeine Idee, wie der Mann hierhergekommen ist?«, fragte Bergmann weiter.

»Wahrscheinlich mit dem Auto«, sagte der Kommandant.

»Aber geh«, ätzte der Chefinspektor.

Der Spitzbart in Uniform zuckte gleichgültig mit den Schultern. »Auf Christian Zwettler ist ein silbergrauer Volvo, Baujahr 2011 zugelassen«, fuhr er fort. »Das Fahrzeug habn wir aber no net g'fundn.«

»Bei den bescheidenen Sichtverhältnissen heute Abend ist das auch kein Wunder«, meinte Jörg Schöffmann. »Meine Leute werden sich morgen bei Tageslicht im Umkreis des Tatorts nach dem Auto umschauen. Sollte es jemand von euch entdecken, gebt uns gleich Bescheid, ja?«

»Jawoll«, erwiderte der Kommandant.

»Der Verletzte hatte eine hochwertige Fotoausrüstung bei sich, mit der er gestern in diesem Haus fotografiert hat«, berichtete der Leiter der Tatortgruppe weiter. »Dabei dürfte es zum Unfall gekommen sein. Es sieht so aus, als wäre er mitsamt einer morschen Falltür in den Keller gestürzt.«

Was nicht ausschloss, dass Christian Zwettler schon früher in diesem Haus gewesen war. Möglicherweise, um die Frau im Keller zu misshandeln und zu töten, überlegte Sandra.

»Was hat der Mann da drinnen fotografiert?«, fragte Bergmann, den Blick auf die Veranda gerichtet. Der schlechte Zustand ließ ihn auf die anderen Räume im Haus schließen.

»Den Verfall«, erwiderte Jörg Schöffmann. Seine Beine steckten noch im Einwegoverall, dessen Oberteil samt Kapuze vom Hinterteil abwärts hinunterhing.

»Du meinst die Leiche?«, hakte Bergmann nach.

»Die auch. Die meisten Fotos zeigen zerstörte Räume und kaputte Gegenstände. Allem Anschein nach hat er sich als Fotograf auf sogenannte ›Lost Places‹ eingeschossen, wie solche verlassenen Plätze auf Neudeutsch genannt werden.«

»Soll das ein Beruf sein?«, fragte Bergmann.

»Eher ein Hobby«, glaubte Jörg Schöffmann.

»Und dafür betreten diese Leute einsturzgefährdete Gebäude und riskieren Kopf und Kragen?«, meinte der Chefinspektor kopfschüttelnd.

»Alles für ein paar schaurig schöne Fotos«, entgegnete Jörg Schöffmann.

»Ohne Sondergenehmigung des Grundstücksbesitzers oder Verwalters fällt das Betreten unter Hausfriedensbruch und ist eine Straftat«, meldete sich Sandra zu Wort. Die Schilder am Schlagbaum waren bestimmt nicht aus Jux und Tollerei dort angebracht worden.

»Wo kein Kläger, da kein Richter«, wandte Bergmann ein. Hausfriedensbruch wurde nur auf Antrag des Besitzers rechtlich verfolgt und auch nur dann bestraft.

»Es gibt spezielle Internetforen, in denen sich diese Leute austauschen und ihre Fotos von Lost Places posten«, sagte Jörg Schöffmann.

Internetforen gab es für alles und jedes. Auch im Darknet, wo vor allem kriminelle Geschäfte und illegale Machenschaften im Verborgenen blühten. Die Cyber-

Kriminellen waren den IT-Ermittlern meistens um eine Nasenlänge voraus, wenn nicht sogar deutlich weiter. Zwar zielte die letzte Kriminaldienst-Reform darauf ab, die regionalen Polizeidienststellen insbesondere in Sachen Cyberermittlungen zu stärken, aber Sandra bezweifelte, dass sie den Vorsprung der Täter in absehbarer Zeit wettmachen konnten.

»Ich werde Stefan bitten, sich die einschlägigen Webseiten anzusehen«, sagte Jörg Schöffmann. »Vielleicht findet sich etwas darauf, das euch weiterhilft.«

Sandra nickte. Jede Möglichkeit, die ihnen Hinweise liefern und den Ermittlungen dienen konnte, kam ihr gelegen.

»Hast du dir auch die Speicherkarte der Kamera angesehen?«, fragte der Chefinspektor.

»Flüchtig«, gestand der Leiter der Tatortgruppe.

»Und ist dir irgendetwas Verdächtiges aufgefallen?«, wollte Bergmann wissen. »War der Fotograf allein im Haus? Oder war außer ihm noch jemand anwesend?«

»Auf die Schnelle würde ich sagen, dass er sich alleine im Haus aufgehalten hat, abgesehen von der Leiche im Keller. Für eine Analyse müssten unsere Forensiker die Fotos unter die Lupe nehmen.«

In der Vergrößerung waren möglicherweise Spiegelungen oder Schatten zu erkennen, die entscheidende Hinweise liefern und vielleicht sogar zur Identifizierung des Täters führen könnten. Doch solange das Material nur sichergestellt und nicht offiziell beschlagnahmt war, durfte es zu Ermittlungszwecken nicht verwendet werden. Dafür war entweder die Zustimmung des Fotografen oder ein Gerichtsbeschluss erforderlich, um den Bergmann sich kümmern wollte.

»Diese Aufnahmen könnten uns jedenfalls die zeitliche Rekonstruktion des Unfalls erleichtern«, fuhr Jörg Schöffmann fort. »Nur so viel vorab: Der Fotograf dürfte das Haus gestern kurz nach Mittag betreten haben. Der Unfall ist ungefähr zwei Stunden später, gegen 14 Uhr passiert.« Demnach hatte der Verletzte mehr als 26 Stunden im Keller ausgeharrt, bis man ihn entdeckt hatte. Ein forensisches Bildgutachten könnte möglicherweise auch enthüllen, was darüber hinaus geschehen war.

»Wer hat den Verletzten überhaupt gefunden?«, fragte Sandra blinzelnd. Nachdem sich der Kommandant etwas zur Seite bewegt hatte, wurde sie von einem Scheinwerfer hinter ihm geblendet.

»Drei junge Männer aus Graz«, antwortete der Landpolizist und zückte seinen Notizblock, auf dem er die Personalien der Zeugen notiert hatte.

Sandra fotografierte die Seite mit ihrem Smartphone ab. »Und was wollten die Männer hier?«, erkundigte sie sich und erfuhr, dass die Freunde morgen Abend das *Junkerfest* im Schloss Stainz besuchen wollten. Wie jedes Jahr im November wurden dort die jungen Weine aus dem Schilcherland verkostet und mit regionalen Schmankerln und zünftiger Volksmusik feuchtfröhlich gefeiert.

Die drei Grazer hatten eine der beiden Hütten vom Alpenverein unweit des *Leinzingerhauses* für das Wochenende gemietet und diese heute Nachmittag bezogen. Vor Einbruch der Dunkelheit waren sie zu einem Abendspaziergang aufgebrochen und hörten auf einmal Schreie, denen sie zum Haus folgten. Gegen 16.30 Uhr entdeckten sie den Verletzten und die Leiche durch das Kellerfenster. »Sie habn dann die Rettungskettn über die Notrufnummer in Gang g'setzt und Kontakt zum Verletzten g'haltn, bis die Feuerwehr und die Rettung vor Ort warn.« Keiner der Zeugen hatte das Haus betreten, nachdem der Verletzte sie gewarnt hatte.

»Besser so«, sagte Bergmann. »Sonst gäbe es jetzt womöglich weitere Verletzte oder Tote.«

Die Burschen wollten am liebsten gleich wieder heimfahren, fuhr der Kommandant fort. Er bat sie jedoch, in der Hütte auf das Kriseninterventionsteam zu warten, anstatt sich ins Auto zu setzen und einen Unfall zu riskieren. »Die habn ja schon das eine oder andere Schnapserl intus«, glaubte der Polizist.

»Dann halten sich die Zeugen jetzt noch immer in der Hütte auf?«, fragte Sandra.

Der Inspektionskommandant wusste es nicht.

Sandra spähte in die Richtung, in der sie die Hütte vermutete, konnte diese aber nirgendwo entdecken. Also versuchte sie, die Männer einen nach dem anderen anzurufen, während Bergmann das *Leinzingerhaus* aus der Nähe inspizierte. Keiner der Zeugen nahm ihren Anruf entgegen. Dem letzten sprach sie auf die Mailbox und bat ihn oder einen seiner Freunde um Rückruf. Anschließend warf sie einen Blick auf die Uhr und beschloss, den Förster erst morgen zu kontaktieren. Sie verabschiedete sich von den Kollegen und blickte sich nach Bergmann um, der am Hauseingang stand und den Bestattern zuschaute, wie sie den Transportsarg aus dem Haus hinausrollten.

Als sie diesen in den Leichenwagen schoben, war Sandra nur noch wenige Schritte vom Chefinspektor entfernt und sprach ihn an. »Ich habe die Zeugen nicht erreicht, aber um Rückruf gebeten. Wenn du magst, können wir auch gleich in der Hütte nebenan vorbeischauen und sie befragen.«

Bergmann schüttelte den Kopf. »Morgen ist auch noch ein Tag. Lass uns jetzt essen fahren«, entschied er.

Sandra war das nur recht. Auch bei ihr hatte sich inzwischen Hunger eingestellt. Außerdem fror sie. Sie blickte sich erneut um. »Siehst du irgendwo den Kollegen, der unser Auto geparkt hat?«

»Dort unten steht er … Immer der Nase nach.«

Sandra marschierte neben dem Chefinspektor auf die Gruppe am offenen Schlagbaum zu. Wenig später saß sie hinterm Steuer ihres Dienstwagens, schaltete die Sitzheizung ein und fuhr los.

8. September 1977

Leider komme ich nicht jeden Tag zum Tagebuchschreiben. Außerdem muß ich aufpassen, daß es keinem auffällt. Ich verstecke es deshalb immer unter einer losen Diele, die ich beim Bodenaufwischen unter meinem Bett entdeckt habe. Nicht, daß es jemand liest, mir wegnimmt, mich zur Strafe verdrischt oder in den Karzer einsperrt.

Ich weiß jetzt, daß der Karzer eine Einzelzelle im Keller ist. Dort ist es kalt und stockfinster, und es gibt kein Klo, haben mir die Mädchen erzählt. Man muß in einen Kübel machen und kann sich nicht waschen. Deshalb stinkt es unten fürchterlich. Auf dem Fußboden liegt eine dreckige Matratze mit einer dünnen, kratzigen Decke. Überall laufen Ratten und Ungeziefer herum. Zum Essen gibt es nur hartes Brot und Einbrennsuppe. Ich hoffe, sie sperren mich nie in dieses Drecksloch ein. Es reicht schon, daß das Haus in der Nacht versperrt ist, damit niemand von uns ausreißen kann.

An den muffigen Geruch von meinem Bettzeug, den Handtüchern und der Wäsche habe ich mich inzwischen gewöhnt. Aber nicht an die Kälte. In unserem Zimmer zieht es durch das Fenster, und in der Nacht kühlt der Radiator aus. In der Früh ist es immer eiskalt. Wie soll das erst im Winter werden?

Um halb sechs Uhr werden wir aufgeweckt und müssen sofort aufstehen. »Auf, auf, ihr Hasen! Hört ihr nicht den Jäger blasen? Den Jäger mit dem grünen Hut, der schlimme Mädchen jagen tut«, hat das Fräulein Wegscheid heute Früh ins Zimmer gerufen. Das ist unsere jüngere Erzieherin mit blonden Haaren, die nach der Pfeife von der Teufelin tanzt.

Sonst wäre sie vielleicht eh ganz nett. Bevor wir unsere Betten machen, wird kontrolliert, ob wer hineingemacht hat. Danach müssen wir uns pudelnackert ausziehen, unser Waschzeug nehmen und mit den anderen Zöglingen von unserer Gruppe im Gänsemarsch hinuntergehen. Manchmal steht der Herr Direktor vor dem Waschraum und beobachtet uns beim Anstellen. Reden ist verboten, Lachen und Weinen sowieso.

Im Waschraum müssen wir uns mit den Rücken zu den Waschbecken aufstellen. Wehe, wenn eine aus der Reihe tanzt! Die wird von einer Erzieherin mit einem nassen Handtuch verdroschen. Das ist mir auch schon einmal passiert, und es tut sehr weh. Erst wenn alle Zöglinge mit der Zahnbürste in der Hand in Reih und Glied stehen, bekommen wir ein bißchen Zahnpasta auf die Bürsten gequetscht. In fünf Minuten müssen wir mit der Morgentoilette fertig sein und den Waschraum für die nächste Gruppe freimachen. Duschen dürfen wir nur an den Sonntagen. Außer die Mädchen, die zur Strafe Duschverbot haben.

Wir haben alle blaue Flecken am Körper, Beulen und kahle Stellen am Kopf, weil uns die Erzieherinnen beim geringsten Verstoß an den Haaren reißen. Einige haben auch Brandwunden von Zigaretten. Ich weiß genau, wie die ausschauen. Der Karl hat seine brennenden Tschick auch schon auf mir ausgedämpft. Am gemeinsten und brutalsten von allen ist die Teufelin. Obwohl die anderen Erzieherinnen auch schnell zuschlagen. Und die meisten größeren Mädchen gehen auf die jüngeren, kleineren los.

Ich traue hier niemandem über den Weg. Am ehesten noch dem anderen neuen Mädchen. Am Sonntag waren wir zusammen zum Waschraumputzen eingeteilt. Die Claudia ist zwei Monate jünger als ich, zaundürr und blaß. Sie hat glatte, lange blonde Haare, ist sehr schüchtern und schaut noch sehr kindlich aus. Keine Spur von einem Busen oder Schamhaaren. Die Claudia schläft im Zimmer 16, direkt hinter der Wand neben meinem Bett. In der Nacht höre ich sie oft husten. Sie ist ein Waisenkind und kommt ursprünglich auch aus Wien. Ihre Eltern sind letztes Jahr bei einem Unfall gestorben. Ihr Vater ist betrunken Auto gefahren. Zum Glück haben wir kein Auto mehr, mit dem der Karl die Mutti totfahren kann. Zuerst ist die Claudia zu einer Pflegefamilie auf einen Bauernhof in der Steiermark gekommen, hat sie mir erzählt. Dort hat sie aber nicht bleiben dürfen, weil sie andauernd krank ist und für die Arbeit am Hof nicht taugt. Ich bin froh, daß sie jetzt hier ist.

Der Mutti habe ich noch einmal geschrieben, daß sie mir Tampons schicken soll, aber noch immer keine Antwort bekommen. Außerdem habe ich ihr berichtet, wie grauslich das Essen im Heim ist. Gestern hat es Kochsalat mit Erbsen gegeben. Ich habe diesen Schweinefraß kaum hinuntergebracht. Die Claudia hat es immer wieder gereckt, und mir war auch schon richtig schlecht. Irgendwie habe ich es dann aber doch geschafft, den scheußlichen Gatsch hinunterzuwürgen. Aber die Claudia nicht. Sie hat ihn immer wieder ausgespuckt, bis es die Teufelin mitbekommen hat. Sie hat die Claudia von hinten am Zopf gepackt und ihr den Kopf ins Genick gerissen. Während sie sie festgehalten hat, hat das Fräulein Wegscheid ihr den Kochsalat eingeflößt, bis die Claudia gespieben hat. Das Erbrochene haben sie ihr immer wieder in den Mund gestopft. Die Arme hat kaum Luft bekommen und schrecklich gehustet. Ich hatte Angst, daß sie erstickt.

Ein paar andere Mädchen haben sie ausgelacht. Dafür gibt es keine Strafe. Obwohl Lachen und Sprechen vor allem beim Essen streng verboten sind. Wer auch nur ein einziges Wort redet, außer beim Tischgebet, bekommt eine feste Kopfnuß oder *eine Detschn verpaßt. Oder ein Schippel Haare ausgerissen. Ich habe auch schon zwei kahle Stellen am Kopf.*

KAPITEL 5

Auf dem Rückweg nahm Sandra den Waldkeuschler Weg nach Sommereben, wo sie sich auch ohne Navi zurechtfand. An der kleinen Kirche bog sie nach links ab und fuhr am Bio-Wirt auf der Alm vorbei, der sogar mit einer *Gault Millau*-Haube ausgezeichnet war. Im Gehege vor der Haustür wuchsen Rot- und Damhirsche heran, die dort zu feinen Hirschspezialitäten und -gerichten verarbeitet wurden, wusste sie von einem früheren Ausflug. Dazu standen saisonale Bioprodukte aus der Region auf der Speisekarte und Klassiker wie Backhendl, die in der Steiermark immer Saison hatten.

Bergmann wandte sich um. »Sind wir gerade am Wirtshaus vorbeigefahren?«

»Ja, aber das war ein anderes. Unseres liegt ein bisschen weiter unten.«

Bergmann warf einen ungeduldigen Blick auf die Uhr.

»Keine Bange, Sascha. Du bekommst dein Schnitzerl ja eh gleich. Verhungern wirst du hier ganz bestimmt nicht.« Das Schilcherland war das reinste Schlaraffenland. Nicht nur kulinarisch, sondern auch, was den Wein anbelangte, den man hier in den Gasthäusern und Buschenschänken genießen oder bei den Weinbauern ab Hof einkaufen konnte. Einzigartig war der Schilcher, ein Roséwein aus der Blauen Wildbacher-Traube, dem die Region ihren Namen verdankte. Die autochthone Rebsorte gedieh in den hügelig-steilen Weingärten entlang der malerischen Schilcherweinstraße, die von Ligist im Norden bis nach Eibiswald im Süden führte. Niemand Geringerer als Erzherzog Johann von Österreich, einst Besitzer von Schloss Stainz, hatte den Schilcher gefördert, um den Bauern in der Region ein solides wirtschaftliches Standbein zu sichern. Auch deshalb war der Bruder des damals regierenden Kaisers Franz I. zu Lebzeiten bei der Bevölkerung derart beliebt gewesen, dass sie ihren »Steirischen Prinzen« sogar zum ersten frei gewählten Bürgermeister von Stainz erkor. Heute noch befand sich das hochherrschaftliche Barockschloss im Ensemble der Pfarrkirche Heilige Katharina im Besitz seiner Nachfahren, der Familie Meran, und wachte eindrucksvoll über die beschauliche Marktgemeinde.

In Gedanken vertieft, wäre Sandra beinahe an ihrem Ziel vorbeigefahren. Sie bremste den Audi jäh ab und setzte ein Stück zurück, um sich schräg neben einem schwarzen BMW mit Wiener Kennzeichen direkt vor der grün-weißen Haustür des Wirtshauses einzuparken.

Es war keine zwei Monate her, dass sie hier zuletzt mit Hubert die Hochzeit von Freunden gefeiert und anschließend in einer der urig-gemütlichen Hütten auf dem Gelände übernachtet hatte. Am nächsten Tag waren sie nach einem opulenten Frühstück zum *Sporiroaofen* gewandert. Das steil abfallende Plateau der einzigartigen Felsformation erhob sich auf fast 800 Höhenmetern mitten im Wald und bot eine fantastische Aussicht weit übers Land.

Ob sich Hubert inzwischen gemeldet hatte? Sandra nahm den Rucksack mit ihrem privaten Handy in die *Waldschenke* mit.

Bergmann folgte ihr hinein.

»Griaß eich!« Die Wirtin trug bequeme Sneakers zum bunten Bänderrock einer bekannten Modedesignerin und eine bordeauxrote Trachtenstrickweste über ihrer weißen Bluse.

Bergmann nannte seinen Namen, unter dem er einen Tisch für zwei reserviert hatte.

»Ach, das Waldschweinschnitzerl! Gerade noch rechtzeitig. Setzts euch her da!« Die dunkelblonde Mittdreißigerin wies lächelnd auf den Tisch in der Ecke.

Sandra fragte sich, ob sich die Wirtin an sie erinnerte oder ob sie alle Gäste gleich herzlich empfing. Am Tisch gegenüber saßen zwei Frauen und zwei Männer im Alter zwischen 50 und 60 Jahren, die in ein Gespräch vertieft waren. Aus der Gaststube nebenan drangen lautere Stimmen und das Gelächter einer größeren Gesellschaft. Die jüngere blonde Kellnerin, ebenfalls in einem ausgestellten Trachtenrock mit weißer Bluse, trug ein Tablett mit Getränken hinein.

Die Wirtin reichte den Neuankömmlingen die Speisekarten und erkundigte sich nach ihren Getränkewünschen.

Erfreut stellte Sandra fest, dass es heuer so spät im Herbst noch Schilchersturm gab, und bestellte sich eine leichte Mischung, um ihre Fahrtüchtigkeit zu bewahren. Der teilweise gegorene Traubenmost wurde üblicherweise von September bis Ende Oktober ausgeschenkt und traditionell zu gerösteten Kastanien oder zur Brettljause genossen.

Die Wirtin erklärte ihr, dass die Weinblüte durch die kühle Witterung im vergangenen Frühjahr erst später eingesetzt hatte, und auch die Weinlese im Herbst hatte sich verzögert. Einige Weinbauern setzten Schwefel hinzu, um die Gärung in der Flasche zu bremsen und die Saison des beliebten Schilchersturms, vor allem in den Supermarktregalen, zu verlängern. Aber das war bei ihrem nicht der Fall.

Bergmann gönnte sich ein Glas vom »sauguaten« Schilcher aus dem höchstgelegenen Schilcherweingarten der Gastwirtfamilie. Ein Winzer vom nahen Hochgrail bewirtschaftete diesen für sie und kelterte auch den Wein.

»Mahlzeit!« Sandra hob ihr Henkelglas mit der linken Hand, wie es sich bis zur Weintaufe am 11. November gehörte. Erst nach dem Martinstag wechselte man auf die rechte Hand.

Bergmann prostete ihr mit seinem Weinglas zu. »Wieso Mahlzeit?«, fragte er.

Sandra zog ihr Glas zurück. »Mit Sturm wird nicht angestoßen, erst mit dem fertigen Wein«, erklärte sie ihrem Gegenüber den Brauch. »Und man sagt nicht Prost, sondern Mahlzeit.«

Bergmann verzichtete auf einen Kommentar und trank einen Schluck Wein.

Zum Essen hatte Sandra Waldschweinrollen als Hauptspeise bestellt. Die steirische Variante der asiatischen Frühlingsrollen hatte ihr letzthin besonders gut geschmeckt.

Bergmann blieb bei seinem Waldschweinschnitzerl in Kürbiskernpanier, das mit Petersilkartoffeln und Vogelbeer-Preiselbeer-Marmelade serviert wurde.

Während des Abendessens vermied Sandra es, den Mordfall anzusprechen. Einmal vibrierte ihr Handy auf dem Tisch. Sie warf einen unauffälligen Blick darauf, ignorierte es aber sofort wieder.

Bergmann beäugte es neugierig, bis sich das Display wieder verdunkelte. »Von mir aus kannst du die Nachricht ruhig lesen«, sagte er mampfend.

Sandra schüttelte den Kopf. »Später«, erwiderte sie schroff. Ihr Privatleben war auch ohne die Einmischung des Chefinspektors kompliziert genug.

Bergmann warf die Serviette auf seinen leer geputzten Teller und winkte die Wirtin herbei.

»Hat's euch geschmeckt?«, erkundigte sie sich.

»Ausgezeichnet«, erwiderte Sandra, die angenehm satt, aber nicht vollgegessen war.

Bergmann nickte zufrieden, sagte jedoch nichts. Aus seiner Sicht war das Lob genug.

»Darf's noch etwas sein für euch?«, fragte die Junior-Chefin, die ebenfalls zufrieden wirkte. »Ein Dessert vielleicht? Kaffee oder ein hausgebranntes Schnapserl?«

»Für mich bitte ein Glas Leitungswasser. Ich muss noch fahren«, sagte Sandra, während die Wirtin die benutzten Teller samt Besteck aufnahm.

»Für mich einen großen Espresso«, orderte Bergmann und zückte seinen Dienstausweis. »Außerdem würden wir Ihnen gerne ein paar Fragen stellen. Kriminalpolizei, LKA Steiermark.«

Der Frau verging das Lächeln. »Ich servier nur rasch ab und komm dann gleich wieder.« Sie wandte sich ab, um in der Küche zu verschwinden.

»Meinst du, dass sie weiß, worum es geht?«, fragte Bergmann, der ihr nachblickte.

»Anzunehmen«, sagte Sandra. Die Wirtshäuser auf dem Land dienten der Bevölkerung seit jeher als Nachrichtenzentralen. Heutzutage trugen digitale und soziale Medien zur noch schnelleren Verbreitung bei und lieferten dazu auch noch Fake News. »Entschuldige mich kurz«, sagte Sandra und stand auf, um die Toilette aufzusuchen und die Nachricht von Hubert zu lesen. »Schade«, schrieb er. »Sonntagsbrunch bei mir?«

»Sorry, ein neuer Mordfall. Freie Tage bis auf Weiteres gestrichen«, schrieb Sandra zurück und wünschte ihm ein schönes Wochenende.

Als Hubert vor einigen Wochen aus Italien zurückgekehrt war, hatte sie geglaubt, er würde Schluss mit ihr machen. Immerhin hatte sie ihn verdächtigt, mit der reichlich arroganten Schriftstellerin Beatrice Franz in den Urlaub gefahren zu sein. Auch Sandra hatte hin und her überlegt, ob sie sich von ihm trennen sollte. Schlussendlich entschied sie sich aber dann doch dafür, der Beziehung mit ihrem feschen Nachbarn noch eine Chance zu geben, obwohl der kunstsinnige Schriftsteller und Literaturübersetzer und die pragmatische Polizistin, die kaum Zeit für ein Privatleben fand, grundverschieden waren. Dabei störte ihr Beruf den Freigeist am allerwenigsten. Vielmehr führte ihre vermeintliche Eifersucht, die Sandra jedoch keineswegs übertrieben fand, immer wieder zu Streitereien. Was war so schlimm daran, den Partner offen und ehrlich an seinem Leben teilhaben zu lassen? Sofern es sich nicht um Berufsgeheimnisse handelte. Sie waren seit elf Monaten miteinander liiert, und Sandra wusste so gut wie nichts über seine Vergangenheit. Die Geheimniskrämerei nervte sie, und sie hatte weder Zeit noch Lust, Hubert nachzuspionieren. Freilich gab es auch harmonische Stunden zwischen ihnen, in denen sie viel zu lachen und guten Sex hatten. Wenn sie ehrlich zu sich selbst war, bezweifelte sie jedoch, dass sie in dieser Beziehung auf Dauer glücklich würde.

Die Kellnerin hantierte mit der Espressomaschine, als Sandra in die Gaststube zurückkehrte. Die Wirtin servierte eine Karaffe Wasser und gesellte sich mit zwei Gläsern zu ihnen an den Tisch. Ein Glas füllte sie für Sandra, das andere für sich selbst.

»Was wollen Sie denn von mir wissen?«, fragte sie merklich kühler als zuvor.

»Kennen Sie Herrn Christian Zwettler?«, kam Bergmann gleich zur Sache.

Die Frau überlegte kurz und verneinte dann. »Wer soll das sein?«

»Ein junger Mann, der gestern bei einem Unfall am Reinischkogel schwer verletzt wurde«, erklärte Bergmann.

»Gestern?«, fragte die Wirtin irritiert. »Ich weiß nur von einem Verletzten, der heute Nachmittag mit dem Hubschrauber abtransportiert worden ist. Meinen Sie vielleicht den?«

Bergmann nickte und hielt inne, als sich die Kellnerin mit seinem Espresso näherte.

»Ich hab auch gehört, dass im *Leinzingerhaus* eine Leiche gefunden worden ist. Stimmt das?«, fragte die Wirtin.

Bergmann riss das Zuckersackerl auf und ließ den Inhalt in seine Tasse rieseln.

Auf die *Stille Post* ist Verlass, dachte Sandra, während er motorisch in seinem Kaffee umrührte und abermals nickte.

Die Wirtin fasste sich an den Mund. »Mein Gott … Was ist denn da oben bloß g'schehn?«, fragte sie betroffen.

Bergmann nippte an seinem Kaffee, und auch Sandra blieb ihrem Gegenüber eine Antwort schuldig.

»Hat die Leiche was mit dem Unfall zu tun? Hat der Mann die Frau …?« Die Wirtin verstummte mitten im Satz. Offensichtlich dachte sie an Mord oder Totschlag, sprach ihre Vermutung aber nicht aus.

»Wir ermitteln in alle Richtungen«, blieb Bergmann vage und stellte seine Tasse ab. »Haben Sie irgendetwas gehört? Oder wissen Sie vielleicht, ob eine ältere Frau, 60 plus, vermisst wird?«

Die Wirtin hatte keine Ahnung. »Was hat die Frau überhaupt im *Leinzingerhaus* wollen? Das steht doch schon seit einer halben Ewigkeit leer.«

»Wissen Sie, wie lange?«, hakte Sandra nach.

»Bestimmt 40 Jahre oder noch länger. Es ist lebensgefährlich, da einiz'gehn.«

Bergmann gab der Frau recht. »Das Gebäude ist akut einsturzgefährdet«, sagte er. »Leider gibt es Leute, die sich weder an Verbote noch an Gesetze halten. Sonst wären wir arbeitslos.« Seine Mundwinkel zuckten sarkastisch.

»Ich würde an Ihrer Stelle den Steinbauer Georg fragen«, brachte die Wirtin einen bereits bekannten Namen ins Spiel und griff nach ihrem Wasserglas.

»Den Förster?«, hakte Sandra nach, während die jüngere Frau trank.

»Ja, genau«, antwortete sie danach. »Der Georg kann Ihnen da am ehesten weiterhelfen.« Herr Steinbauer verwaltete nicht nur das *Leinzingerhaus*, sondern auch ein paar andere Liegenschaften am Reinischkogel, die als Zweitwohnsitze genutzt wurden oder längerfristig vermietet waren. Vor allem Grazer schätzten die kurze Anreise in das beliebte Naherholungs- und Wandergebiet und verbrachten ihre Wochenenden oder auch die Sommerfrische in den Häusern und Hütten im Wald und auf der Alm, erfuhren sie von der Wirtin.

»Kennen Sie die Eigentümer des *Leinzingerhauses*?«, fragte Sandra.

»Nicht persönlich. Ich weiß nur, dass das Haus der Familie Leinzinger gehört, die vor Ewigkeiten ausgewandert ist. Das war schon eine Bruchbude, als mein Bruder und ich noch Kinder waren«, sagte die Wirtin. »Vor allem das Ringelspiel und die Schaukeln vorm Haus haben uns immer magisch angezogen.«

»Diesen Spielplatz gibt es jetzt aber nicht mehr«, sagte Sandra.

Die Wirtin nickte. »Die Geräte wurden entfernt, nachdem sich das Kind von Spaziergängern beim Schaukeln verletzt hat. Das ist aber bestimmt auch schon wieder 15 Jahre her.«

»In welchem Jahr sind Sie geboren, wenn ich fragen darf?« Sandra durfte.

»1987. Mein Bruder ist zwei Jahre älter. Als Kinder waren wir auch ein paar Mal im *Leinzingerhaus* drin«, gestand die Frau. »Obwohl es uns die Mama strengstens verboten hat. Für uns war das damals eine Mutprobe.« Sie trank noch einen Schluck Wasser, ehe sie weitererzählte. »Drinnen war's voll entrisch, aber wir haben immer lässige Sachen gefunden. Vor allem das alte Spielzeug hat es uns angetan. Einmal haben wir uns um einen schäbigen Teddybären gefetzt und haben ihm dabei einen Haxn ausgerissen.« Sie schmunzelte, während sie weitersprach. »Ein anderes Mal haben wir einen Karton mit Strohsternen gefunden, den wir mit nach Hause genommen haben. Der Mama haben wir gesagt, dass wir sie selbst gebastelt haben. Dabei hat sie sofort bemerkt, dass der Christbaumschmuck alt war. Aber sie hat nichts gesagt. Erst viele Jahre später haben wir darüber geredet und ihr gestanden, dass die Strohsterne aus dem *Leinzingerhaus* waren. Nur in den Keller haben wir uns nie getraut, weil uns die Oma erzählt hat, dass es dort unten spukt.«

Bergmann stöhnte auf und griff nach seiner Kaffeetasse. Auf Geistergeschichten würde er sich bestimmt nicht einlassen, wusste Sandra. »Und weiter?«, zeigte sie sich interessiert, damit die Frau weiterredete und vielleicht etwas preisgab, wo sie nachhaken konnte.

»Mein Bruder hat einmal aus Neugier die Falltür zum Keller aufgehoben. Mitten im Sommer hat's voll kalt auffiblasen und entsetzlich gestunken. Wir haben Angst gekriegt und sind nach Hause gelaufen. Danach waren wir nie wieder dort.«

»Was hat Ihnen Ihre Großmutter denn über diesen Spuk erzählt?«, fragte Sandra nach, während Bergmann seinen restlichen Kaffee hinunterkippte.

»Dass im *Leinzingerhaus* die Seelen von den toten Madln herumgeistern, die der Teufel im Keller eing'sperrt hat. Ich bekomm heut noch eine Ganslhaut, wenn ich dran denk.«

Bergmann schüttelte den Kopf und seufzte. »Sagen Sie bloß, Sie glauben diesen Schwachsinn.«

Sandra warf ihm einen mahnenden Blick zu.

»Freilich hab ich meiner Großmutter geglaubt, als ich klein war«, antwortete die Wirtin. Ob sie heute anders dachte, erwähnte sich nicht.

»Welche toten Mädchen hat sie denn gemeint?«, fragte Sandra.

Bergmann sah sie stirnrunzelnd an, während die Wirtin in ihr halb leeres Wasserglas starrte, das sie fortwährend gegen den Uhrzeigersinn drehte.

»Angeblich war das *Leinzingerhaus* früher ein Heim für schwer erziehbare Mädchen«, sagte sie.

Bergmann merkte auf.

»Von welcher Zeit reden wir da?«, fragte Sandra.

»Von den 1970er-Jahren. Es könnten aber auch schon die 1960er gewesen sein.«

Wenn das zutraf, fragte sich Sandra, warum der Inspektionskommandant es nicht erwähnt hatte, und gab sich gleich selbst die Antwort. Vermutlich wusste er nichts davon. So lange lebte der Oststeirer noch nicht in der Weststeiermark und war mit der Vergangenheit des Reinischkogels bestimmt nicht so vertraut wie die Wirtin der *Waldschenke*, deren Familie seit Generationen hier ansässig war. Andererseits waren gerade die Erzählungen von Einheimischen mit Vorsicht zu genießen. Manche Leute neigten zu Übertreibungen und falschen Erinnerungen an Ereignisse, die sie vielleicht gar nicht selbst erlebt hatten, sondern nur vom Hörensagen und häufig auch noch ausgeschmückt kannten. So entstanden im Laufe der Zeit Legenden, hinter denen nur mehr ein Körnchen Wahrheit steckte, wenn überhaupt.

»Ist das amtlich, dass im *Leinzingerhaus* ein Kinderheim war, oder ist das auch nur ein Hirngespinst Ihrer Großmutter?«, fragte Bergmann.

Sandra strafte den Chefinspektor abermals mit Blicken.

»Das weiß ich nicht«, sagte die Wirtin. »Aber einige Dinge, wie das Spielzeug im *Leinzigerhaus*, sprechen dafür, dass dort Kinder waren.«

»Lebt Ihre Großmutter noch?«, fragte Sandra.

»Sie ist vor zwei Jahren gestorben.«

»Das tut mir leid. Was hat sie Ihnen sonst noch über das Kinderheim erzählt?«

Die Wirtin versuchte, sich zu erinnern. »Ich weiß nur, dass das Heim Anfang der 80er-Jahre geschlossen worden ist, weil das Haus baufällig war und die Eigentümer nicht für die Renovierung aufkommen konnten oder wollten. Angeblich hat es damals auch einen Erbschaftsstreit in der Familie Leinzinger gegeben. Ob da was dran ist, weiß ich aber nicht.«

Bestimmt gab es andere ältere Leute aus der Umgebung, die sich erinnern konnten, sofern an den Gerüchten etwas dran war, überlegte Sandra. Doch selbst wenn, hielt sie es für unwahrscheinlich, dass die 1970er- oder gar die 1960er-Jahre im aktuellen Mordfall eine Rolle spielten. So lange war die Leiche ganz bestimmt nicht im Keller gelegen. Außerdem bevorzugte sie es, die Vergangenheit des

Tatorts anhand der amtlichen Register und Aufzeichnungen der Gemeinde zu erkunden, anstatt sich auf Geistergeschichten und Ammenmärchen zu verlassen. Sie holte eine Visitenkarte aus ihrem Rucksack und schob sie über den Tisch. »Wenn Ihnen noch etwas einfällt oder zu Ohren kommt, das uns weiterhelfen könnte, rufen Sie uns bitte an.«

»Das mache ich«, versprach die Wirtin und nahm die Karte an sich.

Bergmann verlangte nach der Rechnung.

25. September 1977

Ich habe schreckliches Heimweh. Die Mutti hat mir noch immer nicht geschrieben. Dabei habe ich schon drei Briefe für sie abgegeben, seit ich hier bin. Briefmarken habe ich noch immer keine. Die Kuverts habe ich alle mit UHU zugeklebt. Obwohl das Fräulein Wegscheid behauptet, daß sie unsere Briefe eh nicht lesen. Bei der Frau Höllerer bin ich mir da aber nicht sicher. Sie ist so gemein und böse!

Anrufen darf ich aus dem Heim nicht. Sonst wollen alle anderen Zöglinge auch telefonieren. Für die Telefonzellen draußen brauche ich Geld, das ich nicht habe. Und in die Wirtshäuser dürfen Heimkinder nicht hinein, nicht einmal aufs Klo.

Vor zwei Wochen hat die Schule begonnen. In der Früh bringt uns ein Schulbus zur Hauptschule im Ort. Straßenbahnen oder eine U-Bahn wie in Wien gibt es hier ja nicht. In den Klassenräumen ist es wärmer als im Heim, und die meisten Lehrer sind viel netter als die Erzieherinnen. Wir werden auch nicht geschlagen. Manchmal von den anderen Klassenkameraden, aber die meisten wollen gar nichts mit den Heimkindern zu tun haben. Für die sind wir Abschaum.

Schulmilch gibt es hier auch in der großen Pause. Ich freue mich jeden Tag auf meinen Kakao. Im Heim gibt's zum Frühstück immer nur denselben faden Kamillentee, den ich überhaupt nicht mag, aber trotzdem austrinken muss. Sonst wird er mir über den Kopf geleert. Die Schule fällt mir leicht, weil alle Heimkinder in den B-Zug müssen. Dabei war ich in Wien eine gute Schülerin im A-Zug, und wenn ich mich anstrenge, würde ich sogar das Gymnasium schaffen. Wenigstens bekomme ich gute Noten, damit ich zu Weihnachten nach Hause zur Mutti darf.

Zum Lesen komme ich selten, weil ich nach dem Mittagessen und Abendessen in der Heimküche das Geschirr abwaschen und dazwischen Hausübungen machen und putzen muß. Für die größeren Mädchen im ersten Stock ist um 21 Uhr Bettruhe. Dann darf kein Licht mehr im Zimmer brennen. Mit dem Küchendienst verdiene ich 50 Schilling im Monat, die auf mein Zöglingssparbuch eingezahlt werden. Am Ende des Monats werden mir 25 Schilling Taschengeld ausbezahlt, wenn ich brav war. Die andere Hälfte bleibt auf meinem Sparbuch liegen und wird mir später, wenn ich wieder ausziehe, mit den Zinsen ausbezahlt. In diesem Monat bekomme ich aber leider gar kein Taschengeld. Wegen der Claudia. Obwohl sie nichts dafür kann.

Letzte Woche hat sie ins Bett gemacht. In der Früh hat die Teufelin ihr zur Strafe das nasse Leintuch über den Kopf gehängt und sie nackt auf dem Gang vor dem Waschraum stehen lassen, bis alle Gruppen mit der Morgentoilette fertig waren. Die anderen Zöglinge haben sie beim Vorbeigehen auslachen und mit den Fingern auf sie zeigen müssen. Manche haben sie sogar getreten. Auch beim Frühstück hat die Claudia mit ihrem nassen Leintuch in der Ecke stehen müssen. Sie hat vor Kälte gezittert, und ihre Lippen waren ganz blau. Dabei hat sie noch immer diesen starken Husten. Die Mädchen aus ihrem Zimmer haben sich bereits über sie beschwert, weil sie wegen ihr nicht schlafen können. Ich höre sie ja auch oft durch die Wand husten. Von ihrer Zimmergenossin, der Judith, habe ich am nächsten Tag erfahren, dass die Claudia auf die Krankenstation verlegt worden ist. Ich habe das Fräulein Wegscheid gefragt, ob ich sie besuchen darf. Dafür putze ich nach dem Abwasch die Toiletten, habe ich ihr versprochen. Sie hat die Teufelin gefragt. Die hat mich die Klos putzen lassen. Die Claudia habe ich aber trotzdem nicht besuchen dürfen. Wie kann man nur so gemein sein?

Nach dem Abendabwasch habe ich wie immer den Kübel mit den Küchenabfällen hinausgebracht. Die holt sich der Kogelbauer von gegenüber immer ab, der die Koschpl an seine Schweindln verfüttert. Anschließend bin ich heimlich zu den Fenstern von der Krankenstation geschlichen, um die Claudia zu sehen, bevor die Haustüren für die Nachtruhe zugesperrt werden. Im Behandlungsraum und im Krankenzimmer war es finster. Ich habe meinen ganzen Mut zusammengenommen und an die Fensterscheibe geklopft. Ganz vorsichtig. Aber drinnen hat sich nichts geregt. Also habe ich ein bißchen fester angepumpert. Daraufhin ist die Fensterscheibe zerbrochen und hat mir die Hand zerschnitten. Ich bin in mein Zimmer gelaufen und habe ein Handtuch herumgewickelt. Das war aber schnell durchgeblutet, und mir ist schlecht geworden. Die Monika hat dann eine Erzieherin geholt, obwohl ich es nicht wollte. Und die hat den Arzt gerufen. Da war ich aber schon ohnmächtig.

Am nächsten Tag bin ich mit einem dicken Verband im Krankenzimmer aufgewacht. Die Claudia war nicht da. Die Krankenschwester hat mir ein Buch zum Lesen gebracht, damit mir nicht so fad ist, und hat mir erzählt, daß in meiner Hand sechs Nähte sind, die in zehn bis zwölf Tagen gezogen werden. Das tut nicht weh, hat sie gemeint. Es zwickt nur ein bißchen. Bis dahin soll ich meine Hand schonen und darf sie nicht naß machen.

Am Nachmittag war die Frau Höllerer bei mir und hat Holzscheiteln in die Ecke gelegt. Auf denen hat sie mich eine halbe Stunde lang mit ausgestreckten Armen knien lassen. Es hat höllisch wehgetan. Aber mit der Zeit spürt man die Schmerzen *nicht mehr. Dabei hat sie mir wegen dem Fenster eine Standpauke gehalten. Die Reparatur muß ich von meinem Zöglingskonto bezahlen. Solange bekomme ich kein Taschengeld und kann meine Mutti nicht anrufen. Scheiße! Das sagt man nicht, ich weiß, aber trotzdem. Bis die Wunde an meiner Hand verheilt ist, hat sie mich zum Kartoffelschälen eingeteilt. Mir doch egal.*

Wo die Claudia hingekommen ist, wollte mir die Teufelin nicht sagen. Die anderen Zöglinge gehen mich nichts an. Und meine ständige Fragerei und das Gejammer gehen ihr sowieso auf die Nerven.

Das Fräulein Wegscheid weiß angeblich auch nicht, was mit der Claudia passiert ist. Ich habe Angst, daß sie gestorben ist, weil sie doch so krank war.

KAPITEL 6

Samstag, 11. November

Sandra rieb sich den Schlaf aus den Augen und stand auf. Am Schlafzimmerfenster zog sie die Jalousien hoch und blickte hinaus. Es war noch immer nebelig draußen. Doch die Wetter-App auf ihrem Handy versprach einen sonnigen Nachmittag mit niedrigen zweistelligen Temperaturen in Graz.

Gähnend streckte sie sich, bevor sie ins Badezimmer ging.

Gestern hatte sie es noch vor Mitternacht in ihr Bett geschafft. Allerdings war sie noch eine Weile wach gelegen und hatte über Hubert nachgedacht, der anscheinend nicht zu Hause war. Zuvor war ihr aufgefallen, dass in den straßenseitigen Räumen seiner Wohnung, die direkt unter ihrer lag, kein Licht brannte. Sein Schlafzimmer ging allerdings in den Hof hinaus. Dass er bereits schlief, wäre für eine Nachteule wie ihn ungewöhnlich gewesen. Etwas anderes wollte sich Sandra lieber nicht ausmalen, hatte jedoch ausgerechnet diese unerwünschten Bilder vor dem Einschlafen nicht mehr aus ihrem Kopf bekommen. Spät, aber doch war sie in den Schlaf gesunken, um ausgerechnet von Hubert und seiner hübschen Ex-, Schon-wieder- oder Doch-noch-Freundin Bea zu träumen.

Um 8.55 Uhr hängte Sandra ihre Steppjacke an den leeren Garderobenständer im Büro. Anni hatte das Wochenende frei und wusste noch nichts vom neuen Mordfall im Schilcherland.

Bergmann war wahrscheinlich in der Presseabteilung, um den Pressesprecher zu briefen, der eine Pressemeldung der Polizeidirektion aussenden sollte, um Spekulationen vorzubeugen. Den restlichen Vormittag würde er in der Gerichtsmedizin verbringen, wo ihn Sandra gegen Mittag abholen und mit ihm nach Sankt Stefan ob Stainz fahren sollte, um Zeugen zu befragen.

Nachdem sich der Wasserkocher abgeschaltet hatte, goss Sandra ihren Grünen Tee auf und nahm am Schreibtisch Platz. Während sie darauf wartete, dass ihr Rechner hochfuhr, wickelte sie den Teebeutel mehrfach um den Löffel, um auch noch die letzten Tropfen herauszupressen. Der Rest, der für den Biomüll nicht geeignet war, landete im Mistkübel neben ihrem Schreibtisch. Sobald der Grüne Tee aus China, den sie neulich geschenkt bekommen hatte, aufgebraucht war, plante sie, wieder auf losen Tee aus heimischen Kräutern und auf das gute alte Teeei umzusteigen. Auch wenn sie damit nur einen kleinen Beitrag für die Umwelt leistete. Während sie weiterhin darauf wartete, dass ihr Computer einsatzbereit war, kam ihr Bergmanns umweltbewusste Tochter in den Sinn.

Die Befürchtung der *Letzten Generation*, dass der Menschheit eine düstere Zukunft bevorstand, falls das Klimaübereinkommen von Paris nicht von allen Staaten eingehalten und das 1,5-Grad-Ziel maximaler globaler Erwärmung nicht bald erreicht wurde, konnte Sandra nachvollziehen. Den nervenaufreibenden, kontraproduktiven Verkehrsstaus und der Sachbeschädigung, die die Umweltaktivisten mit ihrer Klima-Kleberei verursachten, konnte sie jedoch nichts abgewinnen.

Bergmann war mit dem Engagement seiner Tochter völlig überfordert, insbesondere seit sie vor einigen Wochen in

Wien festgenommen worden war. Dabei musste er froh sein, dass solche Straßenblockaden hierzulande nur mit Verwaltungsstrafen geahndet wurden und Sarah keine Vorstrafe drohte wie es etwa in Deutschland oder in der Schweiz der Fall gewesen wäre, wo dieselben Aktionen als Nötigung unter das Strafrecht fielen. Im Bundesministerium für Inneres brodelte es jedoch angeblich bereits. Der Mafiaparagraf sollte herhalten, um der Staatsanwaltschaft zu ermöglichen, gegen die Aktivisten der *Letzten Generation* wegen des Verdachts auf Bildung einer kriminellen Vereinigung strafrechtliche Ermittlungen einzuleiten, wodurch Freiheitsstrafen von bis zu drei Jahren drohen könnten. Allerdings war dieselbe Strategie, die sich vor einigen Jahren gegen Tierschützer gerichtet hatte, bisher erfolglos.

Im Gegensatz zu Bergmann konnte Sandra verstehen, dass die jungen Leute die Welt verändern wollten. Das war nichts Neues und möglicherweise auch noch nie so wichtig gewesen wie zu diesem Zeitpunkt. Dennoch vermied sie es, sich in das Privatleben des Chefinspektors einzumischen. Umgekehrt hätte sie das auch nicht toleriert. Sie nippte an ihrem Tee, als ihr Handy klingelte.

Einer der Zeugen, die sie gestern um Rückruf gebeten hatte, meldete sich, und sie vereinbarten ein Treffen um 14 Uhr in der Hütte des Alpenvereins am Reinischkogel.

Nach dem Gespräch wählte Sandra die Telefonnummer der Universitätsklinik und schaltete den Lautsprecher ein. Es war ohnehin niemand im Büro, der von der Musik der Warteschleife gestört worden wäre. Es dauerte eine Weile, bis sie endlich die Oberärztin der Neurochirurgie in der Leitung hatte, die Christian Zwettler gestern Abend operiert hatte. Nach ihrem Nachtdienst und der Morgenvisite war die Frau Doktor gerade auf dem Sprung nach Hause.

Der Patient hatte die OP den Umständen entsprechend gut überstanden. Er war zwar nicht in Lebensgefahr, dennoch würde er bis auf Weiteres im künstlichen Tiefschlaf liegen. Eine Befragung war daher nicht möglich. »Könnten Sie uns bitte verständigen, sobald Ihr Patient ansprechbar ist?«, fragte Sandra.

»Wir melden uns bei Ihnen«, versprach ihr die Oberärztin.

Sandra bedankte sich, wiederholte ihren Namen und nannte die Telefonnummern, unter denen sie erreichbar war.

Anschließend loggte sie sich in der Kriminalpolizeilichen Datenbank ein, um sich über Christian Zwettler zu informieren. Der 26-Jährige war ledig, in einer Werbeagentur in Graz angestellt und lebte allein an einer Adresse in Geidorf. Vorstrafen hatte er keine, und auch sonst war er ein unbeschriebenes Blatt. Der Vollständigkeit halber rief Sandra die Namen seiner Eltern auf. Zwettler Maria, Jahrgang 1969, und Josef, geboren 1964, beide angestellt und ebenfalls unbescholten. Die beiden waren seit 1995 verheiratet und wohnten mit ihrem jüngeren Sohn in Andritz. Markus Zwettler war 2000 in Graz geboren und studierte Medizin.

Als Nächstes widmete sich Sandra der Fahndungsdatenbank, um alle vermissten Frauen ausfindig zu machen, die dem Profil des unbekannten Todesopfers entsprachen. Insgesamt wurden in Österreich rund 12.000 Personen jährlich als abgängig gemeldet. Davon entfielen ungefähr 1.800 Anzeigen auf die Steiermark. Meistens handelte es sich um Jugendliche, die sich unerlaubt – oftmals mehrfach hintereinander – aus Betreuungseinrichtungen entfernten und innerhalb weniger Tage wieder auftauchten.

Jedoch nahm die Anzahl älterer dementer Menschen, die verschwanden, stetig zu.

Den Zeitraum der Abgängigkeit legte Sandra bewusst großzügig mit zwölf Monaten fest, abweichend von der ersten Einschätzung des mutmaßlichen Todeszeitraums, den ihnen die Gerichtsmedizinerin am Tatort genannt hatte. Zum einen stand der finale Obduktionsbefund noch aus, zum anderen fehlte die Information, wie lange das Opfer vor seinem Tod im Keller festgehalten worden war.

Elf Vermisstenfälle aus diesem Jahr waren ungeklärt, darunter drei Frauen über 60 Jahre. Die beiden Treffer aus der Steiermark landeten ganz oben auf der Liste. Eine 67-jährige Grazerin war vor sieben Monaten spurlos verschwunden, eine 83-jährige Frau vor sechs Wochen aus einem Altersheim in Stainz. Nach den abgängigen Steirerinnen fügte Sandra eine weitere Frau aus Wien hinzu. Die DNA von allen dreien war in der Datenbank hinterlegt, was üblich war, wenn jemand länger als vier Wochen vermisst wurde. Wenn der Abgleich mit der DNA der unbekannten Toten negativ ausfiel, kam das Bundeskriminalamt für einen internationalen Abgleich ins Spiel, um zu überprüfen, ob sie im Ausland vermisst wurde. Fingerabdrücke, die der Identifizierung dienten, gab es in diesem Fall keine mehr. Ein Zahnstatus war jedoch ebenso einzigartig und aussagekräftig. Dafür wurden die Zahnstellung, Lücken, Zahnfüllungen, behandelte und abgenutzte Zahnflächen dokumentiert. Auch fest sitzender Zahnersatz und eventuelle Abdrücke durch abnehmbare Zahnprothesen wurden berücksichtigt, um einen sogenannten Dental-Fingerabdruck der Toten zu erstellen. Dieser wurde in Fachzeitschriften abgedruckt und an alle Zahnärzte verschickt, die ihn dann mit ihren Patientenbefunden abglichen. Auf diese Weise hatte die forensische Zahnmedizin bereits nach einigen Katastrophen, die zahlreiche Todesopfer auf einmal forderten, gute Dienste bei der Identifizierung geleistet. Etwa nach den Terroranschlägen auf das World Trade Center und das Pentagon, bei der Tsunamikatastrophe im Indischen Ozean sowie nach mehreren Flugzeugabstürzen.

Sandra legte eine digitale Akte für den neuen Kriminalfall an und lud die Daten der vermissten Frauen auf den Server hoch, die sie für die analoge Akte ausdruckte. Anschließend hob sie die Grundbuchauszüge vom Tatort und von den angrenzenden Liegenschaften aus und verfuhr mit ihnen genauso. Danach griff sie erneut zum Handy, um den Förster anzurufen.

Georg Steinbauer kannte das *Leinzingerhaus* und den Reinischkogel wie seine Westentasche. Er willigte ein, ihr ab 15 Uhr für eine Befragung am Tatort zur Verfügung zu stehen. Bei den Nachbarn konnten sie später immer noch spontan anläuten, um sie zu befragen. Am Wochenende waren die Leute eher zu Hause als unter der Woche. Und wenn sie nicht daheim waren, sollte Anni sie am Montag kontaktieren und ins LKA einbestellen. Aber eines nach dem anderen.

Bevor Bergmann sich meldete und sie alles liegen und stehen lassen musste, wollte Sandra noch das Einsatzprotokoll von gestern verfassen und hochladen. Dadurch würde jeder im Team auf dieselben Informationen und Daten zugreifen können, die im Laufe der Ermittlungen von allen Abteilungen kontinuierlich aktualisiert wurden. Dieser bürokratische Aufwand bereitete zwar kaum jemandem Vergnügen, war für eine effiziente Kommunikation aber unerlässlich.

Während Sandra das Protokoll hochlud, klopfte es an der

Bürotür. »Herein!«, sagte sie laut und schaute von ihrem Monitor auf.

»Störe ich?« Stefan Baumgartner stand in der offenen Tür. Sein Blick blieb kurz am unbesetzten Schreibtisch des Chefinspektors hängen.

»Nein, aber wenn du Sascha suchst …«, antwortete Sandra.

Der jüngere Kriminaltechniker schüttelte den Kopf. »Ich wollte euch nur Bescheid geben, dass der silbergraue Volvo XC 70, Baujahr 2011, der auf Christian Zwettler zugelassen ist, heute Früh unweit vom Tatort im Wald aufgefunden wurde. Wir haben ihn abschleppen lassen. Der Kombi steht jetzt in unserer Halle.«

»Setz dich doch«, bot Sandra ihm Platz an. »Habt ihr euch das Fahrzeug schon angeschaut?«, fragte sie, während sich der Kollege ihrem Schreibtisch näherte.

Stefan nahm auf dem Besucherstuhl ihr gegenüber Platz. »Nur von außen.«

»Und?«, fragte Sandra.

»Auf den ersten Blick ist nichts auffällig. Willst du einen Durchsuchungsbeschluss beantragen, damit wir das Greibl auseinandernehmen können?«

Sandra schüttelte den Kopf. »Mit welcher Begründung denn?«, erwiderte sie. »Es besteht kein Tatverdacht gegen den Fahrzeughalter.« Bisher gab es überhaupt keinen Verdacht, weder einen begründeten noch einen unbegründeten, und auch keinen Tatverdächtigen. Ihre Ermittlungen standen ganz am Anfang.

»Dann kümmere ich mich als Nächstes um die *Urbexer*-Seiten im Internet«, schlug Stefan vor.

»Bitte, worum kümmerst du dich?«, fragte Sandra nach. War das ein Name oder ein Fremdwort, das sie noch nie gehört hatte?

»Um die *Urbexer*«, wiederholte Stefan den Begriff. »Das ist die Kurzform für *Urban Explorer* – städtische Entdecker, die gezielt Lost Places aufsuchen, meistens auch, um diese zu fotografieren«, erklärte er.

Diese Abkürzung war Sandra tatsächlich noch nie untergekommen. Aber traf sie im konkreten Fall überhaupt zu? »Von *urban* ist der Reinischkogel kilometerweit entfernt«, wandte sie ein.

»Das mag schon sein. Mit *Urbexern* sind aber auch Personen gemeint, die verlassene Plätze auf dem Land erkunden, um deren Geschichte aufzuarbeiten und zu dokumentieren.«

Sandra lehnte sich zurück, während sie dem Kollegen aufmerksam zuhörte.

»Bestimmt haben sich auch andere *Urbexer* irgendwann in diesem Haus aufgehalten, fotografiert und die Bilder ins Netz gestellt«, sagte er. Möglicherweise hatten sie etwas beobachtet, das ihren Ermittlungen dienen könnte. »Es ist jedenfalls eine gute Gelegenheit, um unser neues Bildforensikprogramm zu testen. Ich bin gespannt, ob die Algorithmen der KI schon ausgefeilt genug sind, um uns einen brauchbaren Fotoabgleich zu liefern.« Eine Überprüfung durch den Menschen war derzeit noch unumgänglich, jedoch würde die Künstliche Intelligenz in absehbarer Zukunft auch diesen Schritt überflüssig machen, war er überzeugt.

Sandra wusste nicht recht, ob sie das gut oder schlecht finden sollte.

»Es gibt auch einen sogenannten *Urbexer*-Kodex«, erklärte Stefan weiter. »Das freiwillige Regelwerk sieht unter anderem vor, dass eine Genehmigung des Eigentümers oder Verwalters einzuholen ist, ehe man den Lost Place betritt.«

Der Kodex sollte auch dazu beitragen, dass diese Plätze respektvoll und sicher erkundet wurden. Keinesfalls durften Sachen zerstört, beschmiert oder entwendet werden. Außerdem sollte man sie niemals allein aufsuchen und ihre Lage nicht ausposaunen, erklärte er.

»An den *Urbexer*-Kodex hat sich Christian Zwettler aber nicht gehalten«, sagte Sandra. »Mit oder ohne Regeln war es sehr leichtsinnig von ihm, das verfallene Haus allein zu betreten.« Oder war vielleicht doch jemand bei ihm gewesen?

Stefan berichtete weiter, dass sich die *Urbex*-Fotografie mittlerweile zu einem eigenen Genre entwickelt hatte. »Es gibt Bücher, Workshops und was weiß der Geier alles zum Thema Ruinenfotografie, die man in den USA auch *Ruin Porn* nennt.«

»*Ruin Porn?*«, wiederholte Sandra lachend.

Stefan nickte. »Ruinenporno«, übersetzte er grinsend.

Der Begriff würde Bergmann bestimmt gefallen, dachte Sandra. Kaum war ihr der Chefinspektor in den Sinn gekommen, rief er sie am Handy an, als wären sie telepathisch miteinander verbunden oder Überwachungskameras in ihrem Büro installiert. Beides hielt Sandra für unwahrscheinlich. Sie nahm auch nicht an, dass ihr Mobiltelefon manipuliert war, damit er sie belauschen konnte. »Bist du fertig, Sascha?«, fragte sie grußlos grinsend.

»Was ist denn so lustig?«, fragte Bergmann zurück. Seinem feinen Gehör war ihre Stimmung nicht entgangen.

»Das erzähle ich dir später. Soll ich dich jetzt abholen?«

»In einer halben Stunde.«

»Treffpunkt an der Kreuzung Heinrichstraße?«, schlug sie vor.

Bergmann war einverstanden und drückte das Gespräch weg.

Stefan verabschiedete sich.

Sandra fuhr ihren Computer herunter und schaute zum Fenster. Draußen schien die Sonne. Sie packte ihre Sachen zusammen und zog auch heute ihre leichte Steppjacke an, nahm diesmal jedoch die wärmere Polizeijacke mit, falls die Ermittlungen wieder einmal länger andauerten.

1. Oktober 1977

Heute haben mich die Mädchen im Schulbus gehänselt. Sie waren so gemein zu mir! Sie haben mich »Titti« gerufen und wollten mich ausgreifen, bis es dem Busfahrer gereicht hat und er alle aussteigen hat lassen. Nur mich nicht.

Die Birgit hat mir gedroht, daß sie mir das heimzahlen wird, und mir die Faust in den Magen gerammt. Den restlichen Schulweg haben die Mädchen zu Fuß heimgehen müssen. Ich habe ihnen aus dem Schulbus die lange Nase gezeigt und sie ausgelacht. Der nette Busfahrer hat mich ganz allein heimchauffiert. Norbert heißt er. Er ist ziemlich dick und hat Narben im Gesicht. Wahrscheinlich hat er früher Akne oder die Pocken gehabt. Beim Aussteigen habe ich mich bedankt, daß er mir geholfen hat. »Ich bin die Gitti.« Nicht daß er glaubt, ich heiße Titti. Er hat meinen Namen aber eh schon gekannt und mir ein schönes Wochenende gewünscht. Als hätte ich im Heim einen einzigen schönen Tag erlebt.

Auf dem Weg zur Treppe bin ich dem Herrn Direktor in die Arme gelaufen. Ich sollte auf der Stelle mit ihm mitkommen. Mein Herz hat gepumpert wie narrisch. Dabei wollte ich vor dem Mittagessen noch Tagebuch schreiben. Das hole ich jetzt nach. Ich habe befürchtet, daß mich der Herr Schmölzerl wegen der kaputten Fensterscheibe bestrafen wird. Nur nicht in den Karzer einsperren, bitte nicht!

Im Büro hat er sich an seinen Schreibtisch gesetzt und eine Zigarette angezündet. Dann hat er sich rosafarbenen Wein aus einem Doppler eingeschenkt. Auf der Flasche steht Schilcher. Er hat mich komisch angeschaut und gefragt, ob ich ihm nichts zu beichten habe.

Ich habe mich wegen der kaputten Fensterscheibe entschuldigt und ihm erklärt, daß meine Freundin krank ist, und ich sie sehen wollte. Er hat getan, als wüßte er nicht, wen ich meine. Die Wirlitsch Claudia, die einen Tag nach mir im Heim eingezogen ist, habe ich ihm erklärt. Zögling Nummer 132 ist wohlauf. Ich soll meine neugierige Nase nicht überall hineinstecken. Das bringt mir nur Ärger, Strafen und Schmerzen ein, hat er gesagt und auf meinen Verband an der Hand gezeigt. Ich habe ihn trotzdem gefragt, ob er weiß, wo die Claudia ist, und wann sie wiederkommt. Auf die Gefahr hin, daß er mich bestraft. Er hat mich mit seinen stechenden Augen angestarrt, an seiner Zigarette gezogen und mir den Qualm ins Gesicht geblasen. Meine Freundin wird überhaupt nicht mehr ins Heim zurückkehren, hat er gesagt.

Mein Herz ist stehengeblieben, bis er endlich weitergeredet hat. Die Claudia ist in einer neuen Pflegefamilie untergekommen, hat er mir erzählt. Hoffentlich hat sie diesmal eine nette Familie erwischt. Ich wollte wissen, ob sie in der Nähe wohnt, vielleicht kann ich sie ja besuchen. Aber der Herr Direktor wollte mir weder den Namen noch die Adresse ihrer neuen Familie nennen. Ich sollte lieber keine Fragen mehr stellen, sonst setzt's was. Er hat seine Zigarette im Aschenbecher ausgedrückt und Wein getrunken. Mir sind die Tränen gekommen, weil ich meine einzige Freundin im Heim nicht mehr sehen werde. Jetzt habe ich hier niemanden mehr.

Es ist gleich Bettruhe, und ich muß ins Zimmer. Ich schreibe morgen weiter.

KAPITEL 7

Sandra hielt an der Kreuzung an, um den Chefinspektor, der an der Ecke auf sie wartete, einsteigen zu lassen. Das Außenthermometer zeigte zehn Grad Celsius an.

»Geht sich noch ein Mittagessen aus?«, fragte Bergmann, während er sich anschnallte. »Oder sollen wir unterwegs beim Supermarkt stehen bleiben?«

Sandra setzte den Blinker und fuhr los. »Freilich geht sich ein Mittagessen aus. Hast du großen Hunger?«

»Ist der Papst katholisch?«

Sandra lachte. »Ausgerechnet du kommst mir mit dem Papst?«, amüsierte sie sich, als sie Martinshörner vernahm. Im Rückspiegel sah sie mehrere Funkstreifen heranbrausen. Sie bremste ihren Wagen herunter und hielt sich möglichst weit rechts, damit die Kollegen im Einsatz sie überholen konnten. »Was ist denn da los?«, murmelte sie vor sich hin.

Der Chefinspektor schaltete den Polizeifunk ein, hörte kurz zu und brach in Gelächter aus.

Sandra wusste, weshalb er lachte, und stimmte mit ein. Die aktuelle Funkmeldung aus der Landesleitzentrale erinnerte sie an den skurrilen Raubüberfall, der sich vor einigen Monaten in Mariatrost zugetragen hatte.

An einem Abend im August betrat ein maskierter Mann die Trafik, bedrohte die Verkäuferin mit einer Pistole und verlangte von ihr, die Tageseinnahmen herauszurücken. Dass seine Waffe bloß ein Spielzeug war, konnte die Frau zu diesem Zeitpunkt nicht wissen. Dennoch rief sie seelenruhig nach ihrem Chef, der sich im Hinterzimmer aufhielt, anstatt der Aufforderung des Räubers nachzukommen, und beteuerte, dass sie die Registrierkasse nicht öffnen konnte.

Der Trafikant folgte dem Ruf seiner Angestellten, warf einen Blick auf die Uhr, die 18 Uhr anzeigte, und hatte eine spontane Eingebung. »Um sechse is Schluss«, beteuerte er gelassen. Aus sicherheitstechnischen Gründen sei es leider nicht möglich, die Kassa nach Geschäftsschluss zu öffnen, erklärte er dem bewaffneten Räuber. Er hätte halt früher kommen müssen.

Die Verkäuferin bestätigte prompt, dass ihr Chef die Wahrheit sagte. Der verblüffte Täter konnte es zuerst nicht glauben, ließ sich schließlich aber doch von seinen beharrlichen Opfern überzeugen. Frustriert trat er den Rückzug an, um noch einmal am Absatz kehrtzumachen. »Ihr veroarschts mi aber net, oder?«, fragte er.

Der Chef schwor bei Gott, dass sich da leider nichts machen ließe, und der Täter machte sich ohne Beute aus dem Staub.

Der missglückte Raubüberfall, der sich im tiefsten Stoasteirisch abgespielt hatte, war von der Überwachungskamera in der Trafik aufgezeichnet worden. Das Video ging viral und sorgte wochenlang für grenzenlose Erheiterung. Schließlich führte es auch zur Festnahme des Täters, der bei seiner Einvernahme einige weitere Überfälle gestand.

Bergmann schaltete den Polizeifunk aus, während Sandra den Blinker setzte, um auf den Geidorfergürtel abzubiegen.

»Was gibt's Neues von der Obduktion?«, erkundigte sie sich, noch immer schmunzelnd.

Bergmann nahm seine Sonnenbrille ab und wischte sich mit dem Handrücken über die tränenden Augen. »Die Todesursache ist so weit geklärt«, antwortete er und setzte die dunklen Gläser wieder auf. »Jutta hat geronnenes Blut in den Atemwegen gefunden. Ob es von den Rippenbrüchen, der Jochbein- oder der Kieferfraktur stammt, lässt sich nicht bestimmen. Im Verdauungstrakt waren verschluckte Zahnfragmente. Außerdem gibt es multiple Verletzungen von Misshandlungen und Tierfraß.«

Sandra hielt hinter zwei Fahrrädern an, deren Fahrer an der Ampel auf grünes Licht warteten. »Dann ist die Frau schlussendlich an ihrem Blut erstickt?«

Bergmann bestätigte ihre Annahme nickend.

»Konnte der Todeszeitraum näher eingegrenzt werden?«, fragte Sandra.

»Jutta hat sich auf zwei bis vier Wochen festgelegt.« Der Bericht des forensischen Entomologen sollte den Zeitpunkt noch exakter bestimmen.

Als die Ampel auf Grün schaltete, wartete Sandra ab, um die Radfahrer nicht zu gefährden.

»Scheiß Radlfahrer«, schimpfte Bergmann. Wäre es nach ihm gegangen, hätten sich Radfahrer in der Stadt ausschließlich auf Radwegen fortbewegen dürfen, damit sie den Verkehr nicht behinderten und sich darüber hinaus nicht auch noch selbst gefährdeten. Dabei fuhr er weder Auto noch mit dem Fahrrad.

»Lässt sich auch eingrenzen, wie lange das Martyrium der Frau im Keller angedauert hat?« Sandra gab Gas und lenkte den Audi mit einem Sicherheitsabstand an den Fahrrädern vorbei.

»Die unterschiedlichen Heilungsstadien der Knochenbrüche und Verletzungen lassen darauf schließen, dass sie über einen Zeitraum von zwei bis drei Wochen misshandelt wurde, ehe sie verstarb«, berichtete Bergmann, während Sandra in die Münzgrabenstraße abbog.

Demnach musste das Opfer mindestens vier Wochen und höchstens sieben Wochen in dem Keller festgehalten worden sein, rechnete sie nach. Daher kam eine der abgängigen Frauen auf ihrer Liste am ehesten in Betracht. Die anderen wurden entweder länger vermisst oder waren jünger. Ganz auszuschließen war es dennoch nicht, dass eine der älteren Frauen erst Monate oder Jahre nach ihrem Verschwinden malträtiert und getötet wurde, aber es kam ihr unwahrscheinlicher vor. »Elisabeth Fleischanderl wurde 1939 geboren und ist seit 30. September aus einem Seniorenheim in Stainz abgängig«, sagte sie. »Das ist mit dem Auto keine 20 Minuten vom Reinischkogel entfernt.«

»84«, rechnete Bergmann nach. »Das könnte tatsächlich eine heiße Spur sein.«

»83«, stellte Sandra klar. Der 84. Geburtstag der Frau stand erst in zwei Wochen bevor, falls sie doch noch lebte.

»Macht das einen Unterschied?«, fragte Bergmann genervt.

Sandra verneinte. »Leider hat Frau Fleischanderl keine Spuren hinterlassen. Sie ist geistig verwirrt und nicht zum ersten Mal aus dem Seniorenheim ausgebüxt«, wusste sie ebenfalls aus der Fahndungsakte. »Bisher wurde sie immer wieder irgendwo in Stainz aufgelesen, aber diesmal waren alle Suchaktionen vergebens. Sie ist verwitwet, kinderlos und hat außerhalb des Pflegeheims offenbar keine Kontakte. Daher hat es auch keine bestimmten Orte mehr gegeben, an denen man gezielt nach ihr hätte suchen können.« Alt werden ist wahrlich nichts für Feiglinge, dachte Sandra. Für alleinstehende Menschen ohne Nachkommen galt dies umso mehr.

»Ist auch am Reinischkogel nach ihr gesucht worden?«, fragte Bergmann.

Sandra hielt an der roten Ampel an. »Wenn die Frau keine Verbindung dorthin hatte, kaum. Die Stainzer Kollegen sind auch gar nicht zuständig für den Reinischkogel.« Zudem war das Gebiet größtenteils bewaldet, was Suchaktionen umso aufwendiger gestaltete.

»Hast du ein aktuelles Foto, das wir herzeigen könnten? Vielleicht kennt am Reinischkogel jemand die Vermisste oder hat sie kürzlich dort gesehen.«

Sandra nickte, als die Ampel auf Grün sprang, und gab Gas. »Das Foto von der Fahndungsausschreibung ist auf meinem Handy. Die Vermisstendateien habe ich auch schon am Server hochgeladen, und das Einsatzprotokoll von gestern befindet sich in der Akte.«

»Du bist und bleibst mein bestes Pferd im Stall«, lobte Bergmann sie ungeschickt, was Sandra eher irritierte als freute. Aber immerhin war es als Lob gemeint.

»Schon gut«, murmelte sie scheinbar gleichgültig.

»Hast du schon mit jemandem aus dem Seniorenheim gesprochen?«, fragte Bergmann.

Sandra schüttelte den Kopf. Was sollte sie denn noch alles an einem einzigen Vormittag erledigen?

»Wenn die alte Frau aus Stainz tatsächlich das Mordopfer ist, können wir Erbschleicherei wohl eher ausschließen«, meinte Bergmann.

»Warum? Weil sie keine Kinder hat?« Sandra zuckte mit den Schultern. »Wenn sie vermögend ist, wollte sie vielleicht jemand anderer mit Gewalt überzeugen, dass sie ihn als Erben einsetzt.« Ein solches Szenario war keineswegs auszuschließen, ob es sich nun um die vermisste Elisabeth Fleischanderl handelte oder um eine andere Frau. Außerdem war zum jetzigen Zeitpunkt sowieso alles reine Spekulation.

Dennoch wollte Bergmann Habgier als mögliches Tatmotiv nicht gelten lassen. »Es gibt nichts zu erben, solange das Opfer nicht identifiziert ist und für tot erklärt wird«, sagte er und hatte recht damit. »Am Tatort findet sich kein einziger Hinweis auf die Identität der Toten, was gegen das Interesse des Täters wäre, wenn er ihr Erbe antreten wollte«, erläuterte er seine Überlegungen.

»Vielleicht war es seine Taktik, das wahre Tatmotiv zu verschleiern«, ritt Sandra weiter auf ihrer Theorie herum, obwohl auch ihr diese weit hergeholt schien.

Bergmann warf ihr einen skeptischen Blick zu und griff nach seinem Handy. »Wenn die Tote erst einmal identifiziert ist, werden wir uns um ihre Erben kümmern. Ich leite jetzt den DNA-Abgleich in die Wege. Bis uns das Ergebnis vorliegt, dauert es eh wieder ewig und drei Tage.«

»Wenn es keine Übereinstimmung mit der Opfer-DNA gibt, könnte es schwierig werden, die Tote zu identifizieren«, sagte Sandra. »Fingerabdrücke lassen sich keine nehmen, und ihr Zahnstatus hat sich seit dem letzten Zahnarztbesuch stark verändert«, wusste sie seit Bergmanns Obduktionsbericht. Wie lange dieser Zahnarzttermin auch zurückliegen mochte. »Hoffentlich sind die Gebissveränderungen durch die Misshandlungen nicht so gravierend, dass ein Abgleich unmöglich ist.«

»Dann bleibt uns noch immer eine Gesichtsrekonstruktion anhand der Schädelknochen«, sagte Bergmann. Mithilfe von KI erzielten Forensiker immer präzisere Bilder, die Verstorbenen in jeder Lebensphase erstaunlich ähnlich sahen. Wenngleich in diesem Fall auch einige Gesichtsknochen in Mitleidenschaft gezogen worden waren.

»Könnte sexualisierte Gewalt das Tatmotiv sein?«, wechselte Sandra das Thema, während sie der Liebenauer Tangente auf die Südautobahn folgte. Die Frau wäre nicht das erste hochbetagte Vergewaltigungsopfer gewesen.

Bergmann zuckte nachdenklich mit den Achseln.

»Weshalb sollte jemand eine ältere Dame sonst misshandeln, wenn nicht aus Habgier oder aus sexueller Motivation?«, fragte Sandra und setzte den Blinker, um die Spur zu wechseln.

»Jedenfalls wollte der Täter sein Opfer leiden sehen«, sagte Bergmann.

»Ja, aber weshalb?«, beharrte Sandra auf der Frage nach dem Tatmotiv.

»Vielleicht hatte er eine Rechnung mit der Frau offen.«

»Rache?« Sandra blickte von der Fahrbahn in den Rückspiegel und wieder zurück. Trotz des guten Ausflugswetters war an diesem Samstag nicht besonders viel Verkehr. Wahrscheinlich saßen die meisten Leute gerade beim Mittagessen.

»Wut und Hass waren ganz bestimmt im Spiel«, sagte Bergmann.

»Hätte der Täter sein Opfer lediglich loswerden wollen, hätte er es getötet. Er hat sich aber den Aufwand einer mutmaßlichen Entführung und wochenlangen Gefangenschaft angetan und ist damit ein hohes Risiko eingegangen, auf frischer Tat ertappt zu werden.«

Zweifellos gab es schnellere und unauffälligere Methoden, jemanden zu töten, ohne dass die Straftat als solche überhaupt auffiel. Insbesondere bei hochbetagten Opfern, die oftmals vorerkrankt und gebrechlich waren, wurde ein tödlicher Herzinfarkt oder Unfall eher hingenommen als angezweifelt und hinterfragt. Noch dazu wurde aus Personal- und Kostengründen viel zu selten obduziert, überlegte Sandra, während sie einen Lkw überholte. »Also eine Beziehungstat?«

»Die Übertötung spricht dafür«, sagte Bergmann.

»So viel Gewalt hätte es wirklich nicht gebraucht, um einer alten Frau den Garaus zu machen«, stimmte Sandra ihm zu. Auch die Kriminalstatistik sprach dafür. Mehr als 70 Prozent aller Tötungsdelikte in Österreich waren Beziehungstaten. Weitaus seltener wählten Täter unbekannte Opfer zufällig aus. »Dennoch besteht die Möglichkeit, dass der Täter ein Psychopath ist, der aus Hass auf die eigene Mutter oder auf Frauen im Allgemeinen getötet hat und es wieder tut«, sagte sie, während sie auf die mittlere Spur zurückwechselte.

»Unwahrscheinlich«, meinte Bergmann und fuhr sich mit der Hand übers unrasierte Kinn.

Psychopathische Serientäter, wie sie in blutrünstigen Psychothrillern zuhauf vorkamen, waren in der Realität die Ausnahme. Die meisten Verbrecher waren weniger intelligent, ihre Tatmotive durchsichtiger und die Tötungsdelikte einfacher aufzuklären. Zudem schritten Technik und Wissenschaft stetig voran und eröffneten den Ermittlern immer neue Möglichkeiten, um den Tätern auf die Spur zu kommen.

Dennoch mussten sie zuerst einmal die Identität des Opfers klären und das Umfeld überprüfen, um die Ermittlungen voranzutreiben.

KAPITEL 8

Der Parkplatz vor dem *Auerhahnhof* war voll. Die meisten Autos kamen aus den steirischen Bezirken Deutschlandsberg, Voitsberg, Graz Umgebung und Graz. Auch zwei Wiener Kennzeichen fanden sich darunter, deren Besitzer möglicherweise in den Gästezimmern im Haus einquartiert waren.

Hoffentlich konnten sie überhaupt noch einen Tisch in dem beliebten Ausflugslokal ergattern, dachte Sandra, während sie vergeblich nach einer Parklücke Ausschau hielt. So viele Gastronomiebetriebe wie früher gab es auch am Reinischkogel nicht mehr. Einige hatten in den letzten Jahren wegen Personalmangel zusperren müssen, und Corona hatte ein Übriges getan. Vor dem offenstehenden Schranken an der Forststraße wendete sie den Wagen und fuhr ein Stück zurück, um auf dem Grünstreifen weiter unten zu parken. Beim nächsten Mal würde sie vorher anrufen und einen Tisch reservieren, nahm sie sich vor, obwohl ihr der kurze Fußweg an der frischen Waldluft willkommen war.

Bergmann marschierte friedlich neben ihr her. Schweigend war er ihr am liebsten. Die mächtige Linde mit der ausladenden Krone vor dem Haus hatte ihr gelbbraun verfärbtes Laub größtenteils abgeworfen. Die zusätzlichen Sitzplätze im Gastgarten, der idyllisch an den Wald grenzte, waren bereits eingewintert, die beiden Schaukeln verwaist. Zu dieser Jahreszeit musste man auf 1.000 Metern Seehöhe schon mit den ersten Schneefällen rechnen, weshalb die Schneestangen bereits den Straßenrand säumten.

Sandra betrat die Gastwirtschaft vor dem Chefinspektor. Augenblicklich stieg ihr der verlockende Duft aus der Küche in die Nase. Ihr Magen antwortete knurrend. Die Veranda und die beiden Gaststuben waren nicht so voll besetzt, wie sie befürchtet hatte. Anscheinend wurde der Parkplatz an diesem prachtvollen Herbstsamstag auch von Waldspaziergängern benutzt, die erst später oder gar nicht hier einkehren würden. Blieb zu hoffen, dass nicht alle freien Tische reserviert waren.

Bergmann war hinter ihr stehen geblieben, um die Tagesspezialitäten von der schwarzen Tafel im Eingangsbereich abzulesen. »Blutwurz«, hörte sie ihn hinter ihrem Rücken sagen.

Dass er sich an den Hausschnaps erinnerte, dem erotisierende Wunder nachgesagt wurden, überraschte Sandra nicht. Allerdings ging sie darauf auch nicht ein. Stattdessen folgte sie der freundlichen Kellnerin mit dem dunkelbraunen Pferdeschwanz und der brombeerfarbenen Kellnerschürze auf die Veranda. Dort nahmen sie an einem freien Ecktisch Platz und widmeten sich der Speisekarte, auf der die namensgebenden Auerhähne abgebildet waren, genau wie auf dem Leuchtschild an der Außenseite der Veranda.

Sandra wählte die Kastanien-Schilchersuppe, die mit einem Zimtstangerl aus Blätterteig serviert wurde.

Bergmann bestellte eine klassische Leberknödelsuppe. Danach ließ er sich das Martinigansl mit Rotkraut und Serviettenknödel und Sandra sich den Backhendlsalat schmecken. Hätten sie mehr Zeit gehabt, wäre sich auch noch ein Kaiserschmarren – wegen der großen Portionen allerdings nur mehr zu zweit – ausgegangen. Auch ein Kastanienrexi, eine Malakofftorte oder ein Schwarzbeerstrudel war eine oder auch mehrere Sünden wert. Aber heute eben nicht mehr.

Bergmann reichte ein großer Espresso zum Abschluss. Dazu orderte er eine Flasche Blutwurz, die er mitnehmen wollte, um ihn gelegentlich zu probieren. Wann, wo und mit wem, wollte Sandra nicht wissen. Ob Potentilla erecta tatsächlich hielt, was ihr Name versprach, hätte sie schon interessiert, jedoch den Chefinspektor nie und nimmer danach gefragt.

Er war wie gewöhnlich weniger diskret. »Willst du nicht auch eine Flasche mitnehmen für Hubert?«, fragte er augenzwinkernd.

»Nicht nötig«, erwiderte Sandra schmallippig.

Fünf Minuten später rollten sie am Tatort vorbei, der bis auf Weiteres mit Flatterbändern der Polizei abgesperrt war. In einer Stunde wollten sie hier den Förster treffen, der unter anderem auch das *Leinzingerhaus* verwaltete. Zurzeit parkten ein paar Autos, ein Kleinbus des ORF und einige Vans der Tatortgruppe auf der Zufahrt beziehungsweise am Straßenrand. Im Vorbeifahren erkannte Sandra den Pressesprecher der Landespolizeidirektion, den Bergmann in der Früh gebrieft hatte. Er stand gerade einem Kamerateam des Staatsfunks Rede und Antwort, während sich weiße Overalls beim Polizeizelt auf der Wiese tummelten. Alle vier Seitenteile waren hochgerollt.

Im Schatten der Fichten am Ende der Lichtung entdeckte Sandra zwei Holzhütten, die sie gestern bei Nacht und Nebel übersehen hatte. Das konnten nur die beiden Ferienhäuser des Alpenvereins sein. Sie folgte der Zufahrt, die über einen Schotterweg zu einer kleinen Parkfläche zwischen den Häusern führte. Ein dunkelblauer BMW mit

Grazer Kennzeichen, der von einem e-Carsharing geliehen war, parkte dort quer. Aus Platzmangel stellte sie ihren Dienstwagen halb auf der Zufahrt, halb auf der Wiese ab, damit man noch vorbeifahren konnte.

Wenig später klopfte Bergmann an die Tür der Hütte, deren Fensterläden offenstanden.

Ein dunkelblonder Jüngling in grauer Jogginghose und dunkelgrüner Sweat-Jacke im Collegestil bat sie herein. Auf dicken Socken führte der junge Mann die LKA-Ermittler durch ein winziges Vorzimmer mit drei Türen. Durch eine waren sie ins Haus gekommen, durch die andere gelangten sie in den Wohnraum mit einer kleinen, zweckmäßig eingerichteten Küche und einer Bauernstube. Von dort führte eine steile Hühnerleiter in die Mansarde hinauf. Auf dem schmalen grauen Sofa darunter konnten zwei Personen schlafen, wenn es ausgezogen war, vorausgesetzt, einer ertrug die Nähe des anderen. Unter dem Dach vermutete Sandra ein Schlafzimmer, möglicherweise auch zwei kleinere Räume. Das Badezimmer lag wahrscheinlich hinter der dritten Tür im Vorzimmer.

Zwei junge Männer in Freizeitkleidung begrüßten die Kriminalpolizisten, blieben jedoch auf der Eckbank sitzen. Der Dunkelhaarige griff nach einem Kartendeck und einem Notizblock auf dem Jogltisch und legte die Gegenstände im Herrgottswinkel hinter sich ab.

Sandra und Bergmann ließen sich auf zwei rustikalen Holzstühlen nieder, während der Blonde neben seinen Freunden auf der Eckbank Platz nahm.

»Wie geht's dem Christian?«, fragte einer der jungen Männer, denen der Schwerverletzte vermutlich sein Leben verdankte.

»Herr Zwettler hat die OP gut überstanden«, antwortete

Sandra wahrheitsgetreu. Mehr wusste sie auch nicht über den Gesundheitszustand des Unfallopfers.

»Wird er wieder gehen können?«, erkundigte sich der Blonde, der ihnen die Tür geöffnet hatte.

Sandra rieselte eine Gänsehaut über den Rücken. Vor zehn Jahren war ihr damaliger Freund nach einem Skiunfall querschnittsgelähmt im Krankenhaus aufgewacht. Ihre Beziehung zu dem jüngeren Radiomoderator war an diesem Schicksalsschlag schließlich zerbrochen. Nach ihrer Trennung hatte Julius seine Physiotherapeutin geheiratet, war Vater von Zwillingen geworden und arbeitete noch immer als Reporter beim selben steirischen Radiosender wie vor seinem Unfall, saß allerdings im Rollstuhl. »Wenn Sie Näheres wissen möchten, wenden Sie sich am besten an die Uni-Klinik«, riet sie dem Burschen und nannte ihm den Namen der Neurochirurgin, die Christian Zwettler operiert hatte. Anschließend schaltete sie die Diktierfunktion an ihrem Smartphone ein und legte es auf den Tisch.

»Wollen S' was trinken?«, fiel dem Dritten, Schmächtigsten im Bunde plötzlich ein. Mit seinen roten Haaren und den verschmitzten Augen erinnerte er sie an einen Fuchs.

Beide Ermittler lehnten sein Angebot ab. »Haben Sie Christian Zwettler vor dem Unfall schon gekannt?«, eröffnete Sandra die Zeugenbefragung.

Das Trio verneinte einhellig und schilderte, was gestern Nachmittag vorgefallen war, nachdem sie die Hütte bezogen hatten. Leider erfuhren die Ermittler nichts Neues, was sie weitergebracht hätte.

Sandra rief das Foto der vermissten Elisabeth Fleischanderl auf ihrem Handy auf, um es den Burschen zu zeigen, während die Audioaufnahme weiterlief.

Keiner der drei hatte die weißhaarige alte Dame mit der Flechtfrisur je zuvor gesehen oder kannte ihren Namen.

Sandra bat die Zeugen, nächste Woche im LKA vorbeizuschauen, um das Protokoll ihrer Aussagen zu unterfertigen. Beim Hinausgehen hörte sie den Fuchs noch fragen, ob einer der beiden anderen schon das Taxi fürs *Junkerfest* bestellt hatte. So verantwortungslos, wie der Inspektionskommandant glaubte, waren die jungen Leute doch gar nicht.

2. Oktober 1977

Der Herr Direktor wollte wissen, warum ich schon wieder rear, wo ich doch weiß, daß das unter seinem Dach verboten ist.

Ja, ich weiß es. Auch wenn es hier jeden Tag tausend Gründe gibt, zu weinen. Die Schläge, die Hänseleien, die Teufelin und die anderen herzlosen Erzieherinnen, dazu noch meine blöden Zimmergenossinnen, die Kälte im Haus und die viele Arbeit. Am schlimmsten aber ist das Heimweh und die Sehnsucht nach meiner Mutti.

Ich habe dem Herrn Schmölzerl erzählt, daß ich der Mutti schon so oft geschrieben habe und sie mir noch immer nicht geantwortet hat. Ich kann sie auch nicht anrufen, weil ich kein Taschengeld kriege.

Daran bist Du selbst schuld, Gitti, hat er gesagt. Zum ersten Mal hat mich der Herr Schmölzerl bei meinem Namen genannt. Ich war überrascht, daß er ihn überhaupt kennt. Dann hat er mir vorgeschlagen, die Mutti von seinem Apparat anzurufen, und hat sich nach unserer Telefonnummer erkundigt.

Im Ernst? Jetzt gleich? Vor lauter Aufregung wäre mir die Nummer fast nicht mehr eingefallen. Er wollte schon in den Akten nachschauen, aber dann habe ich mich wieder erinnert und ihm unsere Telefonnummer angesagt. Ich war schrecklich nervös, während er gewählt hat und wir gewartet haben, daß sich jemand meldet. Hoffentlich nicht der Karl, habe ich insgeheim gebetet. Leider hat auch die Mutti nicht abgehoben. Ich war so enttäuscht, aber ich habe nicht geweint. Vielleicht ist sie ja schon in Kalksburg auf Entzug.

Der Herr Schmölzerl hat gemeint, daß wir nächste Woche noch einmal versuchen könnten, sie anzurufen. Dafür muß ich ihm aber einen Gefallen tun. Ich war sofort einverstanden. Dabei habe ich noch gar nicht gewußt, was er von mir will. Er hat seinen Wein ausgetrunken, ist wortlos aufgestanden und hat die Tür zugesperrt. Dann hat er von mir verlangt, daß ich mich nackt vor ihm ausziehe.

Aber das geht doch nicht!

Der Herr Direktor ist sehr wütend geworden und hat den Gürtel aus seiner Hose gezogen, weil ich mein Versprechen nicht halten wollte. Ich habe nichts mehr gesagt, und die Peitschenschläge mit seinem Gürtel auf meinem Rücken einfach hingenommen, bis ich auf die Knie gegangen bin. Aber ich habe noch immer keinen Mucks gemacht, auch nicht geweint.

Er hat getobt und darauf bestanden, daß ich mich auf der Stelle ausziehe, sonst reißt er mir das G'wand vom Leib und dann gnade mir Gott.

Ich habe ihm erklärt, warum das nicht geht. Obwohl es mir sehr peinlich war. Wieso hast du mir denn nicht gleich gesagt, daß die rote Tante zu Besuch ist? Dann ziehst dich halt nur oben aus. Er hat seinen Gürtel auf den Boden fallen lassen und mir aufgeholfen.

Ich habe ihm gehorcht, damit ich die Mutti nächste Woche wieder anrufen darf. Außerdem ist er ja der Herr Direktor, und ich muß ihm folgen. Aber ich habe mich sehr geschämt, daß er meinen Busen so anglotzt. Er mag große Tutteln, hat er gesagt. Überhaupt, wenn sie noch so stramm sind wie meine. Dann hat er sich hinter mich gestellt und meine Brüste massiert. Dabei hat er sich an meinem Hintern gerieben und wollte wissen, ob ich noch Jungfrau bin.

Ich bin doch erst 13!

Du wirst bald 14, Gitti, hat er mir ins Ohr geflüstert. Alt genug … Ob ich denn schon weiß, wie man einen Mann befriedigt? Ich habe ihm nicht geantwortet.

Er hat verlangt, daß ich mich vor ihm hinknie, hat seine Hosen hinuntergezogen und mir seinen Pimmel in den Mund gesteckt. Dann hat er mir erklärt, was ich tun soll. Dabei hätte ich mich fast angespieben. Auf einmal hat er mich an den Haaren gepackt und laut aufgestöhnt. Ich soll schlucken, hat er gesagt. Das mögen die Männer. Außerdem ist es gesund für mich.

Mir hat so gegraust!

Danach hat er auf mich herabgelächelt. Ich habe Talent zum Blasen, hat er gesagt. Fürs erste Mal war das gar nicht schlecht. Ich habe wieder aufstehen und mich anziehen dürfen. Aber ich soll ja niemandem erzählen, was ich mit ihm angestellt habe. Auch nicht, daß er mir erlaubt, mit der Mutti zu telefonieren. Sonst werde ich in den Karzer eingesperrt.

Ich war so froh, daß er mich gehen hat lassen und bin gleich aufs Klo gerannt, um zu speiben. Ich habe mir den Mund ausgespült und es sogar noch pünktlich zum Mittagessen in den Speisesaal geschafft.

Die Mädchen, die wegen mir aus dem Schulbus geschmissen worden sind, waren noch nicht da. Sie müssen auf das Abendessen warten. Wer zu spät kommt, kriegt nichts. Dafür werden sie mich wieder verhauen. Aber von denen lasse ich mir nichts mehr gefallen. Beim nächsten Mal schlage ich zurück. Meinen Pullover hole ich mir wieder und den Johnny auch. Ich weiß nur noch nicht, wann und wie.

Mit dem Geld kann ich dann die Mutti aus der Telefonzelle anrufen und muß dem Herrn Schmölzerl keinen Gefallen mehr machen.

KAPITEL 9

Sandra ließ den Dienstwagen bei der Hütte des Alpenvereins stehen und folgte Bergmann über die Wiese zum Tatort hinüber. Die Sonne stand bereits hinter der bewaldeten Anhöhe, wodurch es merklich kühler war.

Der Chefinspektor steuerte auf das Polizeizelt zu, unter dessen Dach ein Kriminaltechniker hantierte. Weitere weiße Overalls schwirrten um das *Leinzingerhaus* herum.

Sandras Augen folgten einem Motorengeräusch, das von der Straße herüberdrang. Der dunkelgrüne Land Rover, der sich über den Waldkeuschler Weg näherte, wurde langsamer und hielt unmittelbar vor der Waldschneise gegenüber an. Eine Gestalt in braun-grüner Kleidung stieg aus dem Geländewagen. Beides passte zu einem Förster oder Jäger, wobei das eine das andere nicht ausschloss. Als der Mann herblickte, hob sie ihren Arm, um sich bemerkbar zu machen.

Bergmann sah sie stirnrunzelnd an und trat unter das Zeltdach.

Sandra folgte ihm. »Das ist bestimmt Georg Steinbauer«, sagte sie. Während sie den stattlichen Mann, der sich zu Fuß über die Zufahrt näherte, im Auge behielt, unterhielt sich der Chefinspektor mit dem Kriminaltechniker über die Fortschritte bei der Spurensicherung. Den Keller sollten die Ermittler noch immer nicht betreten, damit der Tatort nicht kontaminiert wurde.

Sandra begrüßte den Neuankömmling. »Herr Steinbauer?«

Der Förster vom Reinischkogel bestätigte ihre Vermutung und grüßte zurück.

Bergmann nickte ihm flüchtig zu und wandte sich wieder an den Kriminaltechniker, während Sandra sich und den Chefinspektor namentlich vorstellte.

»Ich sehe, Sie sind noch immer im *Leinzingerhaus* beschäftigt …« Georg Steinbauer, den Sandra auf Mitte 40 schätzte, fuhr sich mit den Fingern durch sein dichtes, grau meliertes braunes Haar. Er wirkte gepflegt, ohne geschniegelt auszusehen, und trug keinen Bart. Die Lachfalten in den Winkeln seiner bernsteinfarbenen Augen verliehen ihm eine sympathische, spitzbübische Ausstrahlung.

»Es wird noch ein paar Tage dauern, bis die Spurensicherung am Tatort abgeschlossen ist«, sagte Sandra. »Trotzdem würden wir gerne mit Ihnen ins Haus gehen. Vielleicht fällt Ihnen eine Veränderung auf oder irgendetwas, das fehlt.«

Der Förster nickte mit freundlicher Miene. »Wenn ich Ihnen weiterhelfen kann, gerne.«

Sandra bat den Kriminaltechniker um Schutzanzüge. »Wann waren Sie das letzte Mal im *Leinzingerhaus*?«, wandte sie sich erneut an den Förster und Verwalter des Anwesens.

»Mit dieser Frage habe ich schon gerechnet und darüber nachgedacht«, antwortete er, als sie ihre Einwegoveralls in Empfang nahmen. »So oft bin ich ja nicht herüben, um nach dem Rechten zu sehen. Das letzte Mal war ich im August nach einem Hagelunwetter hier. Damals war im Haus alles so weit in Ordnung. Mir sind jedenfalls keine neuen Schäden aufgefallen. Allerdings hat mir der Kogelbauer vor einigen Wochen erzählt, dass fremde Männer ums Haus geschlichen sind.« Er entfaltete einen weißen Overall, bückte sich und stieg zuerst mit einem, dann mit dem anderen Bein hinein, ohne sich irgendwo anhalten zu müssen, um nicht das Gleichgewicht zu verlieren.

»Wer ist der Kogelbauer?«, klinkte sich Bergmann in die Unterhaltung ein. Als ehemaliger *Taekwondo*-Kämpfer stellte er sich beim Anziehen nicht weniger geschickt an, wobei er durch zahlreiche Tatortbesichtigungen zusätzlich geübt war.

Die Wangen des Försters waren vom Hinunterbeugen leicht gerötet, als er sich wieder aufrichtete. »Kogelbauer ist der Vulgoname vom Stallhofer August«, erklärt er und streckte den Arm aus. »Sein Hof steht da unten.«

Außer einem Stück grauen Dach war von dem Hofgebäude nichts zu sehen.

»Der Gustl mäht zwei- bis dreimal im Jahr seine Wiesen und einige andere in der Nachbarschaft mit. Auch die hier.«

»Und wann hat er die Männer gesehen?« Sandra zog den Reißverschluss ihres Overalls hinauf. Die Kapuze würde sie im Haus aufsetzen, falls es notwendig war. Sie nahm sich Einweghandschuhe und Schuhüberzüge aus den Boxen, die auf einem Klapptisch bereitstanden. Den Mundschutz trug sie um den Hals.

»Das genaue Datum weiß ich nicht«, sagte Georg Steinbauer, der sich ebenfalls bei der Ausrüstung bediente. »Nur, dass die letzten Mäharbeiten heuer Ende September erledigt worden sind.«

»Und was hat Ihnen Herr Stallhofer sonst noch über diese Männer erzählt?«, fragte Bergmann, der seine Handschuhe bereits anhatte. »Wie viele waren es? Wie alt? Waren sie groß oder klein? Dick oder dünn? Wie sind sie hierher und wieder weg gekommen?«

Angesichts der vielen Fragen, mit denen der Chefinspektor ihn bombardierte, runzelte der Förster die Stirn. »Der

Gustl hat von zwei Männern gesprochen, die zu Fuß durch den Wald abgepascht sind, als er sie zur Rede stellen wollte. Wie die beiden ausgeschaut haben, müssen Sie ihn fragen und nicht mich«, entgegnete er.

»Haben Sie denn gar nicht nachgesehen, ob im Haus etwas fehlt oder zerstört wurde?«, fragte Bergmann.

Georg Steinbauer verneinte. »Der Kogelbauer hat mir versichert, dass die Haustür zugesperrt war. Daher bin ich davon ausgegangen, dass die Männer nicht im Haus waren.« Um über die kaputten Fenster im erhöhten Erdgeschoß einzusteigen, hätte es eine Leiter oder eine andere Einstiegshilfe gebraucht. Dabei bestand die Gefahr, von der Straße aus gesehen zu werden. Das Kellerfenster befand sich zwar in Bodennähe, war jedoch zu klein, um hindurch in den Keller zu klettern.

»Hat sonst noch jemand einen Hausschlüssel außer Ihnen?«

»Die Eigentümer haben Schlüssel. Meine Reserveschlüssel habe ich dem Polizeibeamten gegeben, der gestern bei mir war, damit Sie in alle Räume hineinkönnen. Ansonsten wüsste ich niemanden.«

»Sie haben aber keine Anzeige gegen Unbekannt erstattet.« Sandra ging davon aus, dass der Inspektionskommandant eine solche Anzeige erwähnt hätte. Immerhin kamen die Eindringlinge als Täter in Betracht.

Georg Steinbauer verneinte erneut und streifte den zweiten Handschuh über.

Das Foto der Vermissten wollte Sandra ihm später zeigen, wenn sie wieder an ihr Handy herankam, das in der Jackentasche unter dem Overall steckte.

»Es latschen öfter neugierige Wanderer über das Grundstück«, fuhr der Hausverwalter fort. »Ungeachtet aller

Warnschilder. Es brechen auch immer wieder Leute ins Haus ein. Früher waren es meistens abenteuerlustige Kinder, Landstreicher oder Vandalen. Heutzutage sind es Leute, die fotografieren wollen, oder Spinner, die Geister jagen«, erzählte er, was Bergmann stirnrunzelnd vernahm.

»Warum gibt es hier keine Überwachungskameras?«, fragte Sandra. Kameras hätten ihnen vielleicht helfen können, den oder die Täter zu überführen, vorausgesetzt, dass sie diese nicht überlistet, zerstört oder gleich einen anderen nicht überwachten Tatort gewählt hätten.

»Ich habe den Eigentümern vorgeschlagen, Kameras zu installieren, damit wir etwas in der Hand haben, wenn sich hier wieder einmal ungebetene Gäste blicken lassen. Aber die strikten europäischen Datenschutzregeln haben sie abgeschreckt.«

»Wissen die Eigentümer denn schon von dem Leichenfund und dem Verletzten in ihrem Haus?«, fragte Bergmann.

Georg Steinbauer nickte. »Ich hatte heute Früh einen Videocall mit dem Leinzinger Steve.«

Sandra rief sich die Namen der Grundstückseigentümer ins Gedächtnis, die sie am Vormittag dem Grundbuchsauszug entnommen hatte. Wenn sie sich recht erinnerte, waren Stefan und Walter Leinzinger 1976 beziehungsweise 1973 geboren und wohnten beide in Kalifornien. Den genauen Ort hatte sie sich nicht gemerkt.

Vom Grundstücksverwalter erfuhren sie, dass die beiden Brüder noch eine Schwester hatten, die *Joe* genannt wurde. Johanna Parker, wie sie seit ihrer Hochzeit hieß, hatte freiwillig auf ihren Anteil an der heruntergekommenen Immobilie in *Good Old Austria* verzichtet, nachdem ihr Vater 2016 verstorben war. Alle drei Geschwister waren in Kalifornien geboren und hatten die Steiermark zuletzt als Teenager besucht, als ihre Großmutter noch gelebt hatte. Soweit Georg Steinbauer wusste, war er selbst der einzige Kontakt, den die Brüder gelegentlich noch zur Heimat ihrer Vorfahren pflegten. »Der Steve macht sich große Sorgen, dass das Unfallopfer auf Schadenersatz klagen könnte«, berichtete er von seinem Gespräch mit dem Eigentümer am Morgen.

»Typisch Ami«, merkte Bergmann an.

Georg Steinbauer erwähnte den Unfall am Spielplatz vor dem Haus, der danach abgebaut worden war, um die Eigentümer künftig vor rechtlichen Konsequenzen wie Verletzung der Verkehrssicherungspflicht und fahrlässiger Körperverletzung zu schützen. Aber das hatte ihnen bereits die Wirtin der *Waldschenke* erzählt. »Ich habe dem Steve versichert, dass hier zahlreiche Verbotsschilder angebracht sind und die Haustüren ordnungsgemäß versperrt waren«, fuhr er fort. Damit sollten weder den Eigentümern noch dem Verwalter rechtliche Konsequenzen drohen. »Dieser Mann ist ins Haus eingebrochen. Dass er sich verletzt hat, ist seine eigene Schuld. So leid es mir für ihn tut.«

»Kennen Sie den Mann?«

»Nein, woher denn?«

Die Frage, ob Christian Zwettler eine Zutrittsgenehmigung bei ihm eingeholt hatte, ehe er das Grundstück betrat, erübrigte sich.

»Warum haben die Eigentümer ihre Immobilie in der Steiermark nicht längst verkauft, anstatt sie immer weiter verfallen zu lassen?«, fragte Bergmann. »Oder haben sie vor, eines Tages aus den USA zurückzukehren?«

»Das kann ich mir nicht vorstellen«, sagte der Förster. »Soweit ich weiß, ist ihr Vater sehr an diesem Ort gehangen. Der Leinzinger Walter senior ist im Gasthof hier aufgewachsen, den seine Eltern und davor schon seine Großeltern geführt haben.«

»Hier war früher ein Gasthof?«, hakte Sandra nach.

»Mit Fremdenzimmern«, bestätigte Georg Steinbauer.

Dann war das Kinderheim, in dem es spukte, doch nur eine Legende? Ehe Sandra nachfragen konnte, redete Georg Steinbauer weiter.

»Ich habe den Leinzinger-Brüdern selbst einmal ein Kaufangebot für ihre Immobilie unterbreitet, das sie aber leider ausgeschlagen haben. Die sind ja net deppert.«

»Leider?« Bergmann sah ihn verständnislos an. Nie und nimmer hätte sich der Stadtmensch vorstellen können, derart abgeschieden auf dem Land zu leben, mitten im Wald auf etwa 900 Höhenmetern. So großartig hätte das Haus gar nicht sein können.

»Diese Liegenschaft ist eine Wertanlage mit enormem Entwicklungs- und Zukunftspotenzial«, erklärte ihm Georg Steinbauer. »So etwas findet man heutzutage kaum mehr.« Das Grundstück lag inmitten unverbaubarer Natur, war erschlossen und verfügte über zwei Wasserquellen im Wasserschutzgebiet der Koralpe. Selbst bei zunehmender Trockenheit, wie sie von Klimaexperten für die Zukunft prognostiziert wurde, würden diese Quellen noch für zahlreiche Generationen sprudeln. Abgesehen davon wurden Liegenschaften in der Region meistens innerhalb der Familie weitergegeben und, wenn überhaupt, an Einheimische verkauft, jedoch bestimmt nicht über Immobilienmakler oder einschlägige Plattformen an Fremde vermittelt, allerhöchstens noch vermietet. Das *Leinzingerhaus* war allerdings in einem derart desolaten Zustand, dass sich ganz gewiss kein Mieter finden würde. »Wollen wir hineingehen?«, fragte er.

Auf dem Weg zum Hauseingang kam ihnen die Polizeifotografin entgegen. Laura hatte ihre leuchtend rote Mähne wie meistens bei der Tatortarbeit in einem hohen Pferdeschwanz gezähmt. Die beiden Frauen begrüßten einander lächelnd.

»Sollen wir drinnen unsere Kapuzen aufsetzen?«, erkundigte sich Sandra.

»Ihr gehts eh net in Keller owi, oder?«, fragte Laura Magnoli.

Sandra verneinte.

»Dann passt das so«, versicherte ihr Laura, und sie setzten ihren Weg fort.

Georg Steinbauer ging voraus, während Bergmann hinter Sandra blieb. Vorsichtig balancierten sie im Gänsemarsch auf den schrägen Latten, die über die morschen Stufen hinweg zum offenstehenden Hauseingang hinaufführten. An der windschiefen Tür hielt Sandra inne, um das Schloss zu begutachten, das für Einbrecher kein allzu großes Hindernis darstellte. Allerdings hätten diese die Tür wohl kaum wieder zugesperrt.

»Willst du nicht weitergehen?«, drängte der Chefinspektor hinter ihr, während der Förster drinnen auf sie wartete.

Sandra zog den Mundschutz über ihre Nase, um sich vor Staub, Schimmelsporen und unangenehmen Gerüchen zu schützen, ehe sie das Haus betrat. Drinnen kam es ihr kälter vor als draußen. Zur Sicherheit waren Planken auf den kaputten, morschen Fußboden gelegt worden. Die verschimmelte Decke, von der Putz abgebröckelt war, wurde alle paar Meter von metallenen Pfeilern abgestützt.

Georg Steinbauer zeigte zu einer Aluleiter, die etwa einen Meter aus einem rechteckigen Loch im Fußboden ragte.

»Dort ist die Falltür, über die man in den Keller gelangt.« Den sie nicht betreten durften, solange die Spurensicherung nicht abgeschlossen war. Die Falltür gab es auch nicht mehr, nur noch einen rostigen Rahmen mit ausgebrochenen Scharnieren.

Bergmann näherte sich der Leiter, stützte sich mit einer Hand auf der obersten Sprosse ab und beugte sich nach vorn. »Ist da jemand?«, rief er hinunter.

In seinem Blickfeld tauchte ein Kollege der Tatortgruppe am unteren Ende der Leiter auf.

»Wer stört bei der Arbeit? ... Ah, Sascha, griaß di!«

Sandra konnte Jörg Schöffmann nicht sehen, erkannte jedoch seine Stimme.

»Wie lange braucht ihr da unten noch?«, erkundigte sich der Chefinspektor.

»Bis wir fertig sind!«, schallte es von unten herauf.

Bergmann verzog das Gesicht, während Sandra unter ihrem Mundschutz über die vage, aber zutreffende Antwort des leitenden Kriminaltechnikers schmunzelte.

»Dieser Tatort zählt so ziemlich zum Schlimmsten, was mir bisher untergekommen ist!«, ertönte erneut Jörg Schöffmanns Stimme aus der Tiefe.

Dabei hatte der erfahrene Kriminaltechniker bereits unzählige Tatorte landauf, landab gesehen.

»Wir schauen uns im Haus um, okay?«, rief Bergmann hinunter.

»Okay. Passts aber auf, dass ihr auf den Planken bleibts! Nicht dass noch ein Unglück geschieht!«, folgte der gut gemeinte Ratschlag aus dem Keller.

»No na«, murmelte Bergmann und seufzte. »Wir sehen uns dann bei der Team-Besprechung. Montag um 8.30 Uhr!«, setzte er lauter nach. Den Termin hatte der

Chefinspektor bereits auf der Fahrt zum *Auerhahnhof* an die gesamte Mannschaft geschickt. Aber möglicherweise hatte der schwer beschäftigte Leiter der Tatortgruppe ihn noch nicht mitbekommen.

»Dann bis dann!«, meldete Jörg Schöffmann sich noch einmal zu Wort. »Schönes Wochenende!«

»Von wegen«, murrte Bergmann, während er sich wieder aufrichtete.

Als wäre er der Einzige, der am Wochenende arbeiten musste, dachte Sandra. Der Förster zeigte ihnen ein Zimmer nach dem anderen. Die meisten Räume waren spartanisch eingerichtet, und nicht nur die Zeit hatte ihre Spuren darin hinterlassen, auch die bereits erwähnten Vandalen hatten ihr Unwesen getrieben. Dass jemand Spaß daran fand, Dinge mutwillig zu zerstören, konnte Sandra nicht nachvollziehen. Die sanitären Anlagen im Erdgeschoß waren komplett verwüstet, die Zimmer auf der rückwärtigen, dem Wald zugewandten Seite am stärksten vom Schimmel befallen. Im letzten Schlafzimmer starrte sie ein abgetrennter, einäugiger Puppenkopf an, der auf einer verdreckten Matratze lag. Sandra fand Puppen grundsätzlich gruselig, aber diese hier jagte ihr eine Gänsehaut über den Rücken. »Uns ist zu Ohren gekommen, dass hier früher einmal ein Kinderheim war«, sprach sie Georg Steinbauer an, der im Türrahmen auf sie wartete.

»Das habe ich auch schon gehört«, sagte er. Wie Bergmann verzichtete er darauf, einen Mundschutz zu tragen. »Bestätigen kann ich aber nur, dass dieses Haus jahrelang vermietet war, nachdem der alte Leinzinger den Gasthof aufgegeben hat und in die USA ausgewandert ist. Das müsste im Jahr 1965 oder 1966 gewesen sein.« Danach hatte sich hier angeblich ein Erholungsheim befunden, später ein Kinderheim, das Anfang der 1980er wegen technischer Mängel im Haus geschlossen wurde. »Die Sanierungsmaßnahmen hätten bereits damals ein Vermögen verschlungen, das Herr Leinzinger jedoch nicht investieren wollte. Genaueres weiß ich leider nicht, weil es vor meiner Zeit war und es keine Unterlagen dazu gibt.« Georg Steinbauer hatte die Aufgaben des alten Försters und nebenbei Hausverwalters am Reinischkogel vor zehn Jahren übernommen, nachdem dieser auf dem Hochsitz an einem Herzinfarkt verstorben war.

Sandra hörte in der Nähe ein Handy klingeln. Es war zwar nicht ihres, dennoch war ihr der Klingelton vertraut.

Bergmann beeilte sich, den Reißverschluss seines Overalls hinunterzuziehen, um sein Mobiltelefon aus der Jackentasche zu holen. Auf dem Weg nach draußen nahm er das Gespräch entgegen.

»A1«, meinte der Förster beiläufig.

Sandra sah ihn fragend an.

»Das einzige Handynetz, das heroben Empfang hat«, erklärte er ihr. Dass wenigstens dieses eine Netz am Reinischkogel funktionierte, war dem nahegelegenen Gasthaus und Hotel zu verdanken, in dem häufig Seminare abgehalten wurden. Es waren sogar eigens Glasfaserleitungen verlegt worden, damit die Gäste trotz der abgeschiedenen Lage inmitten der Natur weder im alten Gasthof noch in den neueren Gästehäusern auf zeitgemäße Kommunikationsmittel verzichten mussten.

Vielleicht war der falsche Handybetreiber schuld daran, dass Christian Zwettler nicht schon früher mit seinem Handy Hilfe gerufen hatte, überlegte Sandra. Genauso gut konnte sich sein Mobiltelefon außer Reichweite befunden haben, während er bewegungsunfähig im Keller lag. Oder es war beim Sturz kaputtgegangen. Sie hatte genug von diesem Haus gesehen, um sich einen Eindruck zu verschaffen. Alles Weitere überließ sie der Tatortgruppe.

Bergmann konnte sie im Flur nirgendwo entdecken. Erst an der Haustür hörte sie ihn draußen schimpfen. »Und jetzt schauts, dass weiterkommts!«

Der Förster warf Sandra einen erstaunten Blick zu.

Achselzuckend nahm sie ihren Mundschutz ab, zog den Overall bis zur Taille hinunter und die Handschuhe aus. Beides steckte sie in ihre Jackentasche, bevor sie der Tirade um die Ecke nachging.

»Wenn ich noch einmal eine Drohne fliegen sehe, schieße ich sie ab!« Bergmann stand breitbeinig vor dem Kellerfenster und schrie herum, während das Kamerateam eines Privatsenders eilig sein Equipment samt Drohne zusammenpackte. Nur gut, dass der Chefinspektor seine Dienstwaffe unter dem Overall nicht erreichen konnte, um die Drohung womöglich wahrzumachen.

Seit die Pressemeldung der Landespolizeidirektion am Vormittag hinausgegangen war, wurde auf allen Kanälen über den Leichenfund am Reinischkogel berichtet. Was in den sozialen Medien los war, wollte sich Sandra gar nicht ausmalen. Momentan machte sie sich eher Sorgen um die Gesundheit des Chefinspektors, der sich übertrieben aufregte, nachdem die Reporter die Polizeiabsperrung missachtet hatten. Die Provinzkollegen am Schlagbaum, die sie nicht aufgehalten hatten, konnten sich ebenfalls auf ein Donnerwetter gefasst machen. Aber das war nicht Sandras Problem. Sie wandte sich wieder Georg Steinbauer zu. »Ich möchte Ihnen gerne ein Foto zeigen.«

»Nur zu …«, erwiderte er.

Wenig später hielt sie ihm ihr Smartphone unter die Nase.

»Kennen Sie diese Frau? Oder haben Sie sie schon einmal gesehen?«

Georg Steinbauer wich mit dem Oberkörper zurück, um das Foto der Vermissten auf dem Display scharf zu sehen. »Nein, tut mir leid«, war er auf den ersten Blick überzeugt.

»So sicher?«

Der Förster nickte. »100-prozentig.«

»Sagt Ihnen der Name Elisabeth Fleischanderl etwas?«

Georg Steinbauer schüttelte den Kopf. »Ist das die tote Frau aus dem Keller?«

»Das versuchen wir herauszufinden.«

»Wenn Sie mir dieses Foto schicken, kann ich mich gerne umhören«, bot er ihr an.

Sandra teilte das offizielle Fahndungsfoto mit ihm, damit er es herumzeigen oder auch weiterschicken konnte. »Sollten Sie etwas erfahren, melden Sie sich bitte bei mir«, sagte sie und überreichte ihm ihre Visitenkarte.

»Sehr gerne. Darf ich mich jetzt verabschieden? Ich habe meinem Onkel versprochen, heute eine Nachtschicht für ihn zu übernehmen. Er ist der Chef vom *Schilchertaxi* und ihm fehlt ein Fahrer, um alle seine Autos einsetzen zu können. Heute Abend findet ja das *Junkerfest* im Schloss Stainz statt. Waren Sie schon einmal dort?«

»Im Jagdmuseum im Schloss Stainz war ich schon. Und zwei- oder dreimal bei den *Schilchertagen*, aber beim *Junkerfest* noch nie«, antwortete Sandra wahrheitsgetreu, während der Förster den Einwegoverall vergeblich nach einer Tasche abtastete, um ihre Karte einzustecken.

»Eure Kleidung ist aber nicht besonders praktisch«, beschwerte er sich scherzhaft.

»Finden Sie? Dabei stammen die Anzüge aus unserer

brandneuen Herbst-/Winterkollektion«, erwiderte sie und warf sich in Pose.

Georg Steinbauer reagierte zunächst verwundert, lachte dann aber umso herzlicher.

»Sie können die gebrauchten Sachen beim Kollegen im Polizeizelt lassen«, sagte Sandra wieder ernst. »Er wird sie entsorgen.«

Georg Steinbauer hielt ihre Karte in der einen Hand und drückte ihr zum Abschied die andere.

Sandra blickte ihm nach, während Bergmann auf sie zukam und dem Förster ebenfalls nachschaute, der gerade unters Zeltdach trat.

»Und? Ist er noch zu haben?«, fragte der Chefinspektor gut gelaunt, nachdem er das Kamerateam erfolgreich in die Flucht geschlagen hatte.

»Hä? Du bist so was von einem …« Sandra brach schnaubend mitten im Satz ab. Dass ihr der Förster gefiel, tat weder etwas zur Sache noch ging es Bergmann etwas an.

»Gemma Nachbarn befragen«, sagte er grinsend.

Sandra folgte ihm grummelnd. Immerhin gab es mittlerweile zwei heiße Spuren, denen sie nachgehen mussten. Eine führte zu der vermissten Seniorin aus Stainz, die andere zum benachbarten Kogelbauern, der im mutmaßlichen Tatzeitraum fremde Männer am Tatort gesehen haben wollte. Hoffentlich erinnerte er sich noch an ihr Aussehen, besondere Merkmale oder konnte ihnen andere relevante Hinweise liefern.

Möglicherweise hatten auch weitere Anrainer fremde Personen oder Fahrzeuge beobachtet. In einer ruhigen Lage wie dieser war das sogar wahrscheinlicher als anderswo.

8. Oktober 1977

Nach dem Mittagessen hat mich die Frau Höllerer zum Herrn Direktor geschickt. Ich wollte nicht zu ihm. Wegen dem, was er letztes Mal von mir verlangt hat. Aber er hat mir auch versprochen, daß er noch einmal bei meiner Mutti anrufen wird. Außerdem ist er der Heimleiter, dem man gehorchen muß, wenn man nicht bestraft werden will.

Die Birgit und die Monika haben hinter meinem Rücken getuschelt, als ich aufgestanden bin. Das hat auch die Teufelin bemerkt und die beiden zum Küchendienst verdonnert. Haha, das geschieht ihnen recht! Der Vanillepudding mit Himbeersauce, den es heute zum Abendessen gibt, ist für sie auch gestrichen.

Letzte Woche habe ich mich mit ihnen wegen der Geschichte im Schulbus geprügelt. Sie sind im Zimmer auf mich losgegangen, aber diesmal habe ich mich mit Händen und Füßen gewehrt. Damit haben sie nicht gerechnet. Die Monika ist gegen den Kasten geflogen und hat sich einen Schneidezahn abgebrochen. Und die Birgit hat noch immer ein Veilchen, das in allen Farben schillert. Ich bin mit ein paar blauen Flecken und Kratzern davongekommen und habe mir meinen Pulli zurückgeholt. Sie haben sich dann bei der Höllerer über mich beschwert. Ich habe schon befürchtet, daß ich dafür in den Karzer gehen muß. Aber die Teufelin hat die beiden verdroschen, weil sie mich vernadert haben. Ich hoffe, daß sie mich jetzt in Ruhe lassen.

Aber zurück zu gestern: Der Herr Direktor hat noch einmal versucht, die Mutti anzurufen. Es hat aber wieder niemand zu Hause abgehoben. Vielleicht ist die Mutti ja wirklich in der

Entzugsklinik. Ich hoffe, daß ihr nichts Schlimmes passiert ist. Dem Karl traue ich alles zu. Und dem Herrn Schmölzerl auch.

Ich habe mich wieder vor ihm ausziehen müssen. Diesmal ganz nackt. Er hat meinen Busen wieder angegrapscht und mir seinen Finger unten hineingesteckt. Dann hat er sich ausgezogen und auf die Couch gesetzt. Ich habe mich vor ihm hinknien und ihm einen blasen müssen. Am liebsten hätte ich ihn abgebissen. Aber dafür wäre ich ganz bestimmt in den Karzer gegangen. Oder noch Schlimmeres. Mitten drin hat er verlangt, daß ich mich zu ihm auf die Couch lege. Ich habe ihn angefleht, daß er mich nicht entjungfern soll.

Er hat mir den Mund zugehalten und es trotzdem getan. Es hat kurz wehgetan, dann war es schon wieder vorbei. Geblutet habe ich kaum.

Der Herr Schmölzerl hat sich angezogen und ist zum Waschbecken in seinem Büro gegangen. Ich habe ihn gefragt, ob wir die Mutti noch einmal anrufen können. Vielleicht hebt sie ja doch noch ab.

Ich bin jetzt eine Frau und kein Kind mehr, hat er gesagt, während er in den Spiegel geschaut und seine Haare von links nach rechts gekämmt hat. Ich brauche keine rauschgiftsüchtige Mutter, die mich sowieso nicht mehr mag. Außerdem ist er jetzt für mich verantwortlich. Und die Erzieherinnen im Heim. Hier lerne ich alles, was eine Frau können muß. Putzen, waschen, gehorchen, schweigen, blasen und vögeln. Er hat schallend über seine Worte gelacht und mich weggeschickt. Bis zum nächsten Mal.

Ich bin dann in den Wald hinaufgelaufen, wo ich meine Ruhe habe und weinen kann, so viel ich mag. Zwischen den Felsen habe ich eine Nische entdeckt, in der man nicht naß wird, wenn es regnet. Dort bin ich eine Weile gesessen und habe nachgedacht. Stimmt es, daß mich meine Mutti nicht mehr lieb hat?

Warum hat sie mich hierhergeschickt? Und wieso meldet sie sich nicht bei mir? Vielleicht hat sie meine Briefe noch gar nicht bekommen. Am liebsten würde ich nach Hause fahren und mit ihr reden. Aber wie denn, ohne Geld?

Ich muß endlich den Johnny aus der Wäschekammer holen, wenigstens das Geld aus dem Batteriefach. Dann gehe ich zu Fuß bis zur nächsten Busstation und steige in den Linienbus ein. Irgendwo kann ich bestimmt umsteigen und bis zum Bahnhof fahren und dort einen Zug nach Wien nehmen. Oder der Norbert könnte mich mit dem Bus fahren, wenn keine Schule ist. Er mag mich gern, glaube ich. Aber warum sollte er das für mich tun? Wenn sie uns erwischen, wird er gekündigt. Mir rasieren sie die Haare ab und sperren mich in den Karzer. Das ist die Strafe für Ausreißerinnen, die geschnappt und ins Heim zurückgebracht werden. Plötzlich ist mir eine Idee gekommen, wie meine Flucht klappen könnte.

Ich bin ins Haus zurückgelaufen, habe meine Schulsachen aus dem Zimmer geholt und bin ins Studierzimmer gegangen. Meine beiden Zimmergenossinnen haben mich blöd angegafft. Die sollen es ja nie wieder wagen, mich anzugreifen.

Die Frau Höllerer hat mich argwöhnisch beobachtet, weil ich viel zu spät gekommen bin, um meine Hausübungen zu machen. Aber sie hat mich ja vorher selbst zum Direx geschickt. Ob sie weiß, was er mit mir angestellt hat? Was soll ich machen, wenn ich jetzt schwanger bin? Bitte nicht, lieber Gott! Das darf nicht passieren!

KAPITEL 10

Sonntag, 12. November

Sandra war spät dran, als sie ihre Wohnungstür zusperrte. Der Aufzug war besetzt, aber sie nahm ohnehin lieber die Treppe. Wenn sie heute schon keine Zeit zum Joggen fand, wollte sie wenigstens in die Garage hinunterlaufen. Sehr weit sollte sie allerdings nicht kommen.

Einen Stock tiefer wäre sie beinahe in die Frau hineingerannt, die gerade aus dem Aufzug ausstieg. Im letzten Moment sprang Sandra zur Seite und entschuldigte sich bei der Dunkelhaarigen, deren Locken aus dem hübschen Gesicht gebunden waren. Umso mehr fielen ihre großen blauen Augen und die blau-silbernen Ohrgehänge auf, die ihr ebenso gut standen wie der grob gestrickte rauchblaue Mantel mit dem Bindegürtel, die Bootcut-Jeans und die grauen Wildlederstiefeletten.

»Ist ja nichts passiert«, erwiderte die Mittdreißigerin lächelnd und verströmte einen verführerischen Duft aus dem Papiersackerl einer bekannten Bäckerei in Graz. »Schönen Sonntag!«, verabschiedete sie sich gut gelaunt.

Sandra wünschte ihr dasselbe, als ihr plötzlich klar wurde, wohin die sympathische Frau mit dem frischen Gebäck wollte. Einen Moment lang starrte sie ihr ungläubig hinterher, dann beobachtete sie, wie sie die angelehnte Tür aufdrückte und in die Wohnung verschwand.

Huberts Wohnung.

Sandras Magen krampfte sich zu einem Klumpen zusammen. Der Appetit auf ein Frühstück war ihr augenblicklich vergangen. Hubert hatte keine Zeit verloren, einen Ersatz für seinen Sonntagsbrunch zu finden, zu dem er ursprünglich Sandra eingeladen hatte. Noch dazu einen sehr attraktiven Ersatz. Während es sich die beiden schmecken ließen, wurde Sandra übel bei der Vorstellung, was sie sonst noch alles miteinander anstellten.

Der Himmel war an diesem Morgen genauso trüb wie die Gedanken, die Sandra wälzte, während sie zu Bergmann fuhr. Drei Minuten zu spät hielt sie vor seinem Wohnhaus an. Wenn er sie jetzt auch noch auf ihre lächerliche Verspätung ansprach, würde sie ihm die Augen auskratzen.

»Na? Schlecht geschlafen?«, taxierte er sie mit kritischem Blick, kaum dass er neben ihr saß.

»Rede mich besser nicht blöd an«, erwiderte Sandra unwirsch und wandte sich um, um in der kurzen Sackgasse zurückzusetzen.

Bergmann steckte seinen Kaffeebecher in die Getränkehalterung und schnallte sich an. »Oje … Darf ich raten?«

»Nein!«, schnauzte Sandra ihren Beifahrer an und trat aufs Gaspedal, dass die Reifen beim Anfahren quietschten.

»Ui … Hubert?«, bohrte Bergmann dennoch nach.

»Sascha, lass es!«, warnte Sandra ihn noch schärfer und lauter, was nachhaltig Wirkung zeigte.

Auf der Fahrt nach Stainz beschäftigte er sich nahezu ununterbrochen mit seinem Handy, während Sandra weiterhin ihre privaten Probleme wälzte.

Ihre Freundin Andrea hatte recht. Die Beziehung zu Hubert war toxisch für sie, während er tat und ließ, was ihm gefiel. Sandra war stinkwütend, vor allem auf sich selbst, weil sie sich auf seine Spielchen überhaupt eingelassen hatte. Höchste Zeit, diese ein für alle Mal zu beenden.

Als Schloss Stainz in ihrem Blickfeld auftauchte, schob sie ihr Privatleben beiseite und kehrte gedanklich zum aktuellen Kriminalfall zurück. Zuerst stand das Seniorenheim in der Marktgemeinde auf der Agenda, um die Pflegedienstleiterin zu befragen, die Elisabeth Fleischanderl als abgängig gemeldet hatte, wenngleich sie noch gar nicht wussten, ob die Vermisste die Tote vom Reinischkogel war.

Anschließend wollten sie August Stallhofer vulgo Kogelbauer aufsuchen, den sie gestern Nachmittag auf seinem Hof nicht angetroffen hatten. Seine Frau hatte ihnen die Tür geöffnet, eine verschlossene, misstrauische Person, die von nichts wusste oder nichts wissen wollte. Mit der Kriminalpolizei mochte Frau Stallhofer sowieso nichts zu tun haben. Die anderen Nachbarn hatten sich zwar kooperativer gezeigt, aber auch keine brauchbaren Hinweise geliefert.

Vom Kreisverkehr an der Radlpassstraße kommend bog Sandra nach rechts ab und fuhr direkt auf den steilen Weingarten an der hinteren Seite des Schlosses zu. Das Navi lotste sie an zwei Supermärkten vorbei und an der nächsten Kreuzung nach links in eine ruhige Straße, die zum Engelweingarten und zum Gamsgebirg mit der Stainzer Warte weiterführte. Doch Sandra hatte ihr Ziel bereits erreicht. Den Wagen parkte sie zwischen dem Sozialzentrum und dem Wohnpark für Senioren, deren zweistöckige Gebäude in schlichtem Beige gehalten waren. Als sie ausstiegen, schlich ein grauer Cupra nahezu lautlos heran. Vermutlich stattete der Fahrer einem pflegebedürftigen Angehörigen einen Sonntagsbesuch ab. Vielleicht holte er ihn oder sie zu einem Ausflug oder auch zum Mittagessen ab, obwohl es dafür noch zu früh war.

Die Ermittler betraten das Sozialzentrum durch die Glastür und fanden sich in einem Aufenthaltsraum mit einer Küchenzeile, einigen Tischen und Sesseln wieder, die zum Teil von Senioren besetzt waren, andere saßen in Rollstühlen dort. Niemand beachtete die Besucher. Sandra blickte sich um, konnte jedoch kein Personal entdecken. Von rechts kam eine weißblonde Mittfünfzigerin in einer dunkelblauen Jacke auf sie zu, die eine ältere Dame im Rollstuhl vor sich her in Richtung Ausgang schob. Die Seniorin hielt sich mit beiden Händen am Henkel ihrer altmodischen weißen Handtasche fest, die auf ihrem Schoß lag.

»Grüß Gott«, sprach Sandra die Damen an. »Wissen Sie vielleicht, wo wir eine Pflegerin finden?«

»Für was brauchts die denn?«, krächzte die Frau im Rollstuhl. »Sie schaun doch eh noch recht jung und g'sund aus.«

Sandra unterdrückte ein Schmunzeln. »Eigentlich suche ich die Pflegedienstleiterin«, stellte sie klar.

»Entschuldigen S' meine Mutter bitte«, sagte die Tochter.

»Für was entschuldigst dich schon wieder wegen mir?«, beklagte sich die Alte. Die Bewohnerinnen an den Tischen im Foyer beachteten sie noch immer nicht.

»Schon gut, Mama«, lenkte die Jüngere ein. »Sie finden das Büro der Pflegedienstleiterin im ersten Stock«, sagte sie und wies zum Stiegenhaus hinter ihrem Rücken.

»Gar nix ist gut«, setzte die Rollstuhlfahrerin nach.

Die Ermittler wandten sich ab. Während die Seniorin weiterkeppelte, nahmen sie die Stufen in den ersten Stock. Vor der Glasfront saßen zwei weitere hochbetagte Damen in Rollstühlen und schwiegen sich ebenso an wie die Frauen und Männer im Aufenthaltsraum unten. Sandra wollte sie ansprechen, als ein junger weiß gekleideter Mann mit dunklem Vollbart auf sie zukam. Sie fragte den Pfleger nach seiner Vorgesetzten.

»Büro von Chefin ganz hinten, zweites Tür rechts«, erklärte ihr der Pfleger in gebrochenem Deutsch und deutete auf den Gang des Gebäudetrakts, aus dem er gerade gekommen war.

Sandra bedankte sich und ging voraus. Auf dem Gang überholten sie einen greisen Mann, der gebückt hinter seinem Rollator her schlurfte und keine Notiz von ihnen nahm. Obwohl die Bürotür der Pflegedienstleiterin weit offenstand, klopfte Sandra an, bevor sie eintrat und Bergmann ihr folgte.

Eine nicht mehr ganz junge kräftige Frau mit kurzen rotbraunen Haaren schaute von den Unterlagen auf ihrem Schreibtisch auf, als Sandra grüßte und sich erneut nach Barbara Hopfinger erkundigte.

»Das bin ich«, bestätigte die Frau, deren Haarfarbe sich in der Kunststofffassung ihrer Brille wiederfand, und stand auf, um den Ermittlern kräftig die Hände zu schütteln. Zum türkisfarbenen Pullover trug sie einen bunten Schal. Ihre dunkelblauen Jeans hätten gut eine oder besser zwei Nummern größer sein dürfen. »Wollen wir uns dort hinüber setzen?«, schlug sie vor und meinte den Besprechungstisch neben der Garderobe, an der ein weißer Kittel und eine kobaltblauer Kurzmantel hingen. »Sie können gerne Ihre Jacken ablegen«, fügte sie hinzu, ehe sie einen Kugelschreiber und eine weiße Hängemappe von ihrem Schreibtisch nahm.

Sandra und Bergmann behielten ihre Jacken lieber an, um die Holster mit den Dienstwaffen zu kaschieren, und nahmen Platz. Das Wasser oder Limonadenangebot der leitenden Angestellten schlugen sie ebenfalls aus.

Barbara Hopfinger öffnete eine Flasche *Murelli* auf der Anrichte und schenkte ein Glas ein, bevor sie sich damit zu ihnen setzte. »Gibt es etwas Neues von unserer vermissten Frau Fleischanderl?«

»Möglicherweise«, erwiderte Sandra, während ihr Gegenüber einen Schluck Zitronenlimonade trank. »Wir ziehen in Betracht, dass es sich um ihre Leiche handelt, die vorgestern am Reinischkogel aufgefunden wurde.«

»Das habe ich auch schon befürchtet«, meinte die Pflegedienstleiterin und stellte ihr halb volles Glas neben der Mappe ab. »Haben Sie ein Foto von der Leiche?«

»Ja, aber ich rate Ihnen dringend davon ab, sich das Foto anzusehen«, meinte der Chefinspektor, der die verweste, teilweise verstümmelte Leiche auf dem Sektionstisch mit seinem Handy fotografiert hatte. »Sie würden die Frau nicht wiedererkennen.«

»Vielleicht ja doch«, beharrte ihr Gegenüber.

»Na schön, wenn Sie darauf bestehen. Aber ich habe Sie gewarnt.« Bergmann zückte sein Handy.

»Das ist nicht meine erste Tote«, entgegnete die erfahrene Altenpflegerin unbeeindruckt. Zu ihren Berufsanforderungen zählten nicht zuletzt auch der Umgang mit Sterbenden und Leichen.

Bergmann suchte ein Foto in seinen Alben und reichte der resoluten Frau sein Smartphone über den Tisch, die das Bild dann auch noch vergrößert betrachtete.

»Sie haben recht«, sagte sie, ohne mit der Wimper zu zucken.

Der Chefinspektor nahm sein Handy wieder an sich.

»Ich erkenne die Frau auf dem Foto nicht«, fügte die Pflegedienstleiterin hinzu. »Aber die Haare würden schon zu Frau Fleischanderl passen.«

Die große Mehrheit der Heimbewohnerinnen hatte weiße Haare, jedoch trugen die meisten älteren Frauen diese kürzer. »Wissen Sie, bei welchem Zahnarzt Frau Fleischanderl zuletzt in Behandlung war?«, fragte Sandra.

»Moment, das haben wir gleich …« Barbara Hopfinger schlug die Mappe vor sich auf und fand die gesuchte Information binnen Sekunden. »Wie die meisten unserer Bewohnerinnen war Frau Fleischanderl eine Patientin von Herrn Doktor Zacharias in Stainz.«

Indem sie die Bewohner*innen mit Gender-Pause aussprach, kam sie wohl einer dienstlichen Anweisung ihres Arbeitgebers nach, vermutete Sandra. Die alten Herrschaften im Seniorenheim legten kaum Wert darauf, sondern lehnten das Gendern eher ab, sagte ihr die persönliche Erfahrung. Sie notierte sich den Namen des Zahnarztes, der in der Bahnhofstraße praktizierte. Gleich morgen früh würde sie ihm die zahnmedizinischen Befunde aus der Gerichtsmedizin schicken lassen, damit er diese mit den Unterlagen seiner vermissten Patientin abgleichen konnte.

»Was können Sie uns über Frau Fleischanderl berichten?«, fragte Sandra.

Ihr Gegenüber warf einen weiteren Blick in die Patientenakte. »Sie ist im Februar 2018 aus Kalsdorf zu uns gezogen. Ursprünglich kommt sie aber aus Ettendorf bei Stainz.«

Dass die vermisste Heimbewohnerin im Bezirk Deutschlandsberg unter dem Geburtsnamen Schimpl geboren war, wusste Sandra bereits aus der Vermisstenakte.

»Seit ihrem Einzug bei uns hat sich ihr geistiger Zustand laufend verschlechtert«, berichtete die Pflegedienstleiterin weiter. »Wegen ihrer fortschreitenden Demenz wurde im Mai 2022 der Notar in Stainz als ihr gerichtlicher Erwachsenenvertreter bestellt. Organisch war Frau Fleischanderl noch recht gut beieinander, bevor sie verschwunden ist. Außer Cholesterin- und Blutdrucksenkern hat sie kaum Medikamente benötigt.«

Ihr guter körperlicher Zustand hätte das Martyrium im Keller höchstens verlängert, überlegte Sandra. »Hat Frau Fleischanderl gar keine Angehörigen mehr? Auch keine entfernten?«, fragte sie nach.

Barbara Hopfinger blätterte in den Unterlagen. »In ihrer Akte sind keine vermerkt.«

»Gibt es jemanden im Heim, zu dem sie engeren Kontakt hatte?«, fragte Sandra weiter. Wenn Elisabeth Fleischanderl tatsächlich die unbekannte Tote war, konnte ihnen eine Vertrauensperson am ehesten einen Hinweis geben, wo sie mit den Umfelderhebungen beginnen sollten.

Die Pflegedienstleiterin schüttelte den Kopf. »Ich sag es nicht gern, aber Frau Fleischanderl war eine bösartige Person. Einige Pflegerinnen hatten sogar Angst vor ihr und wollten sie gar nicht mehr betreuen, weil sie befürchteten, grundlos beschimpft und mit Gegenständen beworfen zu werden.«

Barbara Hopfinger hatte abermals eine Gender-Pause, diesmal bei den Pflegerinnen eingelegt. Bergmann machte sich immer lustig über diese Betonung und fühlte sich an Schluckauf erinnert, womit er nicht ganz unrecht hatte.

»Die Patientin ist leider völlig unberechenbar«, fuhr die Pflegedienstleiterin fort. »Zuletzt ist sie ungebeten ins Zimmer ihrer Nachbarin spaziert, hat sie beschimpft, geschlagen und gewürgt, bis ein Pfleger dazwischengegangen ist, der das Schlimmste verhindern konnte. Dabei ist vorher nicht das Geringste zwischen den beiden Damen vorgefallen. Ihre Zimmer liegen zwar nebeneinander, aber sie hatten kaum Kontakt miteinander. Erschwerend kommt hinzu, dass Frau Fleischanderl niemanden an sich heranlässt. Auch nicht unseren Psychologen, der auf Gerontopsychologie spezialisiert ist. Wenige Tage vor ihrem Verschwinden hat sie ihn sogar beschuldigt, sie sexuell belästigt zu haben. Nach diesem Vorfall haben wir ihre Verlegung in ein anderes Pflegeheim mit Demenzschwerpunkt beantragt. Aber leider ist noch kein passendes Bett für sie frei geworden.«

»Gibt es auch keine Freunde oder Bekannte von früher, die sie in den letzten fünf Jahren besucht oder abgeholt hätten?«, fragte Sandra. Elisabeth Fleischanderl hatte sich hoffentlich nicht ihr ganzes Leben lang aggressiv verhalten, sondern erst seitdem sie an Demenz erkrankt war.

»Es ist schon möglich, dass sie ab und zu Besuch bekommen hat. Leider wird das nirgendwo verzeichnet. Unser Haus ist schließlich kein Gefängnis, und die Bewohnerinnen sind alle volljährig.« Schon wieder der Schluckauf.

»Dann gibt es hier auch keine Überwachungskameras?«, fragte Bergmann.

Die Pflegedienstleiterin bestätigte seine Vermutung.

»Und niemand hat beobachtet, wann Frau Fleischanderl das Haus zum letzten Mal verlassen hat?«

Erneut folgte Kopfschütteln. »Wir leiden unter akutem Personalmangel«, sagte Barbara Hopfinger.

Wenigstens das Personal wurde nicht gegendert. Dass in nahezu allen Branchen ein Mangel an Fachkräften herrschte, insbesondere in der Pflege, war allgemein bekannt. »Frau Fleischanderl wurde ja bereits einige Male als vermisst gemeldet«, fuhr Sandra fort. »Wissen Sie, wohin sie damals wollte oder wo sie sich in ihrer Abwesenheit aufgehalten hat?«

»Das weiß die Patientin vermutlich selbst nicht. Dieser Wandertrieb ist typisch für Demenzerkrankte, die sich oft unwohl, fremd, bedroht oder überfordert fühlen, meistens aufgrund ihrer Umgebung. Im Fall von Frau Fleischanderl vermutet der Psychologe, dass sie versucht, vor sich selbst davonzulaufen.«

Was ihr unmöglich gelingen konnte, dachte Sandra. »Haben Sie etwas dagegen, wenn wir uns in ihrem Zimmer umschauen?«

»Es tut mir leid, aber das Zimmer haben wir bereits an eine andere Bewohnerin vergeben.«

Sandra stutze. »Und wenn Frau Fleischanderl doch zurückkehrt?« Noch war ja nicht erwiesen, dass sie verstorben war.

»Dann werden wir sie vorübergehend in einem anderen Zimmer unterbringen, bis sich ein Demenzbett für sie findet.«

»Hatte die Frau ein Handy?«, wollte Bergmann wissen.

Barbara Hopfinger blätterte erneut in der Akte. »Unter ihren persönlichen Gegenständen ist kein Handy vermerkt, auch sonst keine elektronischen Geräte außer einem Radio«, stellte sie fest. »Sie könnte damit wohl auch gar nicht mehr umgehen.«

Demnach hatte die Vermisste weder Handydaten noch E-Mails oder andere digitale Spuren hinterlassen. Es schien lediglich eine Festnetznummer in Kalsdorf in der Akte auf, die allerdings nicht mehr aktiv war.

»Wo befinden sich ihre Sachen jetzt?«, fragte Sandra.

»Wir bewahren sie im Keller auf, bis Frau Fleischanderl zurückkehrt oder für tot erklärt wird.« Üblicherweise gab es im Todesfall eine Frist, innerhalb der die Erben oder gesetzlichen Vertreter die persönlichen Gegenstände der Verstorbenen abholen konnten, erklärte ihnen die Pflegedienstleiterin. Wurden keine Erben gefunden oder diese verzichteten darauf, wurden die Sachen entsorgt, verkauft oder versteigert, um offene Pflegekosten oder andere offene Rechnungen der Verstorbenen zu decken. In einigen Fällen wurden sie auch für wohltätige Zwecke gespendet.

Sandra nickte nachdenklich. »Könnten Sie uns bitte eine Kopie dieser Inventarliste zur Verfügung stellen?«

»Ja sicher, ich kann sie Ihnen auch gleich kopieren, wenn Sie möchten.«

»Ja bitte.«

Barbara Hopfinger stand auf, um die beiden A4-Seiten mit dem Drucker neben ihrem Schreibstich zu vervielfältigen.

Beim Überfliegen der Kopie konnte Sandra keinen Anhaltspunkt entdecken, der ihre Ermittlungen vorantreiben würde. Sollte sich herausstellen, dass Elisabeth Fleischanderl das Mordopfer war, würden sie ihre Habseligkeiten auf alle Fälle sicherstellen und forensisch untersuchen lassen.

20. Oktober 1977

Vor ein paar Tagen bin ich ins Zimmer nebenan übersiedelt. Die Claudia braucht ihr Bett ja nicht mehr. Die Mädchen sind viel netter als die Birgit und die Monika. Vor allem die Judith mag ich gern. Sie glaubt, daß die Claudia tot ist, und hat mir erzählt, daß bereits früher Mädchen aus diesem Heim verschwunden sind. Vielleicht sind sie auch zu Pflegeeltern gezogen wie die Claudia, habe ich mir gedacht, aber der Judith nichts davon erzählt. Wenn sie es weitersagt, bekomme ich Ärger mit dem Direx.

Letzte Woche hat er mich noch einmal in sein Büro rufen lassen. Die Mutti haben wir wieder nicht erreicht. Bis heute ist kein Brief von ihr gekommen. Ich schreibe ihr auch nicht mehr. Wozu denn, wenn sie mir eh nicht antwortet? Vielleicht hat der Herr Schmölzerl ja recht, und sie hat mich nicht mehr lieb. Oder sie ist in Kalksburg und der Karl schickt ihr meine Briefe nicht weiter. Sie fehlt mir so sehr!

Dann wollte der Herr Schmölzerl wieder pempern. Dabei graust mir doch so vor diesem schirchen, alten Mann. Außerdem habe ich große Angst, daß er mir ein Kind macht. Ich soll das Denken gefälligst ihm überlassen, hat er gesagt. Er weiß ganz genau, wie er's tun muß, damit nichts passiert.

Nachher habe ich ihn gefragt, ob ich ins Nachbarzimmer übersiedeln und in der Waschküche arbeiten darf. Immer nur Geschirr abwaschen und Kartoffeln schälen ist mir auf die Dauer zu langweilig, habe ich mich ausgeredet. Er hat sich gewundert, weil die Arbeit in der Waschküche viel anstrengender als in der Küche ist. Aber er hat mir beides erlaubt. Dafür *muß ich ihm einen noch größeren Gefallen tun. Er wird mich rechtzeitig wissen lassen, was ich machen muß.*

Zwei Tage später hat mich das Fräulein Wegscheid nach dem Abendessen wieder zum Herrn Direktor geschickt. Er ist mit einem fremden Mann in seinem verqualmten Büro gesessen, und sie haben beide Schilcherwein getrunken. Der Mann heißt Hans Kroiss und wollte mich kennenlernen. Er ist größer und jünger als der Herr Schmölzerl, hat dunkle Haare und braune Augen. Er hat mir seine Hand entgegengestreckt und wollte, daß ich Hans zu ihm sage. Der Herr Direktor hat mit aufgetragen, mit ihm mitzugehen und lieb zu ihm zu sein, wie er es mir beigebracht hat.

Ich kann doch nicht einfach mit einem fremden Mann mitgehen, habe ich protestiert. Das hat mir meine Mutti verboten. Die beiden haben mich ausgelacht. Ich werde den Hans gleich kennenlernen, dann ist er kein fremder Mann mehr, hat der Herr Schmölzerl gesagt und dem Hans einen Schlüssel aus seiner Schreibtischlade gegeben. Wir sollen keinen Lärm machen und er will seinen Schlüssel nachher wiederhaben. Dann hat er dem Hans noch viel Spaß mit der Gitti gewünscht, sich Wein nachgeschenkt und die nächste Zigarette angezündet.

Ich bin mit dem Hans ins Zimmer nebenan gegangen. Was hätte ich denn tun sollen? Dort gibt es ein Doppelbett, einen Kasten, einen kleinen Tisch, zwei Sesseln und ein Waschbecken mit einem Spiegel wie beim Herr Direktor im Büro. Der Hans hat die Tür hinter uns zugesperrt und die Vorhänge zugezogen. Dann hat er sich umgedreht und mich angeglotzt. Er hat gesagt, daß ich schöne Augen habe, während er mir auf den Busen gestarrt hat. Anscheinend mögen alle Männer große Tutteln.

Ich habe ihn gefragt, ob ich ihm einen blasen soll. Schlucken tu ich aber nimmer. Das habe ich mir fest vorgenommen. Und wenn es noch so gesund sein soll. Er hat gelacht. Das ist doch nur ein blöder Schmäh vom Herrn Schmölzerl, hat er gesagt. Ich hätte es mir denken können.

Der Hans wollte mir beim Ausziehen zuschauen und hat seine Hose aufgemacht. Ich soll mir Zeit lassen, hat er gesagt. Dabei hat er sich einen runtergeholt. Ich habe gehofft, daß er fertig ist, bis ich nackt bin. Aber dann wollte er mich doch im Bett haben.

Ich hab ihn angefleht, daß er mir kein Kind macht. Er hat mir versprochen, dass er aufpaßt. Dann habe ich ihm auf allen Vieren meinen Hintern entgegenstrecken müssen, damit er mir's von hinten besorgen kann. Dabei hat er mich auf den Popo gehaut und unanständige Worte gesagt.

Ich habe derweil der Spinne zugeschaut, die an der Wand entlanggekraxelt ist, bis der Hans fertig war.

KAPITEL 11

Sandra schlug vor, das Mittagessen unterwegs in einem Buschenschank einzunehmen, und Bergmann war einverstanden. In Langegg an der Schilcherstraße bog sie beim Klapotetz ab. Traditionell wurden die hölzernen Windräder im südsteirischen und slowenischen Weinland für die Zeit der Traubenreife in den Weingärten aufgestellt und sollten durch ihr lautes Geklapper die Vögel vertreiben. Dieser Klapotetz stand jedoch das ganze Jahr über als Symbol für die Schilcherweinstraße am Straßenrand.

Sandra besetzte den nächsten freien Schrägparkplatz an der Zufahrt zum Buschenschank. Im Vorbeigehen fiel ihr ein weißer Kleinbus auf, der dort ebenfalls parkte. Die Aufschrift am Heck verriet ihr, dass das Fahrzeug zum Fuhrpark des *Schilchertaxi* und vermutlich dem Onkel des Försters gehörte.

Die große Terrasse vor dem Buschenschank war mit ortstypischen Stainzerplatten aus Hartgneis gepflastert und bot an klaren Tagen einen fantastischen Panoramablick. Jedoch nicht an diesem wolkenverhangenen Novembertag, an dem es viel zu kühl war, um draußen zu sitzen. Umso gemütlicher war es drinnen in der geräumigen Stube.

Sandras Blick blieb am Tisch neben dem Eingang hängen, wo gerade eine Kellnerin im Dirndl die Speisen servierte. Was für ein Zufall, dass ausgerechnet Georg Steinbauer in geselliger Runde dort saß.

Der Förster erkannte sie ebenfalls gleich wieder, winkte ihr zu und erhob sich von der Eckbank, um sie zu begrüßen und den anderen Gästen am Tisch vorzustellen. »Das sind die beiden Ermittler vom Landeskriminalamt in Graz, Frau Mohr und Herr …« Er sah Bergmann hilfesuchend an. Seinen Namen hatte er offenbar vergessen.

»Chefinspektor Bergmann«, antwortete Sandra, nachdem ihr Vorgesetzter selbst nicht antwortete, sondern sich in der Stube nach einem freien Tisch umschaute.

»Darf ich Ihnen meinen Onkel vorstellen?« Georg Steinbauer deutete auf den wohlbeleibten weißhaarigen Herrn Deutschmann, dessen Taxibus draußen geparkt war. Als Nächstes machte er sie mit der attraktiven Frau Deutschmann bekannt, die einen blonden Long Bob trug und dezent geschminkt war. Sandra schätzte sie auf Anfang 50 und damit gut 15 Jahre jünger als ihren Mann, dessen volle, vernarbte Wangen gerötet waren.

Die zwei unbekannten jüngeren Männer am Tisch waren als Taxifahrer bei Herrn Deutschmann beschäftigt. Der kahlköpfige, der ungefähr im selben Alter wie Georg Steinbauer war, reagierte nervös auf die Polizisten in Zivil, was selbst bei den anständigsten Bürgern vorkommen konnte. Der Jüngste in der Runde war höchstens Anfang 30, hatte dichtes schwarzes Haar, einen Vollbart, dunkle Augen und verhielt sich sehr zurückhaltend, als ob er möglichst nicht auffallen wollte. Bisher hatte er gar nicht gesprochen, sondern nur scheu gelächelt, was auch an mangelnden Deutschkenntnissen liegen konnte.

Nach der langen *Junkerfest*-Nacht hatte der Chef die Runde zu einem verspäteten Sonntagsfrühstück eingeladen, das ziemlich üppig ausfiel. Die steirische Brettljause war auf einer großen Platte appetitlich angerichtet, mit allem, was dazugehörte. Von Brüstl, Rohschinken, Speck und Hauswürstel über Verhackert, Liptauer, Kürbiskernaufstrich und aufgeschnittenen Käse bis hin zu hart gekochten Eiern, Paprikastreifen, Zwiebelringen und gerissenem Kren, der unter gar keinen Umständen fehlen durfte, nicht nur bei einer steirischen Osterjause nicht.

»Wolln Sie sich net zuwisetzn?«, fragte der nette Onkel aus Stainz. »Es ist genug für alle da. Und wenn net, kann ich noch was b'stölln«, bellte er im weststeirischen Dialekt, dennoch bemüht, mit den Kriminalpolizisten aus Graz möglichst verständlich zu sprechen.

Ehe Bergmann seine Einladung ablehnen konnte, nahm Sandra sie an. »Gerne, vielen Dank! Allerdings müssen wir darauf bestehen, unser Essen und die Getränke selbst zu bezahlen«, stellte sie klar. »Wir sind zwar auf Mittagspause, aber trotzdem im Dienst.« Da sie schon einmal hier waren, konnten sie auch gleich die Taxifahrer befragen, die in der Region viel unterwegs waren und bestimmt einiges mitbekamen. Außerdem gab es in der Stube momentan keinen freien Tisch.

»Wir wolln euch ja net bestechn«, meinte Herr Deutschmann lachend, während der Förster, der außen auf der Eckbank saß, den nächsten Sessel für Sandra unterm Tisch hervorzog.

Der Chefinspektor platzierte sich wenig begeistert auf dem letzten freien Stuhl an der anderen Ecke des Tisches. Mit der steirischen Herzlichkeit, die im Schilcherland 100-prozentig gelebt wurde, konnte der von Geburt an grantige Wiener nicht viel anfangen. Als zwiderer Ober in einem Café in der Bundeshauptstadt hätte er zweifellos eine bessere Figur gemacht, dachte Sandra. Warum war ihr das in all den Jahren noch nie in den Sinn gekommen? Die einheimische Kellnerin war umso freundlicher, als sie ihren heiß geliebten Käferbohnensalat und einen Schafkäseteller bei ihr bestellte.

Bergmann folgte der Empfehlung der hübschen Frau Deutschmann und entschied sich ebenfalls für einen Käseteller, allerdings mit verschiedenen Sorten von der Kuh aus der mehrfach prämierten Biohof-Käserei im nahen Frauental.

Während die meisten in der Taxler-Runde dem klassischen Schilcher huldigten, schlossen sich die LKA-Ermittler dem jüngsten Taxifahrer an und bestellten Schilchersaft. Wie der gleichnamige Wein und Sturm wurde auch dieser aus Blauen Wildbacher-Trauben gepresst, jedoch nicht vergoren. Wahrscheinlich verzichtete der junge Mann deshalb auf Wein, damit er alle wohlbehalten mit dem Kleinbus vor der Tür nach Hause chauffieren konnte. Oder er trank grundsätzlich keinen Alkohol, überlegte Sandra, die sich selbst gern durch die feine Auswahl des Weinhofs gekostet hätte. Der Karte hatte sie entnommen, dass diese von Sämling, Welschriesling, Sauvignon Blanc, Gelbem Muskateller, Morillon und Klevner über die PIWI-Weine Muscaris und Souvignier Gris bis hin zu Süß- und Schaumweinen reichte. Die Weinverkostung musste sie leider auf ein anderes Mal verschieben, wenn sie privat hier einkehrte und danach nicht mehr Auto fahren musste. Dennoch wollte sie die Gelegenheit beim Schopf packen und nach dem Essen im Hofladen nebenan Wein einkaufen.

Während getrunken und gegessen wurde, stellte ihnen der Gastgeber seine beiden Mitarbeiter näher vor.

Der glatzköpfige Thomas Kroiss war in Greisdorf aufgewachsen und vier Jahre lang mit Georg Steinbauer in die Volksschule in Sommereben gegangen. Danach trennten sich ihre schulischen Wege. Der Förster besuchte das BORG Deutschlandsberg, wo er maturierte, der Taxifahrer die Hauptschule in Sankt Stefan ob Stainz. Mit 17 Jahren zog er dann nach Graz. Genau wie Sandra, die im selben Alter mit der Polizeiausbildung in der steirischen Landeshauptstadt angefangen hatte. Thomas war erst kürzlich in die Heimat zurückgekehrt, um seiner schwer kranken Mutter zur Seite zu stehen, erzählte sein Chef, während der Betroffene mit der Brettljause beschäftigt war. Wenig später verstarb Frau Kroiss.

»Mein Beileid«, sagte Sandra.

Thomas Kroiss blickte von seinem Teller auf und nickte kauend, sagte jedoch nichts. Vielleicht weil er gerade den Mund voll hatte.

»Haben Sie vor, künftig hierzubleiben? Oder kehren Sie wieder nach Graz zurück?«, versuchte Sandra, den wortkargen Mann in ein Gespräch zu verwickeln, um sich ein besseres Bild von ihm machen zu können.

»Das tät mich auch interessieren«, mischte sich sein umso gesprächigerer Chef ein, der Frau Kroiss schon sehr lange gekannt hatte.

Der Befragte schluckte den Bissen in seinem Mund hinunter. »Wir werden sehen«, antwortete er einsilbig und trank einen Schluck Schilcher nach.

Sein ebenso wortkarger Tischnachbar war 2015 vor den Taliban aus Afghanistan geflüchtet, erzählte Herr Deutschmann. Als Asylwerber hatte Amir Jamaluddin höchstwahrscheinlich nicht nur gute Erfahrungen mit der Polizei gemacht, nahm Sandra an, was seine Zurückhaltung erklärte. Seitdem er asylberechtigt war und arbeiten durfte, fuhr er für Herrn Deutschmann Taxi. Zuerst nur gelegentlich. Als das Geschäft nach den Corona-Einschränkungen wieder angesprungen war, hatte er den Afghanen fest angestellt. »Der Amir ist fleißig, pünktlich und zuverlässig«, lobte ihn der Chef und hob sein Glas auf den jungen Mann, was diesem ein verlegenes Lächeln ins Gesicht zauberte. »Und sein Steirisch wird a immer besser«, fügte der Taxiunternehmer fröhlich hinzu.

»Wir könnten mehr Fahrer wie den Amir brauchen«, sagte Frau Deutschmann, die im Innendienst im Betrieb ihres Mannes arbeitete. »Aber den jungen arbeitswilligen Männern, die zu uns kommen, wird das Arbeiten ja verboten, obwohl unsereins keine Arbeitskräfte findet. Und dann wundern sich unsere Politiker, wenn die Asylwerber aus Langeweile und Geldnot straffällig werden.«

»Manche kommen eh nur her, weil's bei uns ohne schepfn besser leben, und Deutsch wolln s' a net lernen«, meinte ihr Mann.

»Solche Leut würd ich sofort wieder heimschicken«, sagte die Blondine. »Und Straftäter sowieso. Aber auf eigene Kosten.« Die letzte Bemerkung unterstrich sie mit einer eindeutigen Geste.

»Ich wäre dafür, dass Asylwerber, vor allem jene, die aus muslimischen Ländern kommen und bei uns leben wollen, nicht nur verpflichtend Deutsch lernen, sondern auch Wertekurse absolvieren, allen voran, um die Gleichstellung von Frauen zu respektieren«, meldete sich Georg Steinbauer zu Wort.

Sandra gab ihm insgeheim zwar recht, fand aber, dass solche Kurse auch bei einigen österreichischen Männern ohne Migrationshintergrund angebracht wären. Jedoch hütete sie sich, an der Diskussion teilzunehmen.

»Ich frag mich schon lang, was mit unsrer Jugend los ist«, sagte Herr Deutschmann. »Work-Life-Balance, Vier-Tage-Woche … Wenn ich das schon hör! Von nix kommt nix«, polterte der leidgeprüfte Unternehmer.

»Wenn die Eltern den Jungen alles nachschmeißen, ohne dass sie dafür was tun müssen, ist das doch kein Wunder«, meinte seine Frau.

Während beim Essen weitere Stammtischthemen abgehandelt wurden, waren weder die Tote noch der Verletzte aus dem *Leinzingerhaus* ein Thema. Schließlich wollten die Ermittler niemandem den Appetit verderben. Umso ausführlicher wurde über das *Junkerfest* und das schöne Schilcherland gesprochen. Herr Deutschmann befürchtete, dass die Region touristisch dem Untergang geweiht war, nachdem man zuletzt über die Köpfe der stolzen Weststeirer hinweg entschieden hatte, das Schilcherland in die Tourismusregion Südsteiermark einzugliedern. Das Argument, dass dort höhere Nächtigungszahlen verzeichnet wurden und die Marke über die Grenzen hinaus bekannter war, wollte er nicht gelten lassen. »Die können unsere Weststeiermark doch net so mir nix, dir nix von der Kartn ausradiern, die Tocker!«, wetterte er gegen die Tourismusexperten, die seiner Meinung nach keine Ahnung hatten. Nicht von den Leuten, die hier lebten, und schon gar nicht von Geografie. »Ein jeder Steirer weiß doch, dass es gar keine Südsteiermark gibt! Nur eine Untersteiermark, die heut in Slowenien liegt und Stajerska heißt. Geografisch gibt's eine Oststeiermark und eine Weststeiermark. Dazwischen liegt der Großraum Graz und weiter oben die Obersteiermark«, dozierte er und echauffierte sich anschließend darüber, dass die ebenfalls weststeirische Lipizzanerheimat, wo die Pferde für die Wiener Hofreitschule das Licht der Welt erblickten und ihre Sommerfrische verbrachten, nun zur Erlebnisregion Graz gehörte. Immerhin betraf das auch einen Teil der Schilcherweinstraße, die in Ligist ihren Anfang nahm. Aus Dummheit und Ignoranz wollte man die Weststeirer ihrer Identität berauben, wetterte er. Aber ohne ihn!

»Geh, beruhig dich, Bertl. Das ändert ja nix«, versuchte seine Frau zu beschwichtigen, wohl auch aus Angst um die

Gesundheit ihres Mannes, dessen Gesicht längst dunkelrot angelaufen war. Dennoch musste Herr Deutschmann unbedingt noch loswerden, dass ihm die sogenannte Hochsteiermark ebenfalls ein Dorn im Auge war, seit die Touristikexperten diese Region vor einigen Jahren erfunden und nach dem Hochschwab benannt hatten, dessen Berggipfel mit 2.277 Höhenmetern keinesfalls der höchste in der Steiermark war.

Während seiner Brandrede hielt sich Sandra weiterhin zurück, um keinen Herzinfarkt des Mannes zu provozieren, der seine Heimat glühend verteidigte.

Bergmann hatte sowieso nichts hinzuzufügen. Er verstand ja noch nicht einmal, warum die Weststeiermark so hieß, wie sie hieß, wo sie doch gar nicht der westlichste Teil der Steiermark war. Aber das war eine andere, für Nicht-Steirer äußerst verwirrende Geschichte, die auszudiskutieren zu nichts geführt hätte.

Nachdem die Teller abgeräumt waren, sprach Sandra endlich den Kriminalfall und die vermisste Elisabeth Fleischanderl an.

»Wir habn vorhin schon drüber g'redt«, sagte der Taxiunternehmer, der die alte Dame nicht kannte. Dass sie vermisst wurde, hatte er erst gestern von seinem Neffen Georg Steinbauer erfahren, der ihm auch das Fahndungsfoto gezeigt hatte.

Frau Deutschmann glaubte sich zu erinnern, der alten Dame das eine oder andere Mal beim Einkaufen im Kaufhaus in Stainz begegnet zu sein. Das war aber schon eine Weile her, und der Name sagte ihr auch nichts.

Sandra wandte sich an die Taxifahrer und zeigte ihnen das Foto der Vermissten. Beide waren sich nicht sicher, ob sie Elisabeth Fleischanderl schon einmal gesehen hatten.

»Sind Sie häufiger am Reinischkogel mit dem Taxi unterwegs?«, fragte sie in die Runde.

»Frali«, bestätigte Herr Deutschmann. »Der Thomas hat erst gestern die Gäst aus der Alpenvereinshüttn zum *Junkerfest* nach Stainz owig'führt und später wieder auffibracht.«

Der angesprochene Taxilenker nickte, hatte dem aber nichts hinzuzufügen.

»Das waren diese drei Burschen, die den Verletzten im *Leinzingerhaus* entdeckt haben«, erläuterte Georg Steinbauer stellvertretend.

Sandra sah ihn prüfend an. Sie konnte sich nicht erinnern, mit ihm über die Männer gesprochen zu haben.

»Die Fahrgäste haben dem Thomas auf der Taxifahrt nach Stainz von dem Vorfall erzählt«, erklärte ihr der Förster ungefragt.

Sandra trank ihren Schilchersaft aus, während Herr Deutschmann den Glatzkopf ansprach.

»Was bist denn heut so schmähstad, Thomas?«, fragte er.

»Ich bin noch hundsmüde von gestern«, erwiderte der Befragte.

Sein Chef lachte ihn aus. »Die jungen Leut halten nix mehr aus.«

Von wegen jung, dachte Sandra, die ungefähr im selben Alter wie der kahlköpfige Mann war. »Wissen Sie etwas über das Kinderheim im *Leinzingerhaus*?«, wechselte sie abrupt das Thema. Vom Afghanen erwartete sie sich keine Antwort, aber von den Einheimischen.

Thomas Kroiss zog den Kopf ein. Er war zu jung, um als Zeitzeuge etwas beitragen zu können. Herr Deutschmann war es nicht. Außerdem wirkte der nette Onkel auf einmal gar nicht mehr so fröhlich.

»Ich war eine Zeit lang Schulbusfahrer für die Menscher im Kinderheim«, sagte er.

»Was? Davon hast du mir noch nie etwas erzählt«, meinte sein Neffe erstaunt.

»Mir auch nicht«, beklagte sich seine Frau.

»Weil's schon ewig her und nimmer wichtig ist«, erwiderte Herr Deutschmann.

»Wann und wie lange waren Sie dort als Chauffeur beschäftigt?«, fragte Sandra.

Der Unternehmer überlegte. »77 bis 78«, glaubte er.

»Und wer hat Sie damals für Ihre Dienste bezahlt?«

»Der Pächter vom *Leinzingerhaus*. Schmölzerl war sein Name.« An den Vornamen konnte er sich nicht mehr erinnern, nur dass er das Kinderheim geleitet hatte.

»Und woran können Sie sich sonst noch erinnern?«, hakte Sandra nach.

Herr Deutschmann blies Luft aus. »Die Menscha habn im Heim anständig schepfn miassn.« Und wenn sie nicht spurten, wurden sie verdroschen. Das sei bei ihm daheim auch nicht viel anders gewesen, erzählte er. „Detschn warn damals ganz normal.«

Sandra konnte selbst ein Lied davon singen. Obwohl sie erst 1979 geboren war, hatten Strafen und Schläge nicht nur in ihrer Familie zu den üblichen Erziehungsmethoden gezählt. »Wissen Sie, ob es auch Todesfälle gegeben hat?«, fragte sie. Die Spukgeschichte der Wirtin erwähnte sie wohlweislich nicht.

»Kann sein«, meinte Herr Deutschmann und griff zu seinem Schilcherglas.

»Mehr fällt Ihnen dazu nicht ein?«, schnauzte Bergmann ihn an.

»Wie g'sagt, das ist schon a Zeitl her, und ich hab das

Meiste vergessen«, sagte der Taxiunternehmer und trank sein Glas aus.

»Ist Ihnen in den letzten Wochen irgendetwas aufgefallen oder zu Ohren gekommen, was uns weiterhelfen könnte?«, richtete Sandra ihre letzte Frage an alle.

Kollektives Kopfschütteln machte die Runde. Die Stimmung war im Keller.

Bergmann winkte die Kellnerin zum Zahlen herbei, während Sandra ihre Visitenkarten verteilte. Höchste Zeit, zum Reinischkogel aufzubrechen, um August Stallhofer zu befragen. Hoffentlich war der Landwirt zugänglicher als seine mürrische Frau, mit der sie gestern kurz gesprochen hatten.

Georg Steinbauer raunte ihr bei der Verabschiedung noch zu, dass der Kogelbauer in seiner Jugend bestimmt einiges aus dem Kinderheim mitbekommen hatte. Immerhin war er auf seinem Hof in unmittelbarer Nachbarschaft des *Leinzingerhauses* aufgewachsen.

Sandra bedankte sich für den Tipp, obwohl sie August Stallhofer auch ohne diesen Hinweis dazu befragt hätte.

6. Dezember 1977

Die Arbeit in der Waschküche ist die reinste Schinderei. Ich muß die Schmutzwäsche in einem Schaffel mit heißem Wasser mit der Hand auf einer Waschrumpel vorwaschen. Dann erst kommt sie in die Waschmaschine. Am grauslichsten sind die blutigen Stoffbinden und die angegackten Unterhosen. Das Bettzeug muß ich mit der Bügelpresse bügeln. Wenn nur eine einzige Falte drin ist oder die Ecken nach dem Zusammenlegen nicht ganz genau aufeinanderliegen, wird alles wieder zerknautscht, und ich muß von vorne anfangen.

An meinem zweiten Arbeitstag wollte ich den Johnny aus der Wäschekammer holen und meine 120 Schilling. Aber er war nicht mehr da, und das Geld ist damit auch verschwunden. Wahrscheinlich hat die Frau Höllerer meinen Teddy weggeschmissen. Ich bin so wütend auf die Teufelin! Und auf den Direx auch.

Inzwischen weiß ich, dass ich nicht das einzige Mädchen im Heim bin, von dem der Herr Schmölzerl verlangt, es mit ihm und den Gogln zu treiben. Meine beiden Zimmergenossinnen müssen ebenfalls halten. Die Monika, die Birgit und viele andere wahrscheinlich auch.

Vor ein paar Wochen haben sie uns mitten in der Nacht fünf Männer aufs Zimmer geschickt. Am nächsten Tag habe ich gar nicht mehr gescheit gehen können, weil mir alles so wehgetan hat. Ich wollte die Männer bei der Polizei anzeigen. Auch den Herrn Schmölzerl. Aber die Judith und die Susi haben mich gewarnt, es nicht zu tun, weil zwei von den Gogln Polizisten sind und uns eh keiner glaubt. So war es damals auch bei dem

Mädchen, das den Mund aufgemacht hat, haben sie mir erzählt. Sie ist dann als verdorbenes, verlogenes Luder hingestellt worden, und die Teufelin hat sie halb totgeprügelt. Sie haben ihr das Leben im Heim zur Hölle gemacht. Noch schlimmer als uns. Eines Tages ist das Mädchen übergeschnappt und mit einem Küchenmesser auf die Frau Höllerer losgegangen. Zwei andere Erzieherinnen haben sich auf sie gestürzt und ihr das Messer weggenommen. Die Teufelin war nur leicht verletzt, aber das Mädchen haben sie in eine Irrenanstalt einweisen lassen. Seitdem hat keiner mehr etwas von ihr gehört.

Es bleibt uns nichts anderes übrig, als weiterhin zu machen, was sie von uns verlangen. Der Herr Direktor lässt es sich ab und zu von mir besorgen. Und der Hans kommt zweimal in der Woche, um mit mir zu bumsen und mir dabei den Hintern zu versohlen, weil ihn das geil macht. Ein Lastwagenfahrer war auch schon dreimal bei mir. Der Günther ist nicht so grob wie die anderen Männer, aber er stinkt nach Schweiß. Zu den Weihnachtsfeiertagen will er mich wieder besuchen. Dann bin ich aber nimmer hier.

Der Norbert hat versprochen, mir bei der Flucht zu helfen. Dafür habe ich ihm im Bus einen geblasen. Das muß aber unter uns bleiben. Wenn der Herr Schmölzerl davon erfährt, hetzt er mir die Teufelin auf den Hals und ich gehe in den Karzer.

Die Narben hat der Norbert von seiner starken Akne in der Pubertät, hat er mir erzählt. Bei einem Burschen finde ich das aber nicht so schlimm. Morgen nach der Schule will er mich mit dem Schulbus zum Bahnhof nach Graz bringen. Dort steige ich dann in den Zug ein und fahre nach Wien. Die Mutti habe ich noch immer nicht erreicht, auch keine Post von ihr bekommen.

Die Judith glaubt, daß die Erzieherinnen meine Briefe gelesen und gar nicht abgeschickt haben. Die von der Mutti haben sie vermutlich abgefangen, damit wir keinen Kontakt haben, meint sie. Aber warum hebt zu Hause niemand das Telefon ab? Wenn die Mutti in der Klinik ist, müßte sich doch wenigstens der Karl melden. Der Giftler macht ganz bestimmt keinen Entzug.

Heute war der Krampus bei uns im Heim und hat mit seiner Rute auf jedes Mädchen eingedroschen, das nicht schnell genug weggelaufen ist. Vor allem die jüngeren hat er erwischt, die sich am meisten vor ihm fürchten.

Wir älteren haben natürlich bemerkt, dass die Frau Höllerer in dem Krampuskostüm steckt. Und der Direx war der Nikolaus. Immerhin hat es Schokoladekrampusse und -nikoläuse, Schwedenbomben, Nüsse und Mandarinen gegeben. So etwas habe ich hier noch nie bekommen.

Morgen um diese Zeit bin ich ohnehin wieder zu Hause bei der Mutti. Wenn ich ihr erzähle, was sie im Heim alles mit mir angestellt haben, ihr meine blauen Flecken und die kahlen Stellen auf meinem Kopf zeige, schickt sie mich bestimmt nicht mehr zurück, wo ich übermorgen doch Geburtstag habe.

Jetzt muß ich aber schnell zurück aufs Zimmer. Es ist schon spät und bald Nachtruhe. Draußen schneit es seit Stunden. Morgen werde ich mein wärmstes Gewand anziehen und mein Tagebuch in die Schultasche einpacken. Alles andere lasse ich hier, damit nicht gleich auffällt, daß ich fort bin.

KAPITEL 12

»Der steht auf dich«, sagte Bergmann, als sie den Hofladen im Weinhof betraten.

»Hm? Wen meinst du?«, stellte sich Sandra naiver, als sie war.

»Na, diesen Holzmichl vulgo Frauenversteher. Wen sonst?«

Sandra verdrehte die Augen, hütete sich jedoch davor zu antworten. Geschweige denn hätte sie zugegeben, dass sie den Förster attraktiv fand. Ihre persönliche Meinung tat nichts zur Sache und war auch ganz sicher nicht für den Chefinspektor bestimmt.

»Was hat er dir denn zugeflüstert?«, stichelte Bergmann weiter, während sich Sandra der Weinauswahl widmete.

»Dass der Kogelbauer etwas über das *Leinzingerhaus* wissen könnte«, antwortete sie leise, damit niemand in der Nähe mithören konnte.

»Und weiter?« Bergmann glaubte ihr offensichtlich nicht.

»Nichts, was dich etwas angehen würde«, antwortete Sandra schnippisch. Wenn er sie jetzt auch noch auf Hubert ansprach, konnte sie für nichts mehr garantieren.

Ob Hubert sein Frühstück genossen hatte? Ihre Gedanken an ihn und seine Besucherin wurden von der Chefin des Hauses unterbrochen, die sich nach ihren Wünschen erkundigte. Sandra beriet sich mit ihr über den Wein und kaufte jeweils einen 6er-Karton Rieden-Schilcher und Schilcher-Sekt. Bergmann wartete vor dem Hofladen, bis sie mit dem Auto vorfuhr, und lud den Wein ein.

Wenig später bog Sandra an der Kreuzung zu Greisdorf ab und folgte der Straße, die bergauf nach Sommereben führte. 200 Höhenmeter später tauchte der Audi in die tief hängenden Wolken ein, die sie nebelartig bis zum Tatort am Reinischkogel begleiteten.

Hinter dem offenstehenden Schlagbaum des *Leinzingerhauses* zählte sie heute nur mehr zwei Vans der Tatortgruppe. Am Straßenrand parkten zwei Funkstreifen, deren Belegschaft das abgesperrte Gelände vor unerlaubten Zutritten sichern sollten. Im Vorbeifahren konnte sie, wohl auch wegen des Nebels, keinen einzigen Uniformierten entdecken.

»Ist das schon wieder eine Drohne?«, meldete sich ihr Beifahrer zu Wort. Er drückte sich die Nase an der Windschutzscheibe platt und verrenkte seinen Hals, um das vermeintliche Fluggerät zu erspähen.

Sandra hatte weder etwas gesehen noch gehört. »Wer lässt denn in dieser Nebelsuppe eine Drohne fliegen?«, fragte sie ungläubig. »Vielleicht war es ein Raubvogel.«

Bergmann runzelte die Stirn und zeigte ihr seinerseits den Vogel.

Sein Blick, die Stirnfalten und die strubbeligen, teilweise ergrauten Haare erinnerten Sandra an den Rauhaardackel ihrer Großmutter, der wie seine Besitzerin längst verblichen war. Schmunzelnd setzte sie den Blinker, um an der Lichtung auf der anderen Straßenseite auf die Zufahrt abzubiegen, die zum Kogelbauer-Hof hinunterführte. Am Kuhstall, dessen Dach sie gestern vom Tatort aus gesehen hatte, fuhr sie vorbei und parkte den Wagen neben dem Carport, in dem ein Steyr-Traktor neben allerlei landwirtschaftlichem Krempel stand. Der Fernblick übers Land, der sich da und dort zwischen den Bäumen auftat, verbarg sich heute im Wolkenmeer.

Kaum waren sie ausgestiegen, trat Bergmann in eine Gatschlacke und rutschte beinahe aus. Der Geruch von Exkrementen lag in der Luft. Fluchend sah er an sich hinunter und rümpfte die Nase. »Musst du ausgerechnet hier stehen bleiben?«, gab er Sandra die Schuld an seinen dreckigen Sneakers. Dabei war der Boden nicht nur an dieser einen Stelle schmutzig.

Sandra entschuldigte sich halbherzig. Als sie sich der Haustür näherten, bemerkte sie, dass Frau Stallhofer am Fenster hinter den Vorhang zurückwich. An den Türstock war ein altes Hufeisen genagelt, mit der Öffnung nach oben, damit das Glück nicht herausfallen konnte, so der Aberglaube. Noch ehe sie anklopfen konnten, öffnete ihnen die Kogelbäuerin die Tür und begrüßte sie mit schmalen Lippen. Ihr missmutiger Gesichtsausdruck ließ Sandra vermuten, dass die hagere Frau in den Keller ging, um zu lachen – falls sie überhaupt jemals lachte. Möglicherweise gab es in ihrem arbeitsreichen Leben auf dem Bauernhof auch gar nichts zu lachen.

Aus Solidarität mit dem Chefinspektor, dem nichts anderes übrig blieb, als seine dreckigen Sneakers vor der Tür auszuziehen, stellte Sandra ihre schwarzen Halbschuhe ebenfalls draußen ab. In Socken folgten sie der Landwirtin über den kalten Fliesenfußboden in die geräumige, jedoch spärlich eingerichtete Küche und nahmen dort auf der Eckbank Platz. Die einfachen Küchenmöbel erfüllten bestimmt schon seit 40 Jahren, wenn nicht sogar länger, ihren Zweck. Durch die kleinen Fenster fiel kaum Tageslicht herein. Erst als Frau Stallhofer die Deckenleuchte einschaltete, flutete grelles, kaltes Licht den Raum. Seitdem die Leuchtstoffröhre dort hing, hatte sie unzählige Insekten angelockt, deren Kadaver seit ihrem qualvollen Tod unter der Abdeckung klebten. Das Einzige, was in diesem Raum Gemütlichkeit vermittelte, war das auflodernde Feuer im Tischherd, als die Kogelbäuerin Holzscheite nachlegte, um einzuheizen.

Sandra fragte sich insgeheim, wo man heutzutage noch solche Kleiderschürzen kaufen konnte, wie die Landwirtin sie trug, als der Kogelbauer in die Küche kam. »Vielen Dank, dass Sie sich sonntags Zeit für uns nehmen«, begrüßte sie den mittelgroßen Mann, der für sein Alter recht kräftig wirkte.

»Heut is a Tag wie alle Tag«, erwiderte August Stallhofer. Offenkundig war er kein gottesfürchtiger Kirchgänger, die auch in der Landbevölkerung immer seltener anzutreffen waren. Der Kogelbauer wischte sich seine Pranke an der grauen Stoffhose ab, bevor er sie Sandra entgegenstreckte.

Sein Händedruck bestätigte ihr, dass sie seine Stärke richtig eingeschätzt hatte.

Bergmann machte keine Anstalten, die Hand des Mannes zu ergreifen und diese ebenfalls zu schütteln.

Also zog der Landwirt sie zurück und setzte sich zu ihnen an den Tisch, um ihnen zu erklären, dass die Kühe auch an Sonn- und Feiertagen mit Futter aus Eigenanbau versorgt und gemolken werden mussten. Jeden zweiten Tag wurde die Rohmilch für die Molkerei abgeholt. Die Eheleute waren beide über 60 Jahre alt und bewirtschafteten gemeinsam den Hof in der vierten Generation der Familie Stallhofer, wahrscheinlich auch in der letzten. Außer 20 Kühen besaßen sie 17 Hektar Acker- und Grünland, zwölf Hektar Wald, dazu ein paar Schweine und Hühner. Der Kogelbauer arbeitete außerdem für das Biomasseheizwerk im Ort, das von mehreren kleineren Waldbauern wie ihm mit Holz beliefert wurde. Auch die größten Forsteigentümer am Reinischkogel steuerten einen Teil bei, – ein altehrwürdiger Ritterorden und der hochwohlgeborene Graf aus Stainz – wodurch mittlerweile einige 100 Haushalte in der Umgebung mit Wärmeenergie versorgt wurden.

Neben der Arbeit am Hof kümmerte sich Frau Stallhofer um ihre bettlägerige pflegebedürftige Schwiegermutter, die ebenfalls im Haus wohnte und erst letzte Woche ihren 90. Geburtstag gefeiert hatte. Die beiden Töchter des Ehepaars waren längst weggezogen, hatten eigene Familien gegründet und andere Berufe ergriffen, die einträglicher und weniger anstrengend waren als die Landwirtschaft, von der heutzutage kaum noch das Leben bestritten werden konnte.

»Magst den Herrschaften nix anbieten?«, fragte der Kogelbauer seine Frau. Ihre Haut war wie seine vom Wetter gegerbt. Allerdings hatten sich in seinem Gesicht auch die Spuren des Alkohols eingegraben.

»Nicht nötig, vielen Dank«, winkte Sandra höflich ab.

Bergmann lehnte ebenfalls ab. Sie kamen ohnehin vom Mittagessen, und einen Espresso durfte er sich hier wohl auch nicht erwarten.

»Herr Steinbauer hat uns erzählt, dass Ihnen beim Mähen der Leinzingerwiese zwei fremde Männer aufgefallen sind«, kam Sandra direkt zur Sache.

Der Kogelbauer nickte. »Bringst mir a Birn, Schatzl?«, sagte er zu seiner Frau.

Die rollte mit den Augen, stand jedoch selbstverständlich auf, um seinem Wunsch nachzukommen.

»Wolln S' wirklich kan sölberbrennten Birnenschnaps kosten?«, bellte er und grinste verschwörerisch. »I sag eh nix weiter …«

Sandra und Bergmann lehnten abermals ab. »Erinnern Sie sich noch, wann die Begegnung mit diesen Männern stattgefunden hat?«, fragte sie.

Der Kogelbauer schenkte sich ein Stamperl von seinem Selbstgebrannten ein und dachte nach, während sich seine Frau wieder hinsetzte. »Beim Ingerl machen, Ende September«, sagte er.

»Ingerl?«, fragte Sandra ratlos.

»So sagn wir zur dritten Mahd im Jahr«, erklärte der Landwirt.

»Heißt das nicht Grummet?«, fragte Sandra.

»Gruammat sagn wir zur zweiten Mahd im Sommer und Heu zur ersten im Frühjahr«, erklärte ihr der Kogelbauer die regionalen landwirtschaftlichen Begriffe.

»Und an welchem Tag hat er das Ingerl gemacht?«

»Hm … das muss am 27. oder am 28. September g'wesn sein«, glaubte sich der Landwirt zu erinnern.

»Es war ein Donnerstag«, war sich seine Frau sicher.

Ihr Mann zuckte mit den Achseln und trank einen Schluck Schnaps, während Sandra den Kalender auf ihrem Handy öffnete.

»Der 28. September war ein Donnerstag«, sagte sie. Zwei Tage später wurde Elisabeth Fleischanderl als vermisst gemeldet. »Haben Sie etwas dagegen, wenn ich unser Gespräch aufzeichne?«, fragte sie der Ordnung halber.

Die Landwirte stimmten der Tonaufnahme zu.

Sandra aktivierte die Diktierfunktion auf ihrem Handy und legte es in die Mitte des Tisches. »Sie sind den beiden Männern also am Donnerstag, dem 28. September begegnet, als Sie die Wiese rund um das *Leinzingerhaus* mit Ihrem Traktor gemäht haben. Ist das richtig?«, fasste sie die bisherige Aussage fürs Protokoll zusammen, die der Kogelbauer bestätigte.

»Um welche Uhrzeit war das?«

»Gegen zehne Vormittag.«

»Wo genau haben sich die Männer aufgehalten?«

»Sie sind hinterm Haus umadumg'schlichn.« Ob sie auch im Haus waren, wusste August Stallhofer nicht, jedoch sei die Tür versperrt gewesen, bestätigte er. »Das Asylanten-Gsindl hat dort nix zum Suchen. Hätt i bloß mei Büxn mitg'habt, dann …«, sagte er mit einem zusammengekniffenen Auge und einer Geste, als würde er ein Gewehr anlegen und zielen.

»Geh red doch net so deppert daher vor den Schandis«, unterbrach ihn seine Frau.

Sandra ignorierte das folgende Streitgespräch, während Bergmann zwischen den Eheleuten hin und her blickte, als könnte er sie dadurch besser verstehen.

»Woher wissen Sie überhaupt, dass die Männer keine Österreicher waren?«, nutzte Sandra eine Gefechtspause. »Haben sie mit Ihnen oder miteinander gesprochen?«

Der Landwirt schüttelte den Kopf. »Na, aber die habn wie Asylanten ausg'schaut. Kohlrabenschwarze Haar und Rauschebärte habn s' ghabt.« Das Alter der Männer schätzte er auf 20 bis 30 Jahre, ihre Größe auf ungefähr 1,75 bis 1,80 Meter. Beide waren von schlanker Statur, hatten Jeans und dunkle Sweater oder Pullover getragen. An die genauen Farben konnte er sich nicht mehr erinnern, auch nicht an besondere Merkmale oder an etwas anderes, das den Ermittlern hätte weiterhelfen können. Ebenso wenig wusste er, ob sie Kameras mitgehabt hatten. Stattdessen bedauerte er abermals, sein Jagdgewehr nicht griffbereit gehabt zu haben, um die Männer zu stellen und sie an der Flucht in den Wald zu hindern.

»Reißen Sie sich gefälligst zusammen, Herr Stallhofer!«, platzte Bergmann der Kragen. »Wir sind ja nicht im Wilden Westen.«

»Aber in der Weststeiermark«, erwiderte der Kogelbauer selbstbewusst. Dort ging es gelegentlich ebenfalls wild zu, wenngleich der Schilcher seinen früheren Ruf als *Rabiatperle,* der angeblich Aggressionen fördern sollte, längst verloren hatte.

»Würden Sie die beiden Männer bei einer Gegenüberstellung wiedererkennen?«, fragte Sandra. Dabei dachte sie an den jungen Taxilenker und den Altenpfleger im Seniorenheim, auf die die äußerst ungenaue Personenbeschreibung am ehesten passte. Ebenso gut traf diese aber auch auf andere Männer mit oder ohne Migrationshintergrund zu.

»I glaub net«, erwiderte der Kogelbauer. »Für mi schaun die alle gleich aus.«

»Sagt Ihnen der Name Amir Jamaluddin etwas?«, fragte Sandra weiter.

»Amir Jamawos? Kenn i net. Wer soll des sein?«

»Ein Taxilenker«, blieb Sandra schon allein aus Datenschutzgründen möglichst vage.

»I fahr net Taxi.«

»Wäre aber gescheiter«, meinte Bergmann, mit dem Kinn auf die Schnapsflasche weisend.

»Sie habn dir eh schon ein paar Mal den Schein zupft«, bemerkte Frau Stallhofer boshaft.

»Weil die Schandis nix Bessers zum tuan habn, als Autofahrer kontrolliern. Sogar die eigenen Leut … Des hätt's früher net gebn«, meinte er und leerte demonstrativ sein Stamperl, ehe er erneut zur Flasche griff, um sich nachzuschenken.

Die Kogelbäuerin bedachte ihren Mann mit einem weiteren vorwurfsvollen Blick.

Sandra konnte sich selbst noch an die Zeiten erinnern, als die Gendarmerie bei alkoholisierten Einheimischen hinterm Steuer ein Auge zugedrückt hatte. Manchmal sogar beide. So lange war das noch gar nicht her. »Ist Ihnen am 28. September ein Fahrzeug beim *Leinzingerhaus* oder in der Nähe aufgefallen? Vielleicht ein Taxi?«, fragte sie weiter.

Die Eheleute verneinten.

»Und an den Tagen davor und danach?«, setzte Sandra nach.

Beide Zeugen beteuerten, keine außergewöhnlichen Beobachtungen gemacht zu haben. Oder sie konnten sich nicht mehr daran erinnern.

»Aber Sie wissen bestimmt etwas über das *Leinzingerhaus*«, kam Sandra auf den nächsten Punkt zu sprechen.

Der Kogelbauer wiederholte, was den Ermittlern bereits zugetragen worden war, während seine Frau erstarrte, als hätte sie ein Gespenst gesehen. Nachdem der alte Leinzinger seine Gastwirtschaft zugesperrt und in die USA ausgewandert war, kam ein neuer Pächter, an dessen Namen sich August Stallhofer nicht erinnerte. Damals war er erst fünf oder sechs Jahre alt gewesen. Er wusste aber, dass der Pächter das Kinderheim geleitet hatte, das 1981 geschlossen wurde.

»Hat der Pächter Schmölzerl geheißen?«, half Sandra ihm auf die Sprünge.

»Ja, genau«, sagte der Kogelbauer. »Schmölzerl Hans oder Franz. Erinnerst du di no an den Vornamen?«, fragte er seine Frau, die wie versteinert dasaß und kein Wort hervorbrachte.

»Ist alles in Ordnung mit Ihnen?«, erkundigte sich Sandra besorgt.

»Sie mag net übers Heim redn«, erklärte der Landwirt und schenkte sich erneut nach.

»Und weshalb nicht?«, wandte sich Bergmann an die Frau, die ins Leere starrte.

»Sie war ja selber a Zögling im *Leinzigerhaus*«, antwortete ihr Mann stellvertretend und wies zur Straße.

»Könnten Sie Ihre Frau selbst antworten lassen?«, fragte Bergmann ruppig.

»Lassen S' mich in Ruh mit den alten G'schichten«, keifte die Kogelbäuerin und sprang unvermittelt auf. Überrascht schauten ihr die Ermittler nach, als sie aus der Küche stürmte.

»Das Heim war die Hölle für die armen Menscha«, meinte ihr Mann entschuldigend. »Die Birgit war 16, wie wir zammenkommen sind. Sie war a fesches Dirndl und hat mir leidtan.« Sein Vater sei gegen die Verbindung mit einem Heimmädchen gewesen, das in seinen Augen verdorben und kriminell war wie alle anderen auch. Doch der Sohn war damals schwer verliebt und das Mädchen an harte Arbeit gewöhnt. Dass sie am Hof mit anpackte, gefiel auch dem Vater. Als dann das erste Kind unterwegs war, gab er dem Paar schließlich seinen Segen, und der 20-jährige Jungbauer heiratete die 17-jährige hochschwangere Braut. »Leider ist unsre erste Tochter nur sechs Wochen alt worn.« Der Kogelbauer seufzte. »Aber lass ma die Vergangenheit lieber ruhn«, schlug er vor und griff erneut zu seinem Stamperl. Nach dem dritten Schnaps schien er die Vergangenheit, die er zuvor gepriesen hatte, eher vergessen und die Gegenwart leichter ertragen zu können.

»Darf ich Ihnen ein Foto zeigen?«, fragte Sandra.

»Frali.« Der Landwirt nahm seine Brille von der Sonntagsausgabe der *Steirerkrone* und setzte sie auf, während Sandra das Foto der Vermissten auf ihrem Handy aufrief.

»Kennen Sie diese Frau? Ihr Name ist Elisabeth Fleischanderl.« Sandra legte das Handy erneut vor ihn auf den Tisch, damit er das Foto in Ruhe betrachten konnte. Als das Display schwarz wurde, ging sie ihm zur Hand, damit er das Bild noch einmal ansehen konnte.

»Irgendwie kommt s' mir bekannt vor«, meinte er schließlich, wusste aber nicht, wo er die Frau hintun sollte.

»Denken Sie ruhig nach«, ermunterte Sandra ihn und wischte erneut über das verdunkelte Display, damit das Foto abermals erschien.

»Diese Augen … Vielleicht schaut s' ja nur wem ähnlich«, dachte er laut. »Ist das die Tote aus'm *Leinzingerhaus*?«

Sandra überging seine Frage »Wem sieht sie ähnlich?«, fragte sie nach.

Der Kogelbauer kam nicht darauf.

»Und der Name Elisabeth Fleischanderl sagt Ihnen auch nichts?«

Er verneinte. Der Name Fleischanderl stammte auch nicht aus der Region.

»Schimpl vielleicht?«, versuchte es Sandra mit dem Geburtsnamen der Vermissten.

Wieder folgte Kopfschütteln.

»Haben Sie ein Smartphone, damit ich Ihnen das Foto schicken kann? Oder eine E-Mail-Adresse? Vielleicht kommen Sie noch darauf, wenn Sie sich das Foto öfter anschauen, oder Ihre Frau kennt diese Dame.«

»Schicken S' mir's aufs Handy. Meine Nummer habn S' ja.«

Sandra nickte. »Wissen Sie, ob Herr Schmölzerl noch lebt?«, fragte sie abschließend.

»I glaub net. Er war ja damals schon nimmer der Jüngste.«

Sandra hinterließ auch hier ihre Visitenkarte, bevor sie

sich verabschiedete. Frau Stallhofer bekamen sie nicht mehr zu Gesicht. »Sie können mich jederzeit anrufen, wenn Ihnen oder Ihrer Frau etwas einfällt«, sagte sie, bevor sie das Haus verließen.

Draußen nieselte es, als sich Sandra nach ihren feuchten Schuhen bückte.

Bergmann stand in den Socken neben ihr und blickte angewidert auf seine dreckigen Sneakers hinab. »Kannst du mir die Gummistiefel aus dem Auto holen?«, fragte er.

»Bitte«, fügte Sandra hinzu und band sich seelenruhig ihre Schuhe zu.

»Danke«, erwiderte Bergmann süffisant.

Sandra richtete sich seufzend auf und ging zum Auto. Wenn der Rüpel schon nicht »bitte« sagen konnte, hatte er sich doch zumindest bedankt, was auch nicht selbstverständlich bei ihm war.

Sie brachte ihm die Gummistiefel und einen größeren Asservatenbeutel aus transparentem Kunststoff. Luftdicht verpackt konnte sich der Gestank seiner Schuhe während der Fahrt nach Graz nicht im Wagen ausbreiten und auch nicht den Kofferraum verschmutzen.

18. Dezember 1977

Ich habe jetzt länger nicht Tagebuch schreiben können, weil sie mich auf der Flucht erwischt haben. Lieber wäre ich gestorben.

Zuerst hat alles gut geklappt. Der Norbert hat die Hauptschülerinnen wie immer nach dem Unterricht abgeholt und zum Heim gebracht. Ich bin mit den anderen ausgestiegen und habe so getan, als hätte ich meine Haube im Bus vergessen. Der Susi habe ich gesagt, daß ich sie schnell holen will und gleich nachkommen werde. Der Norbert hat mit laufendem Motor auf mich gewartet, bis ich wieder im Bus war, und ist dann mit mir weggefahren.

Beim Bahnhof in Graz hat er mir das Geld für die Fahrkarte und 15 Schilling extra gegeben. Er hat mir Glück gewünscht und ist zurückgefahren. Er ist ein guter Mensch. Der einzige, den ich kenne, außer meiner Mutti und der Claudia. Aber wer weiß schon, wie es denen jetzt geht?

Es war noch eine halbe Stunde Zeit, bis der Zug nach Wien abfährt. Also bin ich in die nächste Telefonzelle gegangen, um die Mutti anzurufen. Aber es war kein Anschluß unter unserer Nummer. Vielleicht hat der Karl die Telefonrechnung wieder nicht bezahlt, und die Post hat die Leitung abgeschaltet. Wahrscheinlich hat der Herr Schmölzerl deshalb niemanden erreichen können. Aber warum hat er mir das nicht gesagt? Auf einmal habe ich Angst bekommen. Was soll ich machen, wenn die Mutti umgezogen ist? Wie soll ich sie dann finden? Wien ist eine riesige Stadt. Dort kennt nicht jeder jeden wie auf dem Land. Ich kenne nicht einmal alle Leute, die in unserem Gemeindebau wohnen. Ich kann auch nicht einfach zur

Polizei gehen und nach meiner Mutti fragen. Sie würden mich sofort ins Heim zurückschicken. Außerdem: Warum sollte die Mutti umgezogen sein? Seit ich auf der Welt bin, wohnen wir in der Hasenleitengasse. Wenn sie nicht zu Hause ist, ist sie wahrscheinlich in Kalksburg. Dorthin werde ich schon irgendwie kommen. Mit der Straßenbahn oder mit dem Bus.

Vor der Abfahrt nach Wien wollte ich mir am Bahnhof noch ein Extrawurstsemmerl mit Gurkerl kaufen. Das habe ich schon so lange nicht mehr gegessen. Und dazu ein Coca Cola trinken, das ich im Heim auch nie bekomme. Auf einmal hat mich jemand an der Schultasche auf meinem Rücken gezogen. »Gitti? Was machst Du denn hier?«

Ich habe geglaubt, mich trifft der Schlag.

Der Hans ist in seinem Lodenjanker mit dem Steirerhut auf dem Kopf und einem braunen Koffer in der Hand dagestanden. Ich bin knallrot angelaufen und habe herumgestottert. Er ist auf dem Weg nach Mürzzuschlag, hat er mir erzählt, um seine Schwester zu besuchen, die vor zwölf Jahren dorthin geheiratet hat.

Ohne zu überlegen, habe ich mich mitten im Satz umgedreht und bin weggerannt. So schnell, wie ich konnte. Der Hans hat mir durch den Bahnhof nachgerufen, daß ich stehenbleiben soll. Auf einmal ist ein Polizist vor mir gestanden und wollte wissen, warum ich so renne. Ich habe ihm gesagt, daß mein Zug nach Wien gleich abfährt und wollte weiterlaufen.

Aber er hat mich festgehalten und gemeint, daß der nächste Zug nach Wien erst in sieben Minuten abfährt. Genügend Zeit, um ihm meinen Ausweis zu zeigen. Ich hab ihm erzählt, daß ich ihn vergessen habe.

Er wollte, daß ich mit ihm mitkomme. Aber dann verpasse ich doch meinen Zug, habe ich gesagt. Das war dem Polizisten egal. In ein paar Stunden fährt wieder einer, hat er gemeint und mich in die Wachstube am Bahnhof mitgenommen. Dort habe ich ihm doch meinen Schülerausweis und die Bahnkarte gezeigt. Er hat gesehen, daß ich erst am nächsten Tag 14 werde und mich gefragt, was ich allein in Wien will.

Meine Mutti besuchen, habe ich ihm die Wahrheit gesagt, und er hat mich nach ihrer Telefonnummer gefragt. Aber es war noch immer kein Anschluß unter dieser Nummer. Der Polizist hat mir viele Fragen gestellt und meine Antworten auf der Schreibmaschine heruntergetippt. Ein anderer hat uns zugehört und Notizen gemacht. Der ist irgendwann aufgestanden und aus dem Zimmer gegangen. Mein Zug nach Wien war inzwischen abgefahren.

Nach einer Weile ist der Polizist wiedergekommen und hat sich zu uns gesetzt. Der andere hat zum Tippen aufgehört. Der, der vorher draußen war, hat mich gefragt, ob meine Mutti Sedlaczek Marianne heißt, ob sie am 5. März 1947 in Wien geboren und ledig ist. Ja, das stimmt alles, habe ich bestätigt. Dann hat er noch unsere Wohnadresse von seinem Zettel abgelesen.

Auf einmal war mir klar, daß etwas Schlimmes passiert sein muß.

KAPITEL 13

Bergmanns schmutzige Sneakers fielen Sandra erst wieder ein, nachdem sie ihn vor seinem Wohnhaus abgesetzt hatte, und den Wagen in der Tiefgarage ihres Hauses abstellte. Dem Impuls, seine Schuhe mit hinaufzunehmen und zu putzen, widerstand sie. Dafür trug sie die beiden Weinkartons in ihr Kellerabteil.

Auf der Heimfahrt hatte der Chefinspektor mit seiner Tochter telefoniert, während Sandra über ihre Beziehung mit Hubert nachgedacht und beschlossen hatte, reinen Tisch zu machen. Je eher, desto besser. Für alle Fälle nahm sie eine Flasche Schilcher-Sekt mit. Mit flauem Magen stieg sie in den Aufzug und drückte auf die Taste, die sie in den zweiten Stock beförderte. Ihr Herz pochte schneller, als sie auf den Klingelknopf drückte. Vielleicht war sein Frühstücksgast ja noch immer bei ihm, oder Hubert war gar nicht zu Hause. Sie wollte am Absatz kehrtmachen, als sich die Tür öffnete.

»Sandra«, sagte Hubert erstaunt. Er stand barfuß im Türrahmen, trug Jeans und ein weißes Hemd, dessen Kragen unter einem dunkelblauen Pulli hervorblitzte.

»Komme ich ungelegen?«, fragte Sandra.

»Hm … du hättest vorher anrufen können«, meinte er vorwurfsvoll und ohne sie hereinzubitten.

Sandra stand mit der Sektflasche vor ihm, atmete tief durch und fasste sich ein Herz. Besser, sie machte jetzt gleich zwischen Tür und Angel, aber immerhin von Angesicht zu Angesicht mit ihm Schluss, als sich weiterhin den

Kopf zu zerbrechen, weil er ihren Fragen auswich und sie nie wusste, woran sie bei ihm war. Bis heute hatte er nicht klargestellt, ob er seinen letzten Sommerurlaub allein, mit Beatrice oder einer anderen Frau in Italien verbracht hatte. Von der ständigen Ungewissheit hatte sie die Nase gestrichen voll. »Tut mir leid, dass ich meinen Besuch nicht angekündigt habe. Es ist aber eh mein letzter …« Sie holte Luft, ehe sie weitersprach.

»Hä? Was ist denn passiert?«, fragte er.

»Das weißt du doch am allerbesten«, spielte Sandra auf seinen Frühstücksgast an.

Hubert lehnte sich an den Türrahmen und verschränkte die Arme vor der Brust. »Bist du schon wieder eifersüchtig?«, dämmerte es ihm anscheinend. Möglicherweise hatte ihm die hübsche Dunkelhaarige von ihrer morgendlichen Begegnung mit Sandra im Stiegenhaus erzählt. »Du stehst dir doch nur selbst im Weg. Merkst du das nicht?« Seine ozeanblauen Augen blickten sie düster an, als wären Gewitterwolken aufgezogen, die dunkle Schatten aufs Meer warfen.

Sandra schluckte achselzuckend. »Möglich. Aber was sollte ich mir bei deiner ständigen Geheimniskrämerei anderes denken?«

»Am besten gar nichts. Komm her, Sandra!« Hubert streckte seinen Arm nach ihr aus und packte sein verführerisches Lächeln aus.

Sandra wich einen Schritt zurück. »Nein, Hubert. Lassen wir's. Ich hätte mir gewünscht, dass du ehrlich zu mir bist, auch auf die Gefahr hin, dass es wehtun könnte.«

»Ich habe dich niemals angelogen«, beteuerte Hubert. Seine langen schlanken Finger durchpflügten seine wirren dunklen Locken.

»Aber mir vieles verschwiegen und offengelassen«, entgegnete Sandra.

Hubert sah sie von oben herab an, sagte jedoch nichts mehr. Das Lächeln war ihm vergangen.

»Ich möchte meinen Freund nicht anrufen müssen, bevor ich ihn spontan besuche«, fuhr Sandra fort und spürte, wie es ihr den Hals zuschnürte. Dabei wusste sie noch nicht einmal, ob er sich jemals als ihr Freund betrachtet hatte.

Hubert schüttelte herablassend den Kopf und verschränkte seufzend die Arme vor der Brust. »Ich hatte gehofft, dich von deinen spießigen Ansichten befreien zu können.«

»Damit du weiterhin machen kannst, was, wann und mit wem es dir gefällt? Das funktioniert aber nicht, Hubert. Es tut mir leid«, erwiderte Sandra betrübt.

»Du solltest versuchen, die Dinge etwas entspannter zu betrachten. Dann hättest du bestimmt mehr Spaß im Leben.«

»Ich habe es versucht, aber es macht mir überhaupt keinen Spaß. Belassen wir es einfach bei einer guten Nachbarschaft. Schönen Abend, Hubert!« Sandra wandte sich ab, damit er ihre Tränen nicht sehen konnte, die sie nicht länger zurückhalten konnte.

»Tja, dann mach's gut, Sandra!«, hörte sie Hubert hinter ihrem Rücken sagen. »Vielleicht sieht man sich ja einmal auf ein Glas Wein. Du weißt ja, wo ich wohne.«

Was für ein läppischer Spruch, dachte Sandra. Von einem Literaten hätte sie sich mehr Tiefe erwartet. Aber die packte er lieber in seine Romanfiguren. Als sie die Tür ins Schloss fallen hörte, befand sie sich bereits auf der Treppe zum dritten Stock. Ihre Hände zitterten leicht, als sie ihre Wohnungstür aufsperrte. Im Vorzimmer wischte sie sich mit dem Handrücken die Tränen ab und warf die Tür hinter sich zu. Einerseits war sie traurig, andererseits auch erleichtert, dass sie die Trennung ausgesprochen hatte. Sie stellte die Sektflasche und ihren Rucksack auf der Konsole ab, warf die Schlüssel in die Schale und hängte ihre Jacke auf. Im Vorzimmerspiegel blickte ihr das heulende Elend entgegen. Sie ging ins Bad, um zu duschen, als könnte man negative Gefühle einfach abwaschen. Schön wäre es.

War der wahre Sinn des Lebens, Spaß zu haben und Unsterblichkeit durch seine Werke zu erlangen, wovon Hubert überzeugt war? Oder eine glückliche Beziehung zu führen und sich fortzupflanzen, wie Sandra früher geglaubt hatte? So oder so hatte sie bisher gründlich versagt. Wenn sie etwas beherrschte, dann war es zu scheitern. Im Privatleben jedenfalls. Nach der Dusche trocknete sie sich und ihre Tränen ab. Sie hatte nicht vor, den Rest des Abends im Selbstmitleid zu versinken. Stattdessen griff sie zum Handy, um Andrea anzurufen.

Eine gute Stunde später saß die Freundin neben ihr auf dem Sofa mit einem Glas Schilcher-Sekt in der Hand. »Gratuliere dir, Süße!«, sagte sie und prostete Sandra zu. »Es war höchste Zeit, dass du dich endlich von diesem egozentrischen Literaturschnösel trennst. Der hat gerade noch gefehlt in deiner Raupensammlung.«

Sandra nahm ihr volles Glas vom Tisch. »Ich hätte auf dich hören sollen“, gab Sandra zu.

Andrea lächelte milde. Seit ihrer ersten Begegnung mit ihm war sie der Meinung, dass er überhaupt nicht zu Sandra passte. Jedenfalls nicht auf Dauer. Dabei hätte Sandra nur auf das eigene Bauchgefühl hören müssen. Anfangs war ihr der neue, gut aussehende Nachbar dermaßen häufig über den Weg gelaufen, dass sie ihn für einen Stalker gehalten hatte. Nach ihrem Krankenhausaufenthalt kümmerte er sich dann aber so rührend um sie, dass sie seinem hartnäckigen Werben schließlich nachgab und sich in ihn verliebte, womit das Schlamassel anfing. Je mehr sie sich ihm emotional annäherte, desto weiter entfernte er sich von ihr. Dazu kam seine Geheimnistuerei, die bei Sandra einfach kein Vertrauen aufkommen ließ. Wie immer hatte Andrea in Beziehungsangelegenheiten recht behalten und musste Sandra nicht zum ersten Mal wegen Liebeskummer trösten. Und es stand zu befürchten, dass sie es heute auch nicht zum letzten Mal tat. »Habe ich dir schon erzählt, dass Hubert gerade seinen ersten Kriminalroman schreibt?«

Andrea rollte mit den Augen und ließ ihr Glas sinken, anstatt mit Sandra anzustoßen. »Auch das noch! Hast du ihm etwa von deiner Arbeit erzählt?«, fragte sie besorgt.

»Aber geh. Du weißt doch, dass das für mich tabu ist, seitdem mir Julius in den Rücken gefallen ist«, versicherte Sandra. Ihr damaliger Freund hatte streng vertrauliches Insiderwissen von ihr im Radio ausgeplaudert. Hätte Bergmann sie damals nicht gedeckt, wäre Sandra um ein Disziplinarverfahren wohl kaum herumgekommen. Aber das war eine andere Geschichte.

Andrea hob erneut ihr Glas. »Trinken wir auf den nächsten Prinzen!«

Sandra verdrehte die Augen und stieß mit ihr an.

Der Schilcher-Sekt floss prickelnd die Kehle hinunter und löste ihre Zunge. »Es gibt da sogar jemanden, der mich unter Umständen interessieren könnte«, verkündete sie, bevor sie nachgedacht hatte.

»Echt? Wer ist es? Los, erzähl!«, forderte Andrea sie zum Weiterreden auf.

»Ich weiß doch noch gar nichts über ihn«, winkte Sandra ab. »Nicht einmal, ob er noch zu haben ist.«

Für Andrea war das kein Hindernis. Bevor sie sich in ihren Robert verliebt hatte, war sie bevorzugt mit verheirateten Männern liiert gewesen, um nicht Gefahr zu laufen, eine dauerhafte Bindung eingehen zu müssen. Gerade mit dieser Einstellung hatte sie untreue Ehemänner angezogen wie Motten das Licht in der Küche der Kogelbäuerin. Manch einer hätte sich sogar für Andrea scheiden lassen, die sich selbst für zu groß, zu blond, zu dick und zu laut hielt, aber sich dennoch so mochte, wie sie war. Sobald ihr eine Beziehung zu eng wurde, hatte sie stets das Weite gesucht, bis ihr ein Cobra-Beamter das Leben rettete, mit dem sie, wer hätte es gedacht, auch heute noch glücklich verheiratet war. Aber das war wiederum eine andere Geschichte.

»Sag bloß, du hast deinen Prinzen noch nicht überprüft.«

Sandra verneinte.

»Wozu bist du eigentlich Kriminalpolizistin?« Andrea zwinkerte ihr zu und griff nach ihrem Handy.

Sandra schüttelte den Kopf und seufzte. Warum war ihr diese Bemerkung überhaupt über die Lippen gekommen? Weder wusste sie, ob Georg Steinbauer verheiratet war, noch ob er Kinder hatte. Sie kannte lediglich seinen Namen, die Wohnadresse und seinen Beruf. »Er ist Förster am Reinischkogel«, verriet sie Andrea.

»Ach, ein bodenständiger Naturbursche? Das passt doch voll zu dir. Und wie heißt er?«, fragte die Freundin neugierig.

Sandra lehnte sich mit dem Weinglas in der Hand in die Sofakissen zurück.

»Jetzt sag schon«, quengelte Andrea. »Ich möchte wenigstens wissen, wie er aussieht.«

Sandra gab sich geschlagen. »Na schön … Georg Steinbauer heißt er.«

»Hm, den Namen gibt's bestimmt nicht nur einmal«, vermutete Andrea.

»Wahrscheinlich nicht. Außerdem ist er als Zeuge in einem Mordfall sowieso tabu für mich, solange die Akte nicht geschlossen ist.« Sandra trank noch einen Schluck Schilcher-Sekt, der ihr immer besser schmeckte. Nichtsdestotrotz musste sie sich zurückhalten. Streng genommen sollte sie während des Bereitschaftsdienstes überhaupt keinen Alkohol trinken. Aber ein Schluckerl unter diesen besonderen Umständen?

»Von eurer unbekannten Toten am Reinischkogel habe ich schon gehört«, sagte Andrea, die mit ihrem Handy beschäftigt war. »Wisst ihr denn inzwischen, wer die Frau war?«

»Nein, und mehr werde ich auch dir nicht über diesen Fall verraten.«

»Er interessiert mich eh nicht, aber dein fescher Förster …« Andrea grinste verschmitzt. »Holla, die Waldfee! Der schaut ja voll schnuckelig aus. Das ist er doch, oder?«, fragte sie und streckte Sandra das Handy entgegen.

Georg Steinbauer grinste ihr von einem Foto entgegen, auf dem er zweifellos gut getroffen war. »Ja, das ist er«, bestätigte Sandra.

»Er müsste ungefähr in unserem Alter sein«, überlegte Andrea, während sie die Informationen überflog, die ihr die Suchmaschine präsentierte.

Sandra nickte, ließ die Einschätzung ihrer Freundin jedoch unkommentiert. »Lass es gut sein, Andrea. Ich muss erst einmal die Schlappe mit Hubert verdauen.«

»Ach, vergiss ihn! Er ist es doch gar nicht wert.« Andrea drehte erneut ihr Handy um. »Dieser Mann hingegen könnte tatsächlich etwas für dich sein«, war die Expertin in Sachen Liebe allein vom Anblick der Fotos überzeugt.

»Na gut«, sagte Sandra. »Dann werde ich morgen um seine Hand anhalten.«

»Du bist so blöd«, kuderte Andrea.

»Jedenfalls zu blöd für die Liebe«, bestätigte Sandra. Das zumindest hatte sie mit Sascha Bergmann gemeinsam.

KAPITEL 14

Montag 13. November

»Können wir dann anfangen, Herrschaften?«, fragte Bergmann in die Runde, die sich im Konferenzzimmer versammelt hatte.

Diejenigen, die plaudernd und Kaffee trinkend beisammenstanden, nahmen nun ebenfalls ihre Plätze an der U-förmigen Tafel ein.

Sandra meldete den Laptop am Server an, um auf die Dateien in der digitalen Akte zugreifen und vorhandenes Bildmaterial auf der Leinwand vis-à-vis präsentieren zu können. »Warten wir nicht auf Nicole?«, raunte sie dem Chefinspektor zu, der an ihrer rechten Seite saß. Stefan Baumgartner, der das Notebook später ebenfalls benötigen würde, flankierte ihre linke Seite.

»Niki wurde kurzfristig nach Wien zu einem Termin mit dem Innenminister gerufen«, antwortete Bergmann leise.

»Ach, steht etwa schon der nächste Karriereschritt an?«, fragte Sandra.

Bergmann stutzte und grinste dann, während das Gemurmel der Kollegen allmählich verstummte. »Schön wär's, dann bin ich sie los«, zischte er durch die Zähne, ohne seine Lippen zu bewegen.

»Ich dachte, ihr beiden mögt euch.«

»Ja eh«, erwiderte er achselzuckend.

Anscheinend hoffte er noch immer darauf, den Posten des Vize-Landespolizeidirektors zu übernehmen, nachdem die studierte Fallanalytikerin aus Wien sich letztes Jahr bei der Neubesetzung gegen ihn durchgesetzt hatte. Nach wie vor war der Chefinspektor der LKA-Abteilung Leib/Leben davon überzeugt, dass er diese Stelle eher verdiente als Doktor Nicole Herbst, die eine tadellose Vorgesetzte abgab, soweit Sandra das beurteilen konnte. Neben ihrer fachlichen und sozialen Kompetenz zögerte Nicole auch nicht, Bergmann zurechtzuweisen, wenn er wieder einmal in den Machomodus verfiel. Vielleicht wollte er sie auch deshalb loswerden.

»Fang an«, forderte er Sandra auf.

Die Abteilungsinspektorin begrüßte die Anwesenden offiziell und machte sie zuerst mit den wichtigsten Fakten des neuen Falls vertraut. Danach übergab sie das Wort an Bergmann, der von der Sektion in der Gerichtsmedizin berichtete und Fotos der Leiche auf der Leinwand präsentierte. »Der Obduktionsbefund sollte uns heute Nachmittag vorliegen«, fügte er abschließend hinzu. Die Laborergebnisse würden freilich länger auf sich warten lassen.

»Der Zahnabgleich des Opfers mit der vermissten Frau aus dem Pflegeheim ist bereits in Arbeit«, sagte Sandra. Sie hatte vor dem Meeting mit einem Assistenzarzt im Gerichtsmedizinischen Institut telefoniert, der ihr versprochen hatte, die notwendigen Befunde umgehend an Herrn Doktor Zacharias zu senden. Anschließend hatte sie eine Nachricht auf der Mailbox des Zahnarztes in Stainz hinterlassen, um ihr Anliegen zu erläutern. Sollte der Zahnabgleich negativ ausfallen, müssten sie allerdings das DNA-Profil des Opfers abwarten und beim Bundeskriminalamt in Wien einen internationalen Abgleich über das europäische

DNA-Datenverbundsystem veranlassen beziehungsweise mit Interpol zusammenarbeiten. Je nachdem würden die Ermittlungen entsprechend mehr Zeit in Anspruch nehmen.

Nach ihrem Bericht überließ Sandra ihrem Sitznachbarn das Notebook und trank einen Schluck Ingwertee. Dabei fiel ihr Blick auf eines der regennassen Fenster im Besprechungsraum. Das Italientief, das über Nacht aufgezogen war, sorgte für Sturm und schaufelte große Niederschlagsmengen an die Südseite der Alpen. Eine Wetterbesserung war erst für morgen angesagt.

Stefan Baumgartner startete das Tatortvideo, das sein Chef kommentierte. Zuerst wurde der rostige Metallrahmen mit den Scharnieren im Boden gezeigt, die höchstwahrscheinlich unter dem Gewicht von Christian Zwettler gebrochen waren. In der nächsten Szene waren die Trümmer der Falltür und der Kellerleiter zu sehen, die ebenfalls zu Bruch gegangen war. Rundherum lagen die Einzelteile der Fotoausrüstung des Unfallopfers, seine Spiegelreflexkamera und die schwarze Sporttasche samt Inhalt. Alle Asservate waren mit Nummern markiert und in einer Liste verzeichnet. Nur der Rucksack von Christian Zwettler fehlte, den ihm die Kollegen vor Ort ins Krankenhaus mitgegeben hatten. Gelegentlich ließ Jörg Schöffmann das Video anhalten, um auf Details hinzuweisen, die er ausführlicher erläuterte. Andere Szenen, die nicht für das gesamte Team relevant waren, wurden übersprungen, damit sich die Besprechung mit ihrer ohnehin umfangreichen Agenda nicht unnötig in die Länge zog.

»Gibt es Neuigkeiten zum Gesundheitszustand von Christian Zwettler?« Bergmanns Frage war an Sandra gerichtet.

»Seit meinem letzten Gespräch mit der behandelnden Ärztin hat sich niemand bei mir gemeldet«, antwortete sie. »Könntest du dich nach dem Meeting in der Uniklinik erkundigen, Anni?«, sprach Sandra ihre Kollegin an.

Anni Thaler nickte und notierte sich den Namen der Oberärztin, mit der Sandra telefoniert hatte.

»Wie weit seid ihr mit der Bildanalyse der Speicherkarten?«, wandte sich Bergmann an die Kriminaltechniker.

»Die Forensiker sind noch dran«, sagte Stefan. Es hatte am Wochenende etwas länger gedauert, bis der gerichtliche Beschluss zur Beschlagnahme der Beweismittel eingetroffen war, daher verzögerte sich die Auswertung. »Ich denke, dass uns die Bildanalyse vom Tatort im Laufe des morgigen Tages vorliegen wird. Aber ehrlich gesagt erwarte ich mir keine gravierend neuen Erkenntnisse.« Die Fotos waren alle nach dem Kellersturz und ausschließlich aus der Perspektive des Unfallopfers aufgenommen worden. Mit bloßem Auge war auch keine weitere Person im Keller zu entdecken, außer der Leiche.

»Weshalb hat der Mann die Tote überhaupt fotografiert?«, fragte Anni.

»Weil er es konnte«, erwiderte ein jüngerer Kriminaltechniker.

Anni sah ihn irritiert an, während einige Kollegen über seinen Kommentar lachten.

»Christan Zwettler war kein Berufsfotograf«, sagte Sandra ernst. »Ich kann mir jedoch vorstellen, dass er nach einer Weile nicht mehr an seine Rettung geglaubt hat und die vermeintlich letzten Momente in seinem Leben fotografisch dokumentieren wollte.«

Bergmann sah auf die Uhr und gab dem Leiter der Tatortgruppe ein Zeichen, dass er das Video weiterlaufen lassen sollte.

»Geh am besten gleich zur Arrestzelle«, sagte Jörg

Schöffmann zu Stefan, der die gewünschte Stelle im Video anklickte. Auf der Leinwand war jetzt eine offenstehende Metalltür mit geschlossenem Guckloch zu sehen, dahinter ein dunkler Raum. Ein Scheinwerfer ging an, der die Zelle ausleuchtete. Im Auditorium war es mucksmäuschenstill, als die Bilder der Toten, die seitlich mit einem Chromstuhl umgekippt war, über die Leinwand liefen. Der Kopf mit den langen weißen Haaren und das verweste, teils zerfressene schiefe Gesicht, dessen leere Augenhöhlen zur Tür glotzten, hätten in jedem Gruselschocker für Furore gesorgt. In einer Ecke der verdreckten Zelle, die zweieinhalb mal zwei Meter maß, lag ein verbeulter Metalleimer mit vertrockneten Fäkalien, die sich teilweise über den Boden ergossen hatten.

Sandra drehte sich der Magen um. Sie schaute kurz weg, trank einen Schluck Ingwertee, der auch gegen Übelkeit helfen sollte, und richtete ihren Blick wieder auf die Leinwand. Die Handgelenke der unbekannten Toten waren mit mehreren Kabelbindern hinter der Sessellehne an die hinteren Sesselbeine gefesselt. Die Finger hatten Ratten und Ungeziefer nahezu vollständig abgenagt.

»Die Kabelbinder sind alle identisch«, erläuterte Stefan. »Höchstwahrscheinlich Massenware und bestimmt schon älter«, schloss er von der trüben gelblichweißen Farbe, im Fachjargon »opak« genannt. »Das werde ich aber noch überprüfen. Der Sessel dürfte aus den 1970er-Jahre stammen. Davon gibt es einige im Haus.«

Sandra waren die gleichen Stühle aus verchromtem Stahlrohr mit orange-brauner Polsterung in einem Büroraum im Erdgeschoß des *Leinzingerhauses* aufgefallen.

»Die Herkunft dieser Gegenstände wird uns kaum zum Täter führen, höchstens seine Spuren«, sagte Jörg Schöffmann. »Da das Martyrium des Opfers wochenlang angedauert hat, dürfte er sich häufiger im Keller aufgehalten haben und wird bestimmt irgendwo in diesem Tohuwabohu seine DNA hinterlassen haben.«

»Wir sollten auch nicht ausschließen, dass wir es mit mehreren Tätern zu tun haben könnten«, sagte Bergmann.

Der Leiter der Tatortgruppe stimmte ihm zu. »Abgesehen davon müssen wir leider davon ausgehen, dass unser Mordfall nicht das einzige Verbrechen war, das in diesem Haus geschehen ist. Auch wenn die anderen vermutlich länger zurückliegen«, bezog er sich auf das Kinderheim.

Die Stimmung im Besprechungsraum war gedrückt. Die Zelle im Keller ließ auch Sandra befürchten, dass dort Kinder eingesperrt worden waren und Gewalt erfahren hatten. Eine ungefähre Opferanzahl würde die Spurenanalyse liefern. Angesichts der Menge an biologischen Spuren würde es Monate oder sogar Jahre dauern, um diese abzugleichen, und bestimmt nicht vollständig gelingen.

»Wer immer diese Frau misshandelt und getötet hat, muss einen ungeheuren Zorn auf sie gehabt haben«, kehrte Bergmann zur Leiche auf der Leinwand und zu einem mutmaßlichen Tatmotiv zurück.

»Vielleicht war's ja eine Täterin«, wandte Sandra ein.

Alle Augen waren auf sie gerichtet.

»Einmal angenommen, es handelt sich bei der Leiche um eine ehemalige Erzieherin in diesem Kinderheim«, sprach sie ihre Theorie aus.

»Das Alter würde hinkommen«, warf Anni ein.

»Eben. Möglicherweise war sie eine gewalttätige Person«, fuhr Sandra fort. »Dann wäre es doch denkbar, dass eine ehemalige Heiminsassin mit ihr abgerechnet hat.«

»Und warum erst jetzt?«, entgegnete Bergmann. »Nach einem halben Jahrhundert?«

»Das gilt es zu klären«, meinte Sandra achselzuckend. »Es wäre sogar möglich, dass sich mehrere Frauen zusammengetan haben, um sich zu rächen.« Wie bei einem früheren Mordfall, den sie lösen konnten, nachdem sie ein tödliches Komplott aufgedeckt hatten, an dem mehrere Täterinnen beteiligt waren. Keinesfalls konnte es schaden, die ehemaligen Zöglinge des Kinderheims ausfindig zu machen und sie zu befragen, überlegte sie weiter. Aber eines nach dem anderen.

»Warten wir ab, bis die wichtigsten ausständigen Informationen auf dem Tisch liegen«, zerriss der Chefinspektor ihre Gedankenkette. Solange die Leiche nicht identifiziert war und die Laborbefunde nicht vorlagen, wollte er sich auf keine weiteren Spekulationen einlassen. Zumindest nicht vor der versammelten Mannschaft.

Auf Bergmanns Kommando spielte Stefan das Tatortvideo weiter ab. Im hinteren Teil des Kellers befanden sich einige Extraräume und Verschläge, ein Lager für Brennholz und eines für Lebensmittel, die ebenfalls auf Video dokumentiert waren. »Die industriell abgepackten Produkte haben ihre Ablaufdaten um mehrere Jahrzehnte überschritten.« Kartoffeln und Zwiebeln waren längst vergammelt beziehungsweise vertrocknet und geschrumpft. Im letzten Verschlag waren alte Koffer, Rodeln, kistenweise mottenzerfressene Kinderkleidung und allerlei Krempel verstaut.

»Was ist mit den anderen Räumen im Haus?«, fragte Bergmann am Ende des Videos.

»Gemach, Herr Kollege«, bremste Jörg Schöffmann. »Zuerst widmen wir uns den Spuren im Keller. Danach arbeiten wir uns sukzessive weiter nach oben«, erklärte er seinen Plan.

»Das klingt langwierig«, sagte Bergmann.

»Ist es auch.«

»Was ist mit dem Areal rund um das Haus?«, erkundigte sich der Chefinspektor.

»Das Grundstück haben wir bis zum Waldrand auch mit Metalldetektoren abgesucht und alle Fundstücke sichergestellt, von Getränkedosen bis hin zu Zigarettenstummeln und Papierln, die genauso gut der Wind von der Straße heraufgeweht haben könnte«, antwortete Stefan. »Außerdem eine verwitterte linke Schuhsohle in Größe 36, die vermutlich jemand vor längerer Zeit dort verloren hat.«

Da es keine weiteren neuen Fakten gab und keine Fragen mehr gestellt wurden, beendete Bergmann das Meeting.

Stefan trennte die Verbindung mit dem Beamer und fuhr das Präsentations-Notebook herunter.

Bergmann stand auf und kündigte die nächste Team-Besprechung an. »Bis morgen. Same time, same station.« Wie die Chefin zu sagen pflegte.

18. Dezember 1977

Meine Mutti ist tot. Der Polizist in der Wachstube hat geglaubt, daß sie mir die Nachricht im Heim längst überbracht haben, weil sie schon Wochen vorher verständigt worden sind. Aber mir hat niemand etwas gesagt. Dem Polizisten hat es sehr leidgetan. Er hat mich gefragt, ob ich einen Novotny Karl kenne. Ja, das ist der Freund von der Mutti. Hat der Karl sie umgebracht?

Der Polizist hat mich komisch angeschaut und mir mitgeteilt, daß der Karl auch tot ist. Sie sind beide an einer Überdosis Heroin gestorben. Ihre Leichen haben sie in unserer Wohnung gefunden. Was er noch alles gesagt hat, weiß ich nicht. Ich habe ihm gar nicht mehr richtig zugehört. In meinen Ohren war ein Rauschen und mir war schwindelig.

Die Polizisten haben mich dann in der Funkstreife ins Kinderheim zurückgebracht. Dort hat der Herr Direktor schon auf mich gewartet und war sehr freundlich. Aber nur, solange die Polizisten da waren. Kaum waren sie weg, hat er mir ein paar Detschn verpaßt und mich angebrüllt, weil ich ausgerissen bin. Auf seine Fragen habe ich nicht geantwortet. Er hat mir ja auch nicht gesagt, daß meine Mutti tot ist. Ich weiß nicht einmal, wann und wo sie begraben wurde.

Der Herr Schmölzerl hat behauptet, daß er mir nichts davon erzählt hat, weil er mir den Kummer ersparen wollte. Er hätte es mir aber später gesagt. Wann später? Angeblich hat er mich nur aus Mitleid ins Nachbarzimmer übersiedeln und in die Waschküche wechseln lassen. Aber nach meinem Fluchtversuch ist Schluß mit den Sonderwünschen. Er wollte wissen, wie ich nach Graz gekommen bin und hat mir unterstellt, daß mir einer von den Gogln bei der Flucht geholfen hat. Ich habe den Kopf geschüttelt, geschwiegen und dafür weitere Watschen kassiert. Den Norbert werde ich auf keinen Fall verraten.

Der Herr Direktor hat aber eh den Hans in Verdacht. Der hat ihn nämlich vom Bahnhof angerufen, nachdem mich der Polizist abgeführt hat. Der Herr Schmölzerl wollte ihm nicht glauben, daß wir uns dort zufällig über den Weg gelaufen sind, sondern war überzeugt, daß mich der Hans mit seinem Auto hingeführt hat. Außerdem wollte er wissen, ob ich der Polizei etwas erzählt habe, was ihm oder dem Heim schaden könnte. Obwohl sie einem Rotzmensch wie mir eh nicht glauben.

Ich habe der Polizei gar nichts erzählt. Die Nachricht, daß meine Mutti tot ist, hat mich alles andere vergessen lassen. Der Herr Schmölzerl hat gemeint, daß mir im Karzer bestimmt wieder einfallen wird, wer mir bei der Flucht geholfen hat. Dann hat er die Frau Höllerer in sein Büro gerufen. Sie soll mir die Haare abschneiden und mich dann einsperren, hat er ihr aufgetragen und ihr eine Schere in die Hand gedrückt. Die Frau Höllerer wollte mir die Haare abrasieren. Aber das hat ihr der Herr Direktor verboten. Nur den Zopf abschneiden, hat er gesagt, sonst bin ich wertlos. Die Gogln wollen keine glatzerten Menscha.

Die Teufelin hat mir meinen Zopf abgeschnitten und ihn dem Herrn Direktor überreicht. Der hat ihn dann in seine Schreibtischlade gelegt. Wer weiß, wie viele Zöpfe da schon drinnen sind? Ich habe mich lieber nicht in seinen Spiegel geschaut, sondern bin der Frau Höllerer in den Keller gefolgt. Unten habe ich ein Nachthemd anziehen müssen, das mir bis zu den Knöcheln reicht. Alle anderen Sachen hat sie mir weggenommen. Auch meine Schultasche mit dem Tagebuch! Heute bekomme ich nichts mehr zum Essen, hat sie gesagt und den Karzer aufgesperrt. In der Tür ist ein Guckloch, das man nur von außen aufmachen kann. Sie hat mich in die Zelle geschubst und eingesperrt.

Im Karzer hat es bestialisch gestunken, und es war finster und kalt. Über meinem Kopf habe ich ab und zu das Wasser in den Rohren rauschen gehört. Die meiste Zeit war es aber still und stockfinster. Wenigstens habe ich hier meine Ruhe und kann weinen, wann und so viel ich möchte. Dabei habe ich andauernd an meine Mutti denken müssen. Ich kann noch immer nicht glauben, daß sie wirklich tot ist.

Um mich zurechtzufinden, habe ich die Zelle erkundet. Mit ausgestreckten Armen habe ich langsam einen Fuß vor den anderen gesetzt, bis ich gegen etwas gestoßen bin, das laut scheppernd umgefallen ist. Den Kübel habe ich dann in die Ecke gestellt, damit ich nicht noch einmal darüber stolpere, wenn er voll ist. Ich bin die Zelle ein paar Mal abgegangen und habe die Schritte gezählt. Von einer Wand zur anderen sind es zwischen zwei und drei Meter. Dann habe ich mich auf der Matratze zusammengekauert, in die kratzige Decke eingewickelt und nachgedacht. Die Mutti hat sich ganz bestimmt nicht freiwillig den goldenen Schuß gesetzt. Das muß der Karl gewesen sein, weil sie sich von ihm trennen wollte. Am ersten Abend habe ich nur geweint und für die Mutti gebetet, bis ich eingeschlafen bin.

Irgendwann hat mich ein Geräusch an der Tür aufgeweckt. Durch das offene Guckloch ist Licht in die Zelle gefallen. Eine Frauenstimme hat mich gerufen. Ich soll herkommen.

Das Fräulein Wegscheid hat mir ein Stück Brot und einen Plastikbecher durch das Guckloch gereicht. Das Wasser habe ich gleich ausgetrunken, damit ich es im Dunkeln nicht verschütte. Die Erzieherin hat mir geraten, daß ich das Brot nir-

gends liegen lassen soll, sonst fressen es die Ratten auf, und ich verhungere.

Ich habe sie angebettelt, daß sie das Guckloch einen Spalt weit offenläßt, damit es im Karzer nicht so finster ist. Ausnahmsweise, weil ich heute doch Geburtstag habe.

Das geht nicht. Schließlich bin ich zur Strafe und nicht zum Spaß hier. Zu Mittag kommt sie mit der Suppe wieder, hat sie gesagt. Dann war es wieder dunkel.

Ich habe in den Kübel gemacht, mich auf die Matratze gesetzt und das harte Brot gegessen. Auf einmal hat mich etwas an der Hand gekitzelt. Eine Ratte? Davor habe ich keine Angst. Die Mutti hat mir einmal eine weiße Ratte mit roten Augen geschenkt. Bianca hat sie geheißen, aber sie hat nicht sehr lange gelebt. Sie hat sich in der Waschmaschine versteckt und die Mutti hat sie dann versehentlich mitgewaschen.

Die Ratte im Karzer habe ich Fritzi getauft, weil ich nicht weiß, ob es ein Männchen oder ein Weibchen ist. Der Name paßt für beides. Ich habe ein Stückerl Brot für Fritzi neben die Matratze gelegt. Vielleicht waren auch mehrere Ratten im Karzer. Ich habe sie ja nicht sehen können. Um mir die Zeit zu vertreiben, habe ich ihnen Geschichten erzählt, und viel geweint, weil ich nie mehr nach Hause zur Mutti kann.

KAPITEL 15

Sandra kehrte aus der Kantine der Landespolizeidirektion ins Büro zurück, um die Kollegin abzulösen, die nach ihr zum Mittagessen wollte. Bergmann war nicht im Zimmer. Seit der Team-Besprechung hatte sich der Chefinspektor nicht mehr blicken lassen. »Mahlzeit«, sagte sie und schloss die Tür hinter sich.

»Du bist schon da?« Anni blickte von ihrem Bildschirm auf, drückte sich mit beiden Händen vom Schreibtisch ab und rollte mit dem Bürostuhl zurück, blieb jedoch sitzen.

»Ich habe nur eine Kürbiscremesuppe gegessen«, sagte Sandra, während sie an ihren Platz ging. Die Fotos vom Tatort lagen ihr noch immer im Magen und wirkten sich auf ihren Appetit aus. Dazu kam die Trennung von Hubert. Nicht, dass sie ihre Entscheidung bereute, aber er wollte sich nicht damit abfinden. Letzte Nacht hatte er sie dreimal angerufen und auf ihre Mailbox gesprochen. Er sei noch nicht bereit, sie gehen zu lassen und wolle ihrer Beziehung eine weitere Chance geben, an die Sandra jedoch nicht mehr glaubte. Eine Antwort auf seine Nachrichten war sie ihm bislang schuldig geblieben. Vorsichtshalber hatte sie ihr privates Handy heute zu Hause gelassen. Dennoch ging ihr immer wieder ein Satz durch den Kopf, der wie eine Drohung klang: »Ich bin noch nicht bereit, dich gehen zu lassen.«

»Es gibt Neuigkeiten aus der Uniklinik«, holte Anni sie aus ihren Gedanken. »Die Oberärztin habe ich zwar nicht erreicht, aber mit einem anderen Arzt der neurochirurgischen Abteilung telefoniert. Christian Zwettler ist seit heute Früh wach. Nach der Visite haben sie ihn von der Intensiv- auf die Bettenstation verlegt«, verkündete sie.

»Endlich eine gute Nachricht«, sagte Sandra und ließ sich auf ihren Bürostuhl sinken. »Ist er schon ansprechbar?«

»Ihr könnt ihn am Nachmittag besuchen.«

»Großartig«, lobte Sandra die Kollegin und war gleichermaßen froh, dass der junge Mann die OP gut überstanden hatte.

»Besuchszeit ist von 14 bis 17 Uhr«, sagte Anni im Aufstehen. »Ihr dürft aber höchstens 20 Minuten bei ihm bleiben, falls er überhaupt so lange durchhält.« Sie schob ihren Stuhl an den Schreibtisch heran.

Sandra rechnete damit, dass Christian Zwettler nach seinem Unfall traumatisiert war. Was in einem vorging, wenn man unter diesen fürchterlichen Umständen schwer verletzt im Keller ausharren musste, bis man endlich gefunden und gerettet wurde, wollte sie sich gar nicht ausmalen. Mit den gravierenden physischen Langzeitfolgen musste der junge Mann auch erst einmal fertigwerden, was bestimmt länger dauern würde und ohne Therapien kaum zu bewältigen war. »Weißt du, wo Sascha ist?«, fragte sie, als die Kollegin die Tür erreichte.

Anni wandte sich noch einmal um. »Auswärts essen, nehme ich an«, meinte sie achselzuckend.

Freiwillig? Bei diesem Wetter? Noch immer trieb der Sturm den Regen vor sich her. Die Tropfen prasselten mal mehr, mal weniger heftig, jedoch unaufhörlich gegen die Fensterscheiben. »Dann weißt du auch nicht, wann er wieder ins Büro kommt?«, fragte Sandra.

Anni verneinte. »Soll ich ihn anrufen?«

Sandra schüttelte den Kopf. »Er wird schon wieder auftauchen«, sagte sie. Außerdem konnte sie den Chefinspektor genauso gut selbst anrufen. Wenn er sich nicht meldete oder sie ihn nicht erreichte, würde sie ihm eine Nachricht hinterlassen und ohne ihn ins Krankenhaus fahren.

»Dann bin ich jetzt auf Mittag«, sagte Anni. »Um das Protokoll von der Team-Besprechung kümmere ich mich nach dem Essen.«

»Alles klar, Anni. Guten Appetit!« Sandra meldete sich mit ihrem Passwort im System an. Abgesehen von den guten Neuigkeiten der Kollegin, hatte sich in ihrer Abwesenheit nicht viel getan, stellte sie fest. Der Zahnarzt aus Stainz hatte sich auch noch nicht gemeldet. Also griff sie zum Hörer, um ihn noch einmal anzurufen. Solange die Leiche nicht identifiziert war, glichen die Ermittlungen einem Blindflug.

Doktor Zacharias war auf Mittagspause, erfuhr sie von seiner Sprechstundenhilfe, die ihr versprach, ihn sofort nach seiner Rückkehr an die dringende Anfrage des LKA zu erinnern.

Sandra trennte die Verbindung und sah nach der Uhrzeit. Ob sie Bergmann gleich anrufen sollte? Sie verwarf den Gedanken wieder. Lieber wollte sie die Wartezeit bis zum Rückruf des Zahnarztes nutzen, um beim Alpenverein zu eruieren, wer für die Buchung der Hütten am Reinischkogel zuständig war. Den Kontakt, den man ihr dort nannte, leitete sie an Anni weiter und bat die Kollegin, eine Gästeliste für den mutmaßlichen Tatzeitraum anzufordern, sobald der gerichtliche Beschluss vorlag, der den Datenschutz außer Kraft setzte. Möglicherweise hatten Urlaubsgäste tatrelevante Aktivitäten beim *Leinzingerhaus* beobachtet, ohne diesen Bedeutung beizumessen. Die Leute zu befragen, war allemal einen Versuch wert.

Um 14.02 Uhr griff Sandra erneut zu ihrem Handy, um Bergmann anzurufen, als es klingelte. Auf dem Display erkannte sie die Festnetznummer der Zahnarztpraxis in Stainz. Gespannt hob sie ab und ließ sich von der Assistentin mit Herrn Doktor Zacharias verbinden.

Der Abgleich des forensischen Dentalbefundes mit den Unterlagen seiner Patientin sei nicht ganz einfach gewesen, erklärte ihr der Herr Doktor eingangs. »Frau Fleischanderl war vor mehr als zwei Jahren zuletzt zur Kontrolle bei mir. Seither hat es massive Veränderungen an ihrem Gebiss gegeben …« Der Zahnarzt hielt inne, als wäre er von etwas abgelenkt. Was auch immer es war.

Sandra fragte sich, ob er die Kommentare aus der Gerichtsmedizin, die das Bildmaterial der Obduktion erläuterten, nicht erhalten oder nicht gelesen hatte. Sie wollte nachfragen, als Doktor Zacharias sie zuerst ansprach.

»Sind Sie noch dran, Frau Mohr?«

»Ja, Herr Doktor«, antwortete sie, als sich die Bürotür öffnete und Bergmann eintrat. Einige nasse Haarsträhnen klebten an seiner Stirn. Er schaute zu ihr, sagte aber nichts, während sie ihre freie Hand hob.

»Trotz der widersprüchlichen Befunde bin ich mir so gut wie sicher, dass es sich bei der Verstorbenen um meine Patientin handelt«, hörte sie den Zahnarzt sagen, der sich auf jeden Fall noch mit den Forensikern austauschen wollte.

Während Bergmann seinen patschnassen Parka auszog und an die Garderobe hängte, schnellte Sandras Daumen in die Höhe. »Sie haben uns sehr geholfen, Herr Doktor«, sagte sie und erregte damit die Aufmerksamkeit des Chefinspektors.

Bergmann steuerte seinen Schreibtisch an, bemüht, ihrem Gespräch zu folgen.

»Könnten Sie uns bitte die Patientenunterlagen und Ihre Expertise für die forensische Zahnmedizin so rasch wie möglich zukommen lassen?«

Der Zahnarzt seufzte. »Ja, das kann ich tun. Allerdings muss ich Sie um ein wenig Geduld bitten. Mein Wartezimmer ist brechend voll mit Patienten.«

»Bis wann dürfen wir damit rechnen?« Sandra ließ nicht locker.

Bergmann verfolgte ihr Gespräch weiterhin interessiert von seinem Schreibtisch aus, während er seine nassen Haare durchwuschelte.

Der Zahnarzt seufzte erneut. »Ich versuche, heute Abend alles so weit fertigzustellen, damit Ihnen meine Assistentin morgen Früh die Befunde schicken kann, bevor wir die Praxis wieder aufsperren.«

»Wunderbar! Vielen Dank, Herr Doktor! Einen schönen Tag wünsche ich Ihnen noch.« Sandra beendet das Gespräch und lehnte sich erleichtert zurück. Ihre Augen waren auf den Chefinspektor gerichtet.

»Elisabeth Fleischanderl ist die Leiche?«, vergewisserte er sich, ob er ihre Worte richtig interpretiert hatte.

Sandra nickte. »Höchstwahrscheinlich.« Endlich tappten sie nicht mehr völlig im Dunkeln. Sie warf erneut einen Blick auf die Uhr. »Kommst du mit in die Uniklinik, um Christian Zwettler zu befragen?«

»Ist er denn schon ansprechbar?«, fragte Bergmann überrascht.

Sandra bestätigte auch diese Frage. »Bis 17 Uhr ist Besuchszeit.«

»Selbstverständlich komme ich mit.« Bergmann beugte

sich hinunter und wuschelte sich noch einmal durch die Haare, bevor er aufstand.

»Sollen wir dich nicht zuerst trockenlegen?«, schlug Sandra ihm grinsend vor.

»Nicht nötig«, lehnte Bergmann ab. »Meine Haare trocknen von alleine.« Eitelkeit konnte man ihm nicht vorwerfen. Im Gegensatz zu Hubert, der mit seinen Locken meist länger beschäftigt war als Sandra mit ihren Haaren. »Ich hole mir trockene Socken und andere Schuhe aus dem Spind, dann können wir aufbrechen.«

»Wenn du deine dreckigen Sneakers suchst, die sind noch im Auto.«

»Ach ja, Scheiße.«

»Genau. Ich schicke Anni rasch noch eine Nachricht mit den News vom Zahnarzt«, sagte sie. Die anderen Kollegen und die Staatsanwaltschaft würden den Namen der Toten erst erfahren, wenn die Identität offiziell feststand.

Der Chefinspektor nickte. »Anni soll alle Daten zusammentragen, die sie von Elisabeth Fleischanderl auftreiben kann«, ordnete er an. »Jedes Detail aus ihrer Vergangenheit könnte für uns wichtig sein. Vor allem interessiert mich, ob die Frau zu irgendeiner Zeit mit diesem Kinderheim am Reinischkogel zu tun hatte«, zeigte er nun doch Interesse an Sandras Idee.

»Soll sie nicht auch gleich versuchen, diesen Herrn Schmölzerl Hans oder Franz ausfindig zu machen? Vielleicht lebt er ja doch noch«, schlug Sandra vor, während Bergmann abtauchte, um seine Schuhe und Socken auszuziehen.

»Warum nicht?«, antwortete er vornübergebeugt. »Aber die Fleischanderl hat oberste Priorität.« Bergmann stand auf und ging barfuß zum Fenster. Seine durchnässten

Socken legte er auf den Heizkörper und stellte die Sneakers davor.

»Ist das dein Ernst?«, fragte Sandra.

Bergmann sah sie über seine Schulter hinweg fragend an. »Wieso? Spricht etwas dagegen?

»Ich habe deine Stinkesocken gemeint«, wurde Sandra deutlich.

»Meine Socken stinken nicht.« Bloßfüßig steuerte er seinen Spind an, um sich frische Socken und die Gummistiefel herauszuholen, die er offenbar vor dem Meeting heute Morgen dort hineingestellt hatte.

Sandra sah dem Rüpel kopfschüttelnd hinterher. »Nein, deine Socken duften nach Rosen.«

Wenig später stand er in den Gummistiefeln vor ihrem Schreibtisch. »Können wir?«

Sandra fuhr ihren Computer herunter und rollte auf dem Drehstuhl zurück. »Und so willst du jetzt ins Krankenhaus fahren? Warum ziehst du nicht die Halbschuhe von der Polizeiausrüstung an?«

»Weil sie mir zu spießig sind?« Bergmann schaute zum Fenster. »Außerdem schifft es draußen noch immer«, sagte er.

Mit dem Regen hatte er recht. Aber warum waren Gummistiefel weniger spießig als schwarze Halbschuhe? Sandra verzichtete darauf nachzufragen und holte ihren Rucksack unter dem Schreibtisch hervor.

KAPITEL 16

Wie immer, wenn es regnete, dauerte die Autofahrt durch Graz deutlich länger als sonst. Warum sich das Wetter in der Stadt dermaßen auf den Verkehr auswirkte, war Sandra ein Rätsel, sofern es nicht gerade schneite oder die Fahrbahn eisglatt war. Jedoch hatten sie und Bergmann die Fahrzeit genutzt, um noch einmal die Fakten und die nächsten Ermittlungsschritte zu besprechen.

Endlich erreichte sie die Hilmteichstraße und setzte den Blinker, um auf das LKH-Gelände abzubiegen, das seit geraumer Zeit eine Großbaustelle war. Jetzt war auch noch die Rettungszufahrt gesperrt. Sie hielt beim Hauptportier an, der sie auf die nahe Parkgarage verwies.

Sandra zückte ihren Dienstausweis.

»Sie können auch zurückschieben, dann vom Leonhardplatz bei der Hypo-Zufahrt aufs Gelände fahren und auf den blau markierten Parkflächen rund ums Gebäude parken«, schlug ihr der Portier vor. Sollte keiner dieser Parkplätze frei sein, durfte sie den Dienstwagen auch woanders abstellen, sollte aber unbedingt darauf achten, keine Rettungsfahrzeuge zu behindern.

So weit, so klar. Sandra nahm das Ausfahrtsticket entgegen, das der Portier ihr reichte, und folgte seiner Wegbeschreibung. In der Hauptallee bog sie nach links zum Hörsaalzentrum ab und fuhr am Gebäude vorbei bis zur Neurochirurgie. Den Audi parkte sie unweit des Eingangs auf einem Schrägparkplatz ohne blaue Markierung. »Gibst du mir bitte die Wagenkarte?«, fragte sie ihren Beifahrer, obwohl sie nicht annahm, dass bei diesem Wetter die Parkordnung kontrolliert würde.

Während Bergmann im Handschuhfach kramte, betrachtete Sandra die Pfütze bei der nahen Klinikbus-Haltestelle. Unaufhörlich fielen weitere Regentropfen in die Lacke und zogen Kreise, die sich überschnitten.

Bergmann platzierte die Wagenkarte der Landespolizeidirektion auf dem Armaturenbrett, und sie stiegen aus dem Auto. Eilig liefen sie zum nahegelegenen Eingang, um nicht waschelnass zu werden, und nahmen dann die Treppe bis zur Anmeldung. Dass sich die honigblonde Frau im sandfarbenen Trenchcoat mit dunkelblauem Regenschirm gerade vom Empfang abwandte, um hinaufzugehen, ersparte den Ermittlern das Warten. Sandra trug ihren Namen und die Uhrzeit in die Besucherliste ein und erfragte die Zimmernummer von Christian Zwettler, die ihnen die Empfangsdame hinter der Glasscheibe nannte. Zuerst sollten sie sich aber bei den Stationsschwestern im ersten Stock melden.

»Moment noch!«, hielt die Frau sie auf, als sie sich in Bewegung setzen wollten. »Haben Sie keine Masken?«, fragte sie und zeigte auf einen Zettel, der an der Scheibe klebte und auf die Maskenpflicht im Krankenhaus verwies. »Ohne darf ich Sie nicht hinauflassen.« Dieses Relikt aus Corona-Tagen sollte vor allem die Patienten vor Infektionen aller Art schützen, wogegen nichts einzuwenden war. Aber Sandra hatte nicht daran gedacht, und Bergmann erst recht nicht. Die Pandemie mit all ihren Einschränkungen war heute nur noch eine vage Erinnerung, die ihr wie ein Albtraum oder ein Science-Fiction-Film im Gedächtnis geblieben war.

Die Empfangsdame schob zwei Masken durch das Loch in der Scheibe. »Aufsetzen bitte!«, forderte sie streng.

Die Ermittler folgten ihrer Anweisung und nahmen die Treppe in den ersten Stock.

»Der Patient hat gerade Besuch von seiner Mutter«, sagte die Krankenschwester. Ihr Name und das grüne KAGes-Logo mit dem Steirischen Panther als Landeswappentier zierten ihren kurzen weißen Kittel, den sie zur ebenfalls weißen Hose trug.

»Frau Zwettler hat natürlich Vorrang«, sagte Sandra. »Aber dürfen wir dem Patienten trotzdem ein paar Fragen stellen? Meine Kollegin hat unseren Besuch bereits zu Mittag angekündigt.«

Die etwa 40-Jährige, deren karamellbraune Haare vom Oberkopf an zu einem langen Zopf eingeflochten waren, prüfte sie mit schmalen Augen.

»Wir ermitteln in einem Mordfall«, fügte Sandra hinzu.

»Na gut, dann kommen Sie mit«, gab sie nach und ging mit quietschenden Gummisohlen den Gang entlang voraus bis zur vorletzten Tür auf der linken Seite.

Bergmanns Blicke verrieten Sandra, dass ihn das Geräusch der weißen Gesundheitsschlapfen auf dem braunen Linoleumboden nervte. Mehr Mimik war unter seiner Maske nicht zu erkennen, aber das genügte schon.

»Warten Sie hier«, wies die Krankenschwester die Ermittler an und klopfte an die Tür. Zwei Sekunden später öffnete sie diese und trat ein.

Sandra und Bergmann blieben einstweilen in der Tür stehen.

Die honigblonde Frau, die vor ihnen am Empfang gewesen war, saß auf einem Stuhl neben dem Bett am Fenster und schaute zur Schwester auf, die mit ihr und dem Patienten sprach. Was hinter den Masken gesagt wurde, war an der Tür nicht zu verstehen. Maria Zwettler warf den Ermittlern einen kurzen Blick zu und nickte dann.

»Kommen Sie!«, rief die Schwester die Kriminalpolizisten ans Krankenbett und sah auf ihre Uhr. »Sie haben 15 Minuten ab jetzt«, fügte sie hinzu und verließ das Zimmer mit quietschenden Schritten.

Sandra blieb neben Bergmann am Fußende des Krankenbetts stehen, nannte ihre Namen und Dienstränge.

»Soll ich inzwischen hinausgehen?«, fragte Maria Zwettler höflich, bevor Sandra das Wort an ihren Sohn richten konnte. Der Mutter war deutlich anzusehen, dass sie in letzter Zeit wenig geschlafen, dafür umso mehr Tränen vergossen hatte. Zur grauen Hose trug sie einen dunkelblauen Cardigan mit goldfarbenen Knöpfen über der weißen Bluse und dezenten Goldschmuck um den Hals, an den Ohren und am Ringfinger. Ihr Trenchcoat hing auf einem Kleiderbügel an der Garderobe neben der Tür. Der blaue Regenschirm steckte im Schirmständer.

»Bleiben Sie ruhig da, Frau Zwettler«, erwiderte Sandra und lächelte zuerst sie, dann ihren Sohn an, der als Einziger keine Maske trug.

Noch blasser als seine Mutter lehnte der Patient auf dem halb aufgerichteten Kopfteil des Krankenbetts. Seine Arme lagen ausgestreckt neben dem Körper auf der Bettdecke. Im linken Handrücken steckte eine Infusionskanüle unter einem Verband. Ein leerer Infusionsbeutel hing am Galgen, der neben dem Bett an der Wand stand.

Unwillkürlich kam Sandra Julius in den Sinn, der sich nach seinem Unfall in der gleichen Lage befunden hatte. Nach den passenden Worten ringend, warf sie Bergmann einen Blick zu, der ihm vermittelte, dass er die Befragung übernehmen sollte.

Zu allererst interessierte ihn, was den jungen Mann in das verfallene Haus am Reinischkogel geführt hatte und wie es zu diesem Unfall gekommen war.

Christian Zwettler räusperte sich, bevor er mit heiserer Stimme von seinem geplanten Buch über Lost Places in der Steiermark erzählte. Vergangene Woche war er bei seinen Recherchen auf einer *Facebook*-Seite auf Fotos von diesem verlassenen Haus gestoßen, gerade noch rechtzeitig, um die coole Location auf den letzten Drücker in sein Buch aufzunehmen. Auf der Seite gab es vage Hinweise zur Lage am Reinischkogel, jedoch keine Adresse oder Wegbeschreibung. Der Administrator, der die Fotos gepostet hatte, reagierte nicht auf seine Anfrage, und auch über die Kommentare kamen keine konkreten Informationen. »Deshalb bin ich kurzerhand aufgebrochen, um nach dem Haus zu suchen, und hab es dann auch gefunden.«

Leider, dachte Sandra.

Was danach geschah, erzählte er in wenigen heiseren, immer wieder stockenden Worten und unter Tränen, die seine Mutter mit einem Taschentuch trocknen wollte. »Lass das, Mama!«, krächzte er harsch. »Wenigstens das kann ich noch allein.« Schluchzend wandte er sein Gesicht zum Fenster, was auch seiner Mutter die Tränen in die Augen trieb.

Sandra hielt den Atem an. An derlei emotionale Ausbrüche und Rundumschläge aus purer Verzweiflung konnte sie sich nur allzu gut erinnern. In ihrem Beruf hatte sie zweifellos noch schlimmere Schicksalsschläge erlebt, aber dieser Fall berührte sie persönlich.

»Sie waren also noch nie zuvor in diesem Haus am Reinischkogel?«, fragte Bergmann anscheinend ungerührt. Er schloss nicht aus, dass Christian Zwettler das Opfer vor seinem Unfall im *Leinzingerhaus* gefangen gehalten, gefoltert und getötet haben könnte.

Der junge Mann wischte sich über die Augen, bevor er

ihnen das Gesicht wieder zuwandte und die Frage des Chefinspektors verneinte.

»Und Sie waren allein im Haus?«, ließ Bergmann nicht locker.

»Ich war allein dort und hab auch niemandem gesagt, wo ich hinwollte«, antwortete Christian Zwettler. »Nachher ist man immer schlauer.« Sein Adamsapfel wanderte auf und ab, während er sich auf die Unterlippe biss.

»Dabei bist du doch sonst immer so vorsichtig«, meinte seine Mutter, was den Unfall nicht ungeschehen machte.

Ihr Sohn überging ihre Bemerkung und schien auch nicht wahrzunehmen, dass sie seine Hand nahm.

»Haben Sie jemanden im Haus gesehen, während sie dort waren?«, fuhr Bergmann fort.

Christian Zwettler verneinte. »Da waren nur diese Leiche, jede Menge Ratten und Ungeziefer. Ich hatte eine Panikattacke nach der anderen und habe immer wieder um mein Leben geschrien.«

Seine Hilferufe hatten ihn schließlich gerettet, aber wohl auch seine Stimmbänder überstrapaziert, dachte Sandra. Oder sie waren beim Intubieren verletzt worden.

»Haben Sie im Keller fotografiert?«, stellte sich Bergmann unwissend, um zu prüfen, wie der junge Mann es mit der Wahrheit hielt.

Christian Zwettler bejahte seine Frage.

Bergmann nickte. »Unsere Forensiker werten gerade die Speicherkarte Ihrer Kamera aus«, sagte er.

»Von mir aus«, meinte Zwettler gleichgültig.

»Haben Sie Geräusche gehört, während Sie im Haus waren?«, fragte Bergmann weiter.

Der junge Mann überlegte und räusperte sich erneut, ehe er fortfuhr. »In der Ferne waren immer wieder Motoren zu hören, einmal auch Martinshörner. Ich habe auf Rettung gehofft, aber sie sind vorbeigefahren.« Er schluckte, um nicht erneut in Tränen auszubrechen.

»Es wird alles wieder gut, mein Schatz«, versuchte seine Mutter ihn zu trösten.

Der Sohn schüttelte den Kopf. »Nein, Mama. Gar nichts wird wieder gut. Finde dich lieber damit ab«, krächzte er leiser.

Die Mutter zitterte heftig, als sie abermals weinte. Wortlos stand sie auf und ging zum Fenster, um hinauszusehen und sich zu sammeln.

»Erinnern Sie sich noch an den Namen der *Facebook*-Seite, auf der Sie dieses Haus gesehen haben?«, fragte Sandra.

»Nein, aber geben Sie einfach *Lost Places* und *Steiermark* in der Suchfunktion ein. So bin ich dorthin gelangt. Das letzte Posting ist allerdings schon ein paar Jahre alt«, antwortete der junge Mann.

Die Suche nach mutmaßlichen Tatzeugen oder Tätern im *Urbexer*-Milieu behielt Sandra im Hinterkopf. Zuerst würden sie das Umfeld des Opfers durchleuchten, waren Bergmann und sie auf der Fahrt zur Uniklinik übereingekommen. »Kennen Sie Frau Elisabeth Fleischanderl?«, fragte sie den jungen Mann und holte ihr Handy aus der Jackentasche.

Seine Mutter wandte sich ihnen zu, blieb jedoch am Fenster stehen.

»Fleischanderl?«, wiederholte ihr Sohn. »Der Name sagt mir gar nichts.«

»Und Ihnen?«, fragte Sandra die Mutter, die den Kopf schüttelte. Sie zeigte Christian Zwettler das Fahndungsfoto. »Haben Sie diese Frau schon einmal gesehen?«

Der Patient verneinte abermals. »Ist das die Tote aus dem Keller?«, fragte er.

»Das wollen wir herausfinden«, sagte Sandra, als es an der Tür klopfte und die Krankenschwester hereinschaute, um sie zum Gehen aufzufordern.

Währenddessen huschte eine hübsche, sehr junge Frau in Schlagjeans und braunen Boots unter einem übergroßen olivgrünen Parka ins Zimmer, den sie anbehielt. Ihre weizenblonden langen Haare waren locker hochgesteckt, ihr Blick aus großen blauen Augen besorgt. »Chrisi!«, rief sie, gedämpft durch ihre Maske, und stürmte ans Krankenbett.

»Das ist seine Freundin, Leonie«, erklärte die Mutter das Offensichtliche.

Sandra ahnte, welch schwieriger Weg auch der jungen Frau noch bevorstand. Insgeheim wünschte sie ihr, ihrem querschnittsgelähmten Freund und dessen Mutter alles Gute und meinte es von ganzem Herzen.

18. Dezember 1977

Heute Früh war eine Stimme in meinem Kopf. Zuerst habe ich gedacht, ich träume. Dann ist sie aber immer lauter geworden und ich bin aufgewacht. »Bist du derrisch, 131? Aufstehen und mitkommen!« Die Karzertür war offen, die dunkle Gestalt gegen das grelle Licht von draußen nicht zu erkennen. Aber die Stimme habe ich erkannt und den scheppernden Schlüsselbund, den uns die Teufelin immer nachwirft. Sie hat mich keppelnd vor sich hergetrieben, die Leiter hinauf.

Oben hat das Fräulein Wegscheid auf mich gewartet, mit meinem Toilettetascherl in der Hand. Ich soll mich gefälligst duschen. Ich stinke wie ein Iltis. Ist das ein Wunder? Im Karzer habe ich mich nicht waschen können. Ich soll endlich weitertun! Dalli Dalli!, hat mich die Erzieherin angetrieben. Die Fernsehsendung habe ich gerne mit der Mutti geschaut. »Sie sind der Meinung, das war …«, sagt der Hans Rosenthal, »Spitze!«, antwortet das Publikum, und der Showmaster springt dabei in die Luft.

Im Waschraum haben sich gerade die ältesten Mädchen geduscht, die immer als letzte Gruppe dran sind. Sie haben mich angestänkert und ausgelacht wegen den kurzen Haaren. Die Frau Wegscheid hat sie dann alle hinausgeschickt und mich ganz allein duschen lassen. Das warme Wasser war himmlisch. Aber die Seife brennt beim Haarewaschen fürchterlich in den Augen.

Beim Zähneputzen habe ich mich dann zum ersten Mal mit den kurzen Haaren in den Spiegel geschaut. Meine braunen Locken reichen nicht einmal mehr bis zum Kinn. Aber so schlecht sieht es gar nicht aus. Einen Pagenkopf wie die Brigitte Xander vom Dalli Dalli-Rateteam hätte ich gern. Aber die hat schnürlglatte Haare. Vielleicht kann mir die Susi trotzdem eine hübsche Frisur schneiden. Sie will nach der Schule eine Friseurlehre machen und hat auch schon eine Stelle in Ligist in Aussicht. Ich würde noch immer gerne Schriftstellerin werden. Aber dafür gibt es keine Ausbildung. Wahrscheinlich mache ich eine kaufmännische Lehre und werde Sekretärin, wie die Mutti es sich gewünscht hat. Schreiben kann ich dann ja nach der Arbeit.

Wie ich so in den Spiegel geschaut und überlegt habe, ist die Frau Höllerer plötzlich im Waschraum gestanden und hat mir eine Strafe angedroht, wenn ich nicht in einer Viertelstunde beim Frühstück bin. Ich habe meine Sachen schnell zusammengepackt und bin ins Zimmer hinaufgelaufen. Gott sei Dank war mein Tagebuch noch in der Schultasche. Die Judith und die Susi haben sich gefreut, mich wiederzusehen. Daß die Mutti tot ist, habe ich ihnen nicht erzählt. Ein anderes Mal vielleicht. Ich habe die Susi gefragt, ob sie mir einen lockigen Pagenkopf schneiden kann. Aber nicht jetzt, sonst kommen wir zu spät zum Frühstück. Meine beige Schnürlsamthose habe ich schon angehabt und mir rasch noch den blauen Pulli angezogen.

Aber die Susi hat die Schere schon in der Hand gehabt und gemeint, daß sich das ausgeht. Schnipp, schnapp war sie fertig. Ich soll die Haare lufttrocknen lassen, hat sie gesagt. Dann schauen die Locken am schönsten aus. Die Judith findet auch, daß mir die kurzen Haare gut passen. Sie hat inzwischen schon den Boden aufgekehrt und meine abgeschnittenen Locken in den Mistkübel geworfen. Wir haben es gerade noch rechtzeitig hinuntergeschafft. Die Zöglinge sind schon in einer Reihe in den Speisesaal marschiert.

Nach dem Frühstück sind wir gleich dort geblieben und haben Strohsterne für den Christbaum gebastelt. Die Birgit und die Monika waren auch dabei. Vor denen fürchte ich mich nicht mehr. Seit ich mich gewehrt habe, lassen sie mich in Ruhe. Daß ich aus dem Heim ausgerissen bin, haben sie mitbekommen, und daß ich im Karzer war, hat mir Respekt verschafft.

Das Fräulein Wegscheid hat alle vier Kerzen am Adventkranz angezündet und wir haben beim Basteln Weihnachtslieder und Gedichte für den Weihnachtsabend geprobt. Der Monika haben sie verboten mitzusingen, weil sie keinen einzigen Ton richtig trifft. Später sind noch ein paar kleinere Mädchen mit Blockflöten dazugekommen. Bis zur Weihnachtsfeier müssen sie noch viel üben, hat die Frau Höllerer mit ihnen geschimpft. Aber wenigstens hat sie diesmal nicht zugeschlagen. So kurz vor Weihnachten ist sogar die Teufelin friedlicher als sonst.

KAPITEL 17

Dienstag, 14. November

Sandra gähnte, während sie auf das Teewasser wartete. Der Wasserkocher brodelte viel zu laut, um auch nur ein einziges Wort von Anni zu verstehen, die hinter ihrem Rücken telefonierte, obwohl die Kollegin deshalb lauter sprach. Wäre Bergmann im Büro gewesen, hätte er sich bestimmt über den Lärm beschwert. Aber der Chefinspektor war in einer Besprechung mit der Vize-Landespolizeidirektorin.

Ihre Müdigkeit hatte Sandra Hubert zu verdanken, der gestern spätabends bei ihr sturmgeläutet hatte, weil sie sich noch immer nicht bei ihm gemeldet hatte. Was hätte sie ihm denn sagen sollen, nachdem sie am Sonntag Schluss gemacht hatte?

Trotz ihrer Bemühungen, sich auf Socken möglichst lautlos durch die Wohnung zu bewegen, hatte er ihre Schritte in seiner Wohnung gehört und auf einer Aussprache bestanden. Dass es bereits spät und sie müde war, akzeptierte er nicht. Schließlich gab Sandra nach und bat ihn auf ein Glas Wein in ihre Wohnung, was sie besser hätte bleiben lassen.

Abgesehen von einem kleinen Schluck, den sie sich selbst einschenkte, trank Hubert die ganze Flasche Grauburgunder alleine aus, während er trotzdem noch eloquent versuchte, sie zu einem Neubeginn und zum Sex zu überreden.

Doch Sandra blieb standhaft.

Als er dann auch noch zornig wurde wie ein kleiner Bub, der nicht bekam, was er wollte, reichte es ihr endgültig. Sie forderte Hubert unmissverständlich auf, ihre Wohnung zu verlassen, und riet ihm, ihr in nächster Zeit aus dem Weg zu gehen. Was schwierig genug war, wenn man im selben Haus wohnte.

»Das wirst du noch bereuen«, verabschiedete er sich mitten in der Nacht wutentbrannt von ihr.

Offenbar hatte der Bildungsbürger nicht nur seine guten Manieren vergessen, sondern auch, dass sie Kriminalpolizistin war und seine Drohung nach hinten losgehen konnte. Obwohl sich Sandra über ihn ärgerte, beschloss sie, seine Worte, die der Emotion geschuldet waren, nicht auf die Waagschale zu legen. Dennoch hielt sein kindisches Verhalten sie noch eine Weile wach. Mehr als fünf Stunden Schlaf waren danach nicht mehr drin.

Der Wasserkocher schaltete sich automatisch ab und holte Sandra aus ihren privaten Gedanken ins Büro zurück. Der Grüne Tee würde sie hoffentlich munter machen. Zwar setzte seine Wirkung nicht so schnell wie die von Kaffee ein, dafür hielt sie länger an. Außerdem sollte Grüntee angeblich helfen, sich besser konzentrieren zu können.

Kaum saß Sandra an ihrem Schreibtisch, musste sie schon wieder gähnen. Immerhin hatte die Team-Besprechung heute nicht so lange gedauert wie am Vortag. Die aufwendige Spurenauswertung würde die Kriminaltechniker noch geraume Weile fordern, bis alle Ergebnisse vorlagen. Sobald die Identität der Toten bestätigt war, würde die Staatsanwaltschaft informiert und die nächsten Ermittlungsschritte folgen. Aber das sollte nicht mehr allzu lange dauern, hoffte Sandra. Weshalb sollte sie den Befund von Doktor Zacharias anzweifeln?

Anni und sie waren gestern Abend länger im Büro geblieben, um die Vergangenheit des mutmaßlichen Opfers auszuforschen, und hatten einige neue Erkenntnisse gewonnen.

Elisabeth Fleischanderl war zweimal verheiratet gewesen. 1966 hatte sie Josef Höllerer, der wie sie aus Ettendorf bei Stainz stammte, das Ja-Wort gegeben. Fünf Jahre später verstarb ihr erster Mann. Ihre zweite Ehe mit dem Transportunternehmer Adolf Fleischanderl aus Kalsdorf wurde 1982 geschlossen. Beide Ehen sollten kinderlos bleiben. Bis zur Pensionierung ihres zweiten Mannes, Adolf, war Elisabeth in seinem Unternehmen angestellt. 2002 übernahm sein Sohn aus erster Ehe den väterlichen Betrieb und führte diesen seither. Der Seniorchef verstarb 2005 im Ruhestand. Die Witwe blieb nach seinem Tod in Kalsdorf, bis sie 2018 ins Seniorenheim in Stainz übersiedelte. Soweit, so unspektakulär.

Umso aufschlussreicher entpuppten sich die Jahre zwischen ihren beiden Ehen. Kurz nach Josef Höllerers Tod im Jahr 1971 nahm seine Witwe eine Stelle in der privaten Erziehungsanstalt für Mädchen am Reinischkogel an, die der Pächter des *Leinzingerhauses* leitete. Bis 1967 hatte Franz Schmölzerl im früheren Gasthof ein Erholungsheim betrieben, das er danach in ein privates Kinderheim umfunktionierte und bis zur Schließung im Jahr 1981 führte. Solange war Elisabeth Höllerer bei ihm als Erzieherin beschäftigt. Danach zog sie nach Kalsdorf zu ihrem zukünftigen Mann, was nahelegte, dass sie diesen bereits früher gekannt hatte.

Franz Schmölzerl kehrte nach der Schließung des Heims nach Wien zurück, wo er 1928 geboren war, und leitete dort bis zu seiner Pensionierung eine Lehranstalt für Sozialberufe. 1997 verstarb er in seiner Heimatstadt, die ihn zu Lebzeiten mit einem Würdigungspreis für pädagogische Verdienste ausgezeichnet hatte.

Sandra meldete sich bei ihrem E-Mail-Account an und stellte fest, dass Doktor Zacharias die Unterlagen seiner Patientin und den Abgleich des Zahnstatus geschickt hatte. Gleichzeitig hatte er alle Unterlagen ans Gerichtsmedizinische Institut gesendet. Sandra griff zum Telefon, um den Prozess möglichst zu beschleunigen. Wenngleich sie an der Identität der Toten nicht mehr zweifelte, musste Gewissheit her, um offiziell weiterermitteln zu können.

Der forensische Zahnmediziner versprach ihr, sich umgehend um den Abgleich zu kümmern, und wollte ihr den Befund spätestens zu Mittag schicken. Sandra bedankte sich für seine Bemühungen und legte auf, während Anni nach ihrem Telefongespräch eifrig in den Computer tippte.

»Hast du etwas herausgefunden?«, erkundigte sich Sandra bei ihr. Zwischendurch hatte sie mitbekommen, dass die Kollegin mit der Dienststelle für Soziales telefoniert hatte, die für Angelegenheiten des Steiermärkischen Kinder- und Jugendhilfegesetzes zuständig war, um zu erfragen, wie sie an Aufzeichnungen des Erziehungsheims am Reinischkogel gelangen konnten.

»Noch nicht wirklich«, antwortete Anni. »Die Leiterin der Dienststelle kann das Archiv erst durchforsten, wenn ihr ein offizieller Antrag vorliegt.« Digitale Aufzeichnungen aus dem letzten Jahrhundert waren leider keine vorhanden, obwohl die nachträgliche Digitalisierung der Daten stetig voranschritt.

»Verstehe«, sagte Sandra. »Kannst du bitte dranbleiben?«

Anni nickte und wandte sich wieder dem Computer zu, während Sandra Tee trank und nachdachte.

Wenn über dieses Mädchenheim keine Akten mehr aufzutreiben waren, konnten ihnen Zeitzeuginnen höchstwahrscheinlich am ehesten weiterhelfen. Die meisten ehemaligen Beschäftigen waren vermutlich schon verstorben, die jüngsten Heimbewohnerinnen um die 50 Jahre alt, rechnete sie zurück. Der einzige Zögling, von dem sie bisher wussten, war Birgit Stallhofer. Die Kogelbäuerin stand ganz oben auf ihrer Liste. Sandra schloss nicht aus, dass die Landwirtin die Tat begangen haben könnte, möglicherweise mit der Unterstützung ihres Mannes. Die Nähe zum Tatort bot zweifellos Gelegenheit, sich Zutritt zum *Leinzingerhaus* zu verschaffen. Selbst wenn der Kogelbauer etwas anderes behauptete. Die beiden ausländisch aussehenden Männer, die er beobachtet haben wollte, konnte er genauso gut erfunden haben, um als vermeintlicher Zeuge den Verdacht von sich und von seiner Frau auf eine Personengruppe zu lenken, deren Anwesenheit ihm ein Dorn im Auge war. Das Tatmotiv der Kogelbäuerin lag auf der Hand, wenn das Opfer ihre ehemalige Erzieherin war.

Sandra weckte ihren PC aus dem Ruhezustand und gab den Begriff »Kinderheim-Skandal« im Suchfeld der Suchmaschine ein, um sich in Erinnerung zu rufen, was sie vor einigen Jahren aus den Medien mitbekommen, aber größtenteils wieder verdrängt hatte.

Der Stein war 2010 ins Rollen gekommen, als sich einige ehemalige Heimkinder zu Wort meldeten und von Gewalttaten und Missbrauch in Erziehungsanstalten berichteten. Sandra las sich das Zeitungs-Interview durch, das ein investigativer Journalist damals mit zwei erwachsenen Frauen geführt hatte, die in den 1970ern im Alter von sechs beziehungsweise acht Jahren in das Kinderheim der Stadt Wien im Schloss Wilhelminenberg gekommen waren. Vier Jahrzehnte später wagten es die beiden Schwestern, von Psychoterror, exzessiver Gewalt, Vergewaltigungen und Zwangsprostitution zu berichten, die sie von frühester Kindheit jahrelang erdulden mussten. Widerstand und Flucht waren zwecklos, mutmaßlich sogar tödlich. Die meisten Ausreißerinnen wurden gefasst und hart bestraft. Waren die Mädchen schwer verletzt, verschwanden sie auf Nimmerwiedersehen. Den anderen Heimzöglingen drohte dasselbe Schicksal, sollten sie die Flucht wagen. Die beiden Schwestern äußerten im Interview sogar den Verdacht, dass das Kinderheim im Jahr 1977 deshalb so plötzlich geschlossen worden war, weil sich Mord und Totschlag nicht länger verheimlichen ließen. Allerdings hatten sie in all den Jahren niemals eine Leiche zu Gesicht bekommen.

Kaum war die Lawine losgetreten, folgten weitere Berichte von ehemaligen Heimkindern, auch aus anderen Bundesländern, denen in öffentlichen und privaten Erziehungsanstalten bis in die frühen 1980er-Jahre hinein unvorstellbares seelisches und körperliches Leid zugefügt worden war. Nach und nach kam das ganze Ausmaß der schrecklichen Tragödien ans Licht, die jahrzehntelang auch von den zuständigen Behörden vertuscht worden waren. Aufdecker und Kritiker der sogenannten »Fürsorgeerziehung« hatte man damals zum Schweigen gebracht, den Aussagen der betroffenen Heimkinder sowieso nicht geglaubt. Stattdessen wurden die Täter gedeckt, die in den Kinderheimen zur grausamen Tagesordnung übergingen.

Sandra musste erst einmal durchatmen und sich sammeln, nachdem ihr mit jeder Zeile flauer geworden war. Sie trank ihren Tee aus. Viel war nicht mehr übrig, und er war bereits kalt. Danach wandte sie sich wieder der Recherche zu, die sie nunmehr auf die Steiermark konzentrieren wollte. Möglicherweise war das Mädchenheim am Reinischkogel nicht nur wegen sicherheitstechnischer Mängel geschlossen worden. Vielleicht hatten dort ähnlich grauenvolle Zustände wie in Wien geherrscht. Wozu sonst gab es im Keller des *Leinzingerhauses* eine Zelle? Sie hatte auch gelesen, dass es mit den Heimreformen ab 1980 zunehmend schwieriger geworden war, Verbrechen an Heimkindern unter den Teppich zu kehren. Möglicherweise war es für Franz Schmölzerl eng geworden, deshalb sperrte er das Heim zu, ehe seine Taten aufgedeckt und er dafür belangt werden konnte.

Die Spuren führten wiederum nach Wien zurück. In den Erziehungsanstalten in der Steiermark waren damals nicht nur steirische Kinder untergebracht, sondern auch Kinder aus Wien, die das zuständige Jugendamt aufs Land schickte. Für die Betreiber privater Einrichtungen wie dem Mädchenheim am Reinischkogel war das ein einträgliches Geschäft. Jeder Zögling brachte Monat für Monat Vergütungen von der Jugendwohlfahrt ein, während vergleichsweise geringe Kosten anfielen. Die meisten Arbeiten im Heim wurden ohnehin von den Kindern selbst erledigt. Sie schrubbten Böden, putzten sanitäre Einrichtungen, wuschen und bügelten Wäsche, leisteten Küchenhilfsdienste, Gartenarbeit und vieles mehr, während die Schulbildung auf ein Mindestpflichtmaß in der Sonderschule oder bestenfalls im B-Zug der Hauptschule beschränkt war. Die älteren Zöglinge mussten Zwangsarbeit für Lampenhersteller, Feuerzeugproduzenten, Bürstenmacher, Bekleidungsfirmen und ähnliche Betriebe verrichten, die den Lohn direkt an das Heim überwiesen. Davon bekamen die Jugendlichen höchstens ein geringes Taschengeld oder eine »Prämie« und waren vielfach nicht einmal kranken- und sozialversichert.

Andere Kinder wuchsen auf Pflegestellen bei Bauern

auf und mussten auf deren Höfen schuften. Dort ging es den Mädchen und Buben auch nicht besser. Die meisten wurden genauso gepeinigt, missbraucht und vergewaltigt.

Je weiter sich Sandra in die abscheuliche Vergangenheit der Jugendfürsorge in Österreich vertiefte, desto mehr wuchs ihr Zorn auf die Täter, die für ihre Taten niemals belangt worden waren. Und auf die Täterinnen, die es zustande brachten, Kinder dermaßen grausam zu misshandeln. Die feministische Theorie, dass die Welt eine bessere wäre, wenn sie nur von Frauen regiert würde, war durch die Aufdeckung des Kinderheim-Skandals eindeutig widerlegt.

Die Vorfälle hatten sich größtenteils in den 1950er-, 60er- und 70er-Jahren ereignet und waren strafrechtlich längst verjährt. Betroffene konnten sich an Opferschutzeinrichtungen wenden, um viel zu spät, aber immerhin doch noch therapeutische, rechtliche und finanzielle Hilfe zu erhalten. Jedoch konnte keine Maßnahme dieser Welt die erlittenen Qualen wiedergutmachen. Wie viele junge Seelen zerbrochen waren, wie viele Leben zerstört oder gar ausgelöscht wurden, auch durch Suizide, ließ sich kaum ermessen.

Sandra war buchstäblich schlecht vor Zorn. Sie stand auf, um frische Luft zu schnappen.

»Alles in Ordnung?«, erkundigte sich Anni, als sie, immer noch in Gedanken, das Fenster öffnete.

Sandra nickte. »Zieht's dir?«, fragte sie.

»Nein, nein, passt schon. Ein bisschen frische Luft kann nicht schaden. Außerdem geh ich jetzt mittagessen, wenn du nichts dagegen hast.«

»Geh ruhig, Anni. Mahlzeit!« Die erschütternden Berichte hatten Sandra vorerst den Appetit verdorben. Sie hätte jetzt keinen Bissen hinuntergebracht. Allein im Büro, schaute sie auf den Parkplatz hinunter und sog die frische, kühle Luft tief ein. Das trübe Novemberwetter passte zu ihrer Stimmung. Wenigstens regnete es heute nicht mehr, und am Nachmittag sollte es sogar aufklaren.

Wieder kamen ihr Elisabeth Fleischanderl und Birgit Stallhofer in den Sinn. Hatte die Erzieherin damals das Mädchen und die anderen ihr anvertrauten Heimkinder misshandelt und ihnen womöglich noch Schlimmeres angetan? Wenn das der Fall war, gab es etliche Frauen mit einem starken Tatmotiv. Doch wer immer diese Tat aus Rache begangen hatte, warum erst jetzt – nach so vielen Jahren? Dieselbe Frage hatte Bergmann bereits gestellt, aber Sandra wusste noch immer keine Antwort darauf. Sie kehrte an ihren Schreibtisch zurück, um den Posteingang zu prüfen. Tatsächlich war das heiß ersehnte E-Mail des Gerichtsmedizinischen Instituts inzwischen eingegangen. Sie öffnete dieses gespannt, als Bergmann zur Tür hereinpolterte.

»Sollen wir hier erfrieren oder was hast du vor?«, fragte er.

»Hm?« Sandra fiel erst jetzt auf, dass sie vergessen hatte, das Fenster zu schließen. »Du kannst es gerne zumachen«, sagte sie zu Bergmann, der bereits davorstand, und scrollte zum Ergebnis des forensischen Gebissabgleichs ante und post mortem hinunter.

»Gibt es Neuigkeiten?«, erkundigte sich der Chefinspektor, nachdem er ihrer Aufforderung nachgekommen war.

»Allerdings …« Sandra blickte von ihrem Bildschirm auf, während sich Bergmann an seinen Schreibtisch begab. »Die Identität der Kellerleiche wurde gerade bestätigt,« verkündete sie, was sie soeben gelesen hatte. »Zweifelsfrei handelt es sich um Elisabeth Fleischanderl.«

Bergmann lehnte sich auf seinem Bürosessel zurück und drehte einen Bleistift zwischen seinen Fingern, während er ihr zuhörte, was sie über Elisabeth Fleischanderl, Franz

Schmölzerl und den Kinderheim-Skandal in Erfahrung gebracht hatte.

»Heftig«, meinte der Chefinspektor sichtlich betroffen und warf den Bleistift auf den Schreibtisch. Die Mine war bestimmt abgebrochen, was ihn normalerweise sofort zum Spitzer hätte greifen lassen. »Wir sollten uns Birgit Stallhofer vornehmen«, entschied er, was Sandra ohnehin auch vorgeschlagen hätte.

»Sollte sie nicht die Täterin sein, könnten wir einen Aufruf veröffentlichen, der die ehemaligen Heiminsassinnen auffordert, sich bei uns zu melden«, sagte sie.

»Was sollte uns das bringen?«, wandte Bergmann ein. »Glaubst du ernsthaft, die Täterin würde unserem Aufruf folgen? Sie würde sich doch nicht freiwillig bei der Polizei melden und riskieren, dass sie überführt wird.«

Damit hatte der Chefinspektor wohl recht. »Aber vielleicht erfahren wir auf diesem Weg etwas über andere Frauen, die Elisabeth Fleischanderl aus derselben Motivation heraus getötet haben könnten«, argumentierte Sandra.

»Diese Heimgeschichten sind doch schon ewig her«, zeigte sich Bergmann abermals skeptisch.

»Das macht sie aber nicht ungeschehen. Außerdem könnte es einen frischen Impuls für die verspätete Rache gegeben haben«, überlegte sie laut. Bloß welchen?

»Und wenn es gar kein Racheakt einer ehemaligen Heiminsassin war?«, entgegnete Bergmann. »Ich würde andere Tatmotive jedenfalls noch nicht ausschließen. Wenn der Kogelbauer uns keinen Bären aufgebunden hat, könnten auch die Männer, die er beim *Leinzingerhaus* gesehen haben will, die Tat begangen haben. Aus Hass auf Frauen zum Beispiel, oder in einem direkten Konflikt mit der alten, äußerst streitlustigen Dame.«

Wieder musste Sandra ihm zustimmen. »Vielleicht hatte sie Streit mit einem Pfleger im Seniorenheim«, erinnerte sie ihn an den dunkelbärtigen Mitarbeiter, der ihnen letztens über den Weg gelaufen war. »Elisabeth Fleischanderl soll das Pflegepersonal ja sehr schlecht behandelt haben.«

»Eben. Wenn er Muslim ist, ist er vermutlich patriarchalisch geprägt und würde ein solches Verhalten von einer Frau vielleicht nicht ungestraft hinnehmen«, strapazierte Bergmann ein Klischee, das die Erfahrung leider allzu oft bestätigte. »Sie könnte aber auch mit dem *Schilchertaxi* gefahren sein und sich mit einem muslimischen Fahrer angelegt haben«, spielte er auf Amir Jamaluddin an.

Sandra zuckte mit den Achseln. Ausgeschlossen war auch das nicht. »Glaubst du, dass sich der Altenpfleger und der Taxifahrer kennen?«

»Wahrscheinlich«, meinte Bergmann. »Am Land kennt doch jeder jeden. Warum sollte das gerade unter jungen Männern, die aus einem fremden Kulturkreis zugezogen sind, anders sein?«

Tatsächlich waren die beiden in einem ähnlichen Alter, überlegte Sandra, aber vermutlich auch nicht die Einzigen mit Migrationshintergrund in der Region, die der Kogelbauer am Reinischkogel gesehen haben konnte. Auch Gäste und Ausflügler waren als Täter nicht auszuschließen, die weiß Gott woher kommen konnten. Die Gästeliste der Hütten vom Alpenverein musste her, um die sie Anni gebeten hatte.

Bergmann spitzte seinen Bleistift, während er seine nächsten Gedanken mit Sandra teilte. »Der Pfleger hat sich tagtäglich in der Nähe von Frau Fleischanderl aufgehalten, aber auch der Taxifahrer könnte mit ihr auf den Reinischkogel gefahren sein«, spekulierte er. »Vielleicht ging es ja doch um das Vermögen der Frau, das mit Foltermethoden erpresst werden sollte«, griff er ein früheres mutmaßliches Tatmotiv wieder auf. »Wir sollten auf alle Fälle eine Finanzauskunft einholen«, meinte er. Sei es von der Bank oder vom Erwachsenenvertreter der Verstorbenen. Er musste ohnehin den Staatsanwalt anrufen, um ihn zu informieren und die erforderlichen Beschlüsse zu erwirken.

»Ich lade gleich die behördliche Todesanzeige hoch, damit du darauf zugreifen kannst«, sagte Sandra und speicherte alle Anlagen in der Akte. Damit war Elisabeth Fleischanderl hochoffiziell als Opfer einer Gewalttat verstorben.

»Lass uns dann nach Stainz fahren, um den Pfleger zu befragen«, sagte Bergmann.

»Wir sollten ohnehin die Habseligkeiten des Opfers aus dem Seniorenheim abholen, bevor womöglich etwas verschwindet«, erwiderte Sandra. Dieses Tatszenario war zwar reine Spekulation, dennoch durften sie keine Zeit verlieren. Wenn der Pfleger in das Verbrechen involviert war, konnte er jederzeit Beweismittel vernichten oder sie bereits vernichtet haben. »Ich rufe Barbara Hopfinger an, um sie vom Tod der Heiminsassin zu informieren«, fuhr sie fort. »Sie soll uns gleich ihre Sachen zum Abholen herrichten.« Außerdem wollte Sandra die Pflegedienstleiterin zu den männlichen Mitarbeitern mit und ohne Migrationshintergrund befragen, auf die die dürftige Personenbeschreibung von August Stallhofer passte.

»Warst du schon mittagessen?«, erkundigte sich Bergmann, als Sandra zum Hörer griff.

»Nein, wir könnten in Stainz etwas essen.« Die meisten Lokale waren Anfang der Woche zwar geschlossen, aber verhungern würden sie im Schilcherland bestimmt nicht.

Bergmann war einverstanden.

»Was machen wir mit den Kogelbauern?«, fragte Sandra.

»Denen werden wir nach dem Seniorenheim einen Überraschungsbesuch abstatten.« Sollte das Ehepaar nicht zu sprechen sein, würde er dieses ehebaldigst vorladen lassen. Bergmann griff zum Telefon, um den Staatsanwalt anzurufen, während Sandra die Nummer des Pflegeheims wählte.

27. Dezember 1977

Am Heiligen Abend war Bescherung im Speisesaal. Der Christbaum auf der Veranda ist mit unseren selbstgebastelten Strohsternen, roten Kugeln, Kerzen und Bändern geschmückt. Lametta wie bei uns zu Hause gibt es keines, auch keine Sternspritzer. Dafür haben die Kerzen am Baum am Weihnachtsabend gebrannt, und auf dem Boden waren bunt verpackte Geschenke verstreut. Bevor jedes Mädchen seine Packerln suchen und aufmachen durfte, haben wir Gedichte aufgesagt und Weihnachtslieder gesungen, die im Advent geprobt worden sind.

Der Herr Direktor hat nicht mitgesungen, aber milde gelächelt. Die Frau Höllerer hat bei jedem vergessenen Wort und falschen Ton die Augen verdreht, aber nichts gesagt. Und dem Fräulein Wegscheid sind sogar ein paar Tränen übers Gesicht gekullert.

Beim »Stille Nacht« habe ich dann auch weinen müssen, weil ich doch zu Hause mit der Mutti Weihnachten feiern wollte. Ohne den Karl. Jetzt ist sie tot, und wir können nie mehr wieder zusammen feiern. Für meine Tränen am Weihnachtsabend haben sie mich ausnahmsweise nicht bestraft. Unter dem Christbaum sind drei Packerl für mich gelegen. Im größten war ein petrolfarbiger Anorak mit einer Kapuze, im anderen ein langer gelb-grün-rot geringelter Strickschal mit Fransen, der überhaupt nicht zum Anorak passt. Aber er ist sehr warm, und ich kann ihn zu meiner alten dunkelblauen Winterjacke tragen. Im dritten Packerl war ein Buch mit 752 Seiten, über das ich mich am meisten gefreut habe. »Es muß nicht immer Kaviar sein«

heißt der Roman von Johannes Mario Simmel. Er ist zwar für Erwachsene geschrieben, aber trotzdem leicht zu lesen.

Nach der Bescherung ist der Herr Schmölzerl gleich zu seiner Familie nach Hause gefahren. Er hat einen Sohn und eine Tochter, die schon erwachsen sind, hat mir die Judith erzählt. Sie kennt den Herrn Direktor schon viel länger als ich. Ob er seine eigenen Kinder früher auch so behandelt hat wie uns? Und ob seine Frau weiß, was er mit den Zöglingen im Heim treibt? Die Frau Höllerer ist angeblich Witwe. Ihr Mann soll sich umgebracht haben. Das wundert mich nicht bei dieser Frau.

Zum Abendessen hat es Bratwürstel mit Erdäpfelsalat gegeben. Es hat köstlich geschmeckt. Anschließend haben wir so viele Schneeballen und Weihnachtskekse essen dürfen, wie wir wollten. Die Vanillekipferl mag ich am allerliebsten. Warum kann nicht immer Weihnachten sein?

Am ersten Weihnachtstag ist mir ein kleines Mädchen auf der Veranda aufgefallen, das mit einem Teddybären gespielt hat. Nicht mit irgendeinem, sondern mit meinem! Der Johnny hat ein weißes Hemd statt seinem Ringelpulli angehabt, aber trotzdem habe ich ihn wiedererkannt und die Kleine gefragt, ob sie mir ihren Teddy zeigen kann.

Sie hat den Kopf geschüttelt und den Johnny fest an sich gedrückt. Er heißt jetzt Toni. So nennt man einen Bauernbuben, aber doch keinen Teddybären aus Amerika! Meine Oma hat ihn mir von einer Reise mitgebracht, kurz bevor sie gestorben ist. Aber das kann die Kleine ja nicht wissen. Sie heißt Christine und ist erst sieben Jahre alt.

Am liebsten hätte ich ihr den Johnny mit Gewalt entrissen. Nur, um mir mein Geld zurückzuholen. Aber es war ja Weihnachten. Und die Frau Höllerer war in der Nähe. Also habe ich die Christine in Ruhe gelassen. Ich werde sie im Auge behalten. Bei der erstbesten Gelegenheit hole ich mir mein Geld zurück, wenn es noch da ist. Ihren Toni kann sie meinetwegen behalten. Ich brauche ihn nicht mehr.

Das beste Weihnachtsgeschenk von allen hat die Judith bekommen. Einen Radio-Kassettenrekorder! Er ist zwar nicht neu, aber es funktioniert alles. Gestern haben wir im Zimmer Radio gehört und dabei eine Kassette mit Hits von Smokie, Boney M., Baccara und Abba aufgenommen. Einmal hat es einen Bandlsalat gegeben. Aber die Judith hat das Band mit einem Bleistift wieder aufgewickelt. Dann haben wir noch ein Lied vom Frank Zander aufgenommen. Er singt von einer Susi, die 14 Jahre alt ist. Genau wie unsere Susi. Komischer Zufall. Aber so selten ist der Name Susanne ja auch wieder nicht. Wir haben den Refrain laut mitgesungen. Die Stellen, die nicht jugendfrei sind, sind mit so lustigen Geräuschen unterlegt.

»Oh Susi, was hast Du getan?
Oh Susi, Du machst mich so an.
Meine … die wächst wie ein … in Deiner Hand,
denn ich bin doch auch nur ein Mann …«

Ich mag keine Männer. Außer vielleicht den Norbert. In der Weihnachtsnacht hat er uns ältere Zöglinge und ein paar Erzieherinnen mit dem Bus zur Christmette in den Ort hinuntergeführt. In der Kirche war es eiskalt, und wir haben stehen müssen, weil schon alle Plätze besetzt waren. Es war aber trotzdem ein sehr feierlicher Gottesdienst. Die alten Weihnachtslieder, die eine Volksmusikgruppe gespielt und gesungen hat, habe ich noch nie im Leben gehört. Aber sie haben mir gut gefallen, vor allem die Steirische Harmonika mag ich. Sie hat auf beiden Seiten Knopferln, keine Tasten. »Quetschn« sagen sie hier dazu oder auch »Ziach«, weil man das Instrument beim Spielen auseinanderzieht und wieder zusammenquetscht.

Auf dem Rückweg von der Kirche zum Bus hat mir der Norbert gestanden, daß er mich sehr gern hat und mit mir gehen möchte. Er hat mich auch gefragt, ob ich ihm wieder einmal einen blasen kann. Das traue ich mich aber nimmer. Er soll lieber den Direx fragen, ob er ihm erlaubt, sich mit mir zu treffen. Jetzt bin ich ja schon 14. Aber er darf dem Herrn Schmölzerl auf keinen Fall erzählen, daß ich es ihm schon einmal besorgt habe. Und daß er mich nach Graz geführt hat.

Der Hans war auch wieder bei mir. Ich bin ihm schon abgegangen, hat er gesagt. Das letzte Mal haben wir uns am Bahnhof gesehen, als ich ausgerissen bin und mich die Polizei wegen seiner blöden Schreierei erwischt hat.

Aber ich bin ihm nicht böse. Die Mutti war ja damals schon tot. Auch wenn ich es noch nicht gewußt habe. Inzwischen habe ich auch erfahren, wo sie am Wiener Zentralfriedhof begraben ist. Der Karl liegt Gott sei Dank woanders. Sie haben ihn ins Waldviertel zurückgebracht, wo er herkommt. Sein Grab werde ich nie und nimmer besuchen. Ich hoffe, er schmort jetzt in der Hölle, und die Mutti wartet im Himmel auf mich.

KAPITEL 18

Sandra parkte den Dienstwagen vor der Trafik in Stainz und stellte die Ankunftszeit auf der Parkscheibe ein, um sie hinter der Windschutzscheibe zu platzieren, für den Fall, dass die Kurzparkzone kontrolliert wurde. Stainz zählte zu den wenigen steirischen Gemeinden, die noch keine Parkscheinautomaten aufgestellt hatten, um Parkgebühren zu kassieren. Überhaupt tickten die Uhren hier ein wenig anders.

Während die Geschäfte in den meisten anderen ländlichen Gemeinden längst auf die grüne Wiese am Ortsrand abgewandert waren, wo schmucklose Zweckbauten, versiegelte Parkflächen und funktionelle Kreisverkehrsanlagen die Einkaufszentren prägten, gab es in der Erzherzog-Johann-Gemeinde noch ein charmantes Ortszentrum mit florierenden Geschäften und Gastronomiebetrieben, die vor allem mit regionaler Qualität punkteten.

Gleich an der nächsten Ecke stand seit über 100 Jahren ein bekanntes Traditionskaufhaus, das als wichtiger Nahversorger stets mit der Zeit ging und innovative Wege beschritt. Im Lebensmittel- und Drogeriemarkt wurden verstärkt biologische regionale Lebensmittel und umweltschonende nachhaltige Produkte angeboten. Der Kaffee wurde vor Ort geröstet und im hauseigenen Kaffeehaus serviert. Darüber hinaus konnte man hier Bücher, Papier- und Spielwaren einkaufen und sich im Modehaus unter anderem mit fairer Mode einkleiden. Auf dem Hauptplatz ums Eck wurden die Feste seit jeher gefeiert, wie sie fielen, wobei dessen Renovierung vor einigen Jahren nicht unumstritten gewesen war. Auf der relativ großen Fläche hätten einige zusätzliche Bäume Platz gefunden, die Schatten spendeten und das Auge erfreuten. Aber immerhin konnte der neue Hauptplatz jetzt auch technisch dem Ansturm der Besucher standhalten, die sich jahrein, jahraus zu allen möglichen Anlässen dort tummelten. Sei es an den Markttagen, während der *Schilchertage*, bei den *Schilcherläufen*, auf den Adventmärkten und bei allen weiteren Veranstaltungen.

Sandra und Bergmann überquerten die Straße, um das Wirtshaus im 4-Sterne-Hotel gegenüber zu besuchen. Zum Mittagessen waren sie zu spät gekommen, gekocht wurde erst wieder ab 17.30 Uhr, aber die Stainzer Rohschinkenplatte war umso rascher serviert und schmeckte köstlich.

Zum Seniorenheim hätten sie in wenigen Minuten zu Fuß spazieren können. Inzwischen zeigte sich sogar die Sonne. Da sie jedoch die Sachen der Verstorbenen abholen wollten, fuhren sie mit dem Auto.

Auch diesmal fanden sie die Pflegedienstleiterin in ihrem Büro vor. Die Anzeige des Todes hatte Sandra der Unterkunftgeberin der verstorbenen Heimbewohnerin bereits geschickt.

»Ich habe die persönlichen Gegenstände von Frau Fleischanderl für Sie heraufbringen lassen«, sagte Barbara Hopfinger und zeigte auf einen gelben Plastiksack in der Ecke, in dem üblicherweise Leichtverpackungen gesammelt und entsorgt wurden.

Sandra schluckte. Dass ein paar Habseligkeiten in einem Müllsack alles waren, was von einem langen Leben übrig blieb, fand sie traurig.

»Ihre Original-Dokumente habe ich zu ihrem Erwachsenenvertreter hinüberbringen lassen«, fuhr die Rothaarige fort, die an diesem Tag einen königsblauen Pullover zu schwarzen Leggings trug. Derselbe Notar würde auch die Verlassenschaft abwickeln und der Kriminalpolizei eine Finanzauskunft der Verstorbenen zukommen lassen.

»Könnten wir dann bitte mit dem Pfleger sprechen?«, fragte Sandra, die der Pflegedienstleiterin den jungen Mann am Telefon beschrieben hatte. Tatsächlich kam nur ein einziger Mitarbeiter in Frage. Khalid Hashimi war 2015 aus Afghanistan geflüchtet und seit drei Jahren im Seniorenheim beschäftigt. Seine Chefin hielt große Stücke auf den höflichen, einfühlsamen Mann, der bei den Patienten sehr beliebt war. Außer bei Elisabeth Fleischanderl. Aber die hatte sowieso niemanden gemocht. Nicht einmal sich selbst. »Soll ich Herrn Hashimi anpiepsen, damit er kommt?«

Sandra nickte. »Ja, bitte.«

Die Pflegerin griff zum Funktelefon, das auf dem Tisch lag. »Aber sind Sie bitte nicht allzu streng mit ihm. Er hat zwar ein unbefristetes Aufenthaltsrecht in Österreich, aber noch immer Angst, dass er das Land wieder verlassen muss.«

Solange der junge Mann nicht straffällig wurde, hatte er nichts zu befürchten, dachte Sandra. Eine Verurteilung würde jedoch ausländerrechtliche Konsequenzen nach sich ziehen, bis hin zur Abschiebung. Während sich die Frauen weiter über Khalid Hashimi unterhielten, klopfte es so leise an der Tür, dass nur Bergmanns feine Ohren es wahrnahmen.

»Herein«, sagte er, nachdem sonst niemand reagierte.

Die Frauen sahen verwundert zur Tür, als diese aufging und der bärtige junge Mann zögerlich hereinspähte.

»Komm eini, Khalid«, sprach seine Vorgesetzte ihn auf Steirisch an. »Setz di her da.«

Sandra begrüßte den Pfleger, der sich zu ihnen gesellte, und stellte sich und Bergmann vor.

Khalid Hashimi erstarrte vor Schreck, als ihm klar wurde, dass ihn die Kriminalpolizei befragen wollte. »Ich nix tan«, verteidigte er sich vorsorglich.

Barbara Hopfinger stand auf. »Ich lass dich jetzt allein mit den beiden Kommissaren.«

Die Ermittler ignorierten die falsche Berufsbezeichnung, die es bei der österreichischen Polizei gar nicht gab, die sich durch die vielen deutschen Krimis im Fernsehen jedoch immer weiter verbreitete.

»Wennst fertig bist, machst die Tür zu, Khalid. Ich hab noch in der Hausapotheke zu tun.« Seine Chefin verabschiedete sich, um am Absatz wieder kehrtzumachen. »Wo habe ich heute nur meinen Kopf?«, schwenkte sie auf Hochdeutsch um. »Könnten Sie mir bitte die Übernahme der Sachen von Frau Fleischanderl bestätigen?« Sie holte ein Formular von ihrem Schreibtisch, das sie vorbereitet hatte.

Sandra überflog die bereits bekannte Inventarliste und zeichnete sie ab, bevor die Pflegedienstleiterin ihr Büro verließ. »Können Sie mich gut verstehen, Herr Hashimi?«, wandte sie sich dann an den Pfleger.

Der junge Mann zuckte mit den Achseln, während er seine Handflächen unter dem Tisch an seiner weißen Arbeitshose rieb. »Verstehen gut, sprechen nix gut.«

Sandra lächelte ihn freundlich an. »Wir schaffen das schon«, meinte sie zuversichtlich. Und wenn nicht, würden sie ihn ins LKA einbestellen und einen Dolmetscher hinzuziehen. »Wann haben Sie Frau Fleischanderl denn zum letzten Mal gesehen?«, fragte sie.

»Ich der Polizei schon alles sagen.« Allerdings konnte er sich nicht mehr konkret an seine Aussage erinnern, die er vor einigen Wochen zu Protokoll gegeben hatte.

Sandra, die zuvor noch einmal in der Fahndungsakte nachgelesen hatte, konnte es. »Sie haben damals ausgesagt, dass Sie Frau Fleischanderl am Samstag, dem 30. September nach dem Mittagessen in ihr Zimmer begleitet haben. Zwischen 12.30 und 12.45 Uhr. Wenige Stunden später wurde sie bei der Polizei als vermisst gemeldet«, half sie ihm auf die Sprünge.

Khalid Hashimi sah sie nervös an. »Ja, dann es stimmt so ...«

»Und danach haben Sie die alte Dame nie wieder gesehen?«

Der junge Mann schüttelte den Kopf und senkte den Blick.

»Ist Ihnen klar, dass Sie uns die Wahrheit sagen müssen? Ansonsten schweigen Sie lieber«, riet ihm Bergmann in harschem Tonfall.

Khalid Hashimi sah erschrocken auf.

»Kennen Sie Herrn Amir Jamaluddin?«, fragte Sandra.

Der Pfleger nickte. Der Schweiß stand ihm auf der Stirn.

»Und woher?«

»Aus Asylheim. Wir zusammen nach Stainz kommen.«

»Sind Sie miteinander befreundet?«

Erneut nickte ihr Gegenüber mit bangem Blick und wischte seine Hände, die vermutlich schweißnass waren, erneut an seiner Hose ab.

»Wir wollen Ihnen nichts Böses, Herr Hashimi«, sagte

Sandra so sanft wie möglich. »Sie brauchen nur unsere Fragen zu beantworten und bei der Wahrheit zu bleiben. Verstehen Sie alles, was ich sage?«, vergewisserte sie sich abermals.

Khalid Hashimi bejahte leise.

Für einen kurzen Moment glaubte Sandra, hinter seinem dunklen Rauschebart den Anflug eines Lächelns zu bemerken. »Waren Sie schon einmal am Reinischkogel?«, fragte sie weiter. »Vielleicht mit Ihrem Freund Amir?«

Sie erntete ratloses Kopfschütteln. Um dem jungen Mann bei der Orientierung zu helfen, öffnete sie die Satellitenkarte auf ihrem Handy. »Jemand will Sie und Amir Jamaluddin bei diesem alten Haus im Wald gesehen haben. Zwei Tage, bevor Frau Fleischanderl verschwunden ist«, sagte sie und zeigte ihm das *Leinzingerhaus* auf der Karte. »Genau hier … Kann das stimmen? Oder irrt sich dieser Zeuge?« Dass Khalid Hashimi am fraglichen Donnerstag freigehabt hatte, wusste sie bereits von seiner Chefin.

Der Mann schluckte und schwieg.

»Herr Hashimi«, platzte Bergmann der Kragen. »Reden Sie jetzt! Oder wollen Sie lieber ins Landeskriminalamt mitkommen?«, polterte er.

Sandra sah die Panik in den fast schwarzen Augen des Pflegers.

Plötzlich sprang er auf und stürzte zur Tür, die nach innen aufging, was ihn einige Sekunden kostete, die Bergmann nutzte, um ebenfalls aufzustehen und seine Dienstwaffe zu ziehen.

»Bleiben Sie stehen oder ich schieße!«, rief er, als der Pfleger aus dem Zimmer flüchtete. Bergmann rannte um den Tisch herum und dem Mann hinterher.

Sandra griff nach ihrer Glock, als draußen ein Schuss fiel.

Im Schutz des Türrahmens blieb sie stehen und lugte um die Ecke. Auf dem Gang rang Bergmann gerade den jungen Mann nieder, dem anscheinend eine Rollstuhlfahrerin in die Quere gekommen war. War das nicht die Heimbewohnerin, deren Tochter sie bei ihrem letzten Besuch angesprochen hatte?

»Was machen S' denn da?«, schrie die alte Dame den Chefinspektor an, der auf den Beinen des jammernden Pflegers kniete, um ihm hinterrücks die Handschellen anzulegen.

Beide Männer schienen unverletzt zu sein. Offenbar hatte Bergmann vorhin nur einen Warnschuss abgegeben, stellte Sandra erleichtert fest.

»Jetzt hörn S' doch auf! Lassen S' den Khalid in Ruh!« Die Alte rollte auf Bergmann zu und kickte ihm ihren Filzhausschuh in die Flanke.

Sandra stürmte hinaus, die Pistole auf den Boden gerichtet. »Stopp! Polizei! Niemand rührt sich von der Stelle!«, forderte sie alle Umstehenden auf.

Auch die beiden Pflegerinnen, die zur Hilfe geeilt waren, blieben wie angewurzelt stehen. Die Rollstuhlfahrerin ließ von Bergmann ab, und es klickten die Handschellen.

»Gehen Sie bitte unverzüglich in Ihr Zimmer«, sagte Sandra streng, während sich der Chefinspektor vom Boden aufrappelte und anschließend dem Gefesselten aufhalf.

»Ich kann nimmer gehn, nur mehr fahrn«, erwiderte die Alte schnippisch und rollte von dannen.

Trotz der angespannten Situation musste Sandra schmunzeln.

»Ruf die Kollegen an, Sandra! Sie sollen sich um den Herrn hier kümmern«, sagte Bergmann. »Die Show ist vorbei!«, rief er den Umstehenden zu.

Zu dritt kehrten sie ins Büro zurück.

»Hinsetzen!«, ordnete Bergmann an, blieb selbst jedoch stehen, während er den vorläufig Festgenommenen über seine Rechte aufklärte.

Sandra lehnte etwas abseits am Schreibtisch und blickte zur Tür, als die Pflegedienstleiterin erschien, die über den Tumult informiert worden war.

»Was machst denn für Sachen, Khalid?«, fragte sie besorgt.

»Herr Hashimi wollte flüchten«, antwortete Sandra.

»Aber warum denn?« Barbara Hopfinger sah ihren Mitarbeiter, dessen Kopf gebeugt war, stirnrunzelnd an.

»Das würde uns auch interessieren«, sagte Bergmann.

Die Pflegedienstleiterin ließ sich auf den Sessel gegenüber fallen. »Also, was ist los?«, forderte sie eine Antwort von Khalid Hashimi.

»Ich haben Angst, Sie mich zurückschicken«, jammerte er.

Sandra nahm ihm die Verzweiflung ab.

»Das kommt ganz darauf an, was Sie ausgefressen haben«, sagte Bergmann. »Heute dürfen Sie auf alle Fälle kostenlos bei uns in Graz übernachten«, fügte er hinzu.

Wenig später wurde Khalid Hashimi von zwei uniformierten Kollegen abgeführt, die ihn zur Verwahrungshaft nach Graz überstellten.

Bergmann schulterte den gelben Sack, der nicht besonders schwer war, und folgte Sandra zum Dienstwagen. »Könntest du deine dreckigen Sneakers heute mitnehmen?«, fragte sie, als sich die Heckklappe öffnete.

»Schmeiß sie weg«, sagte Bergmann und stopfte den Müllsack hinein. »Sie sind eh schon alt.«

Warum hatte er das nicht gleich gesagt?

Sie stiegen in den Wagen ein. Unterwegs telefonierte Bergmann noch einmal mit dem Staatsanwalt. Diesmal wegen Khalid Hashimi.

KAPITEL 19

Sandra fuhr am Buschenschank am Hochgrail vorbei, als Bergmann das Telefongespräch mit dem Staatsanwalt beendete. Auf Höhe der Abzweigung zum *Wein- und Kastanienhof* klingelte sein Handy.

»Servus, Jörg!«, begrüßte er den Leiter der Tatortgruppe.

Sandra gestikulierte ihm, dass er den Lautsprecher einschalten solle, damit sie mithören konnte. Doch der Chefinspektor ignorierte ihre Zeichen.

»Hochinteressant«, sagte er, nachdem er eine Weile zugehört hatte. »Das könnte tatsächlich eine heiße Spur sein. Kannst du mir die Fotos gleich schicken?« Er lauschte abermals, bevor er weitersprach. »Dann werden wir uns diesen Herrn ehestmöglich vornehmen«, sagte er und verabschiedete sich von Jörg Schöffmann.

»Wen willst du dir vornehmen?«, fragte Sandra und warf ihm einen fragenden Blick zu.

Ihr Beifahrer musterte sie stumm von der Seite.

Sandra richtete ihre Aufmerksamkeit wieder auf die Fahrbahn.

»Georg Steinbauer«, betonte Bergmann den Namen nahezu genüsslich und legte eine Kunstpause ein, um ihre Reaktion abzuwarten.

Sandra blickte stur geradeaus auf die Fahrbahn und sagte nichts. Der Chefinspektor sollte nicht bemerken, dass diese Nachricht sie überraschte.

»Dein fescher Förster hat es ganz nach oben auf die Liste der Verdächtigen geschafft«, legte er ein Scherflein nach.

Jetzt reichte es Sandra. »Er ist nicht *mein* Förster!«, schnauzte sie ihren Beifahrer an, was dieser auch noch witzig fand. Viel mehr als über sein dümmliches Grinsen ärgerte sie sich über sich selbst. Wieder einmal hatte es dieser Rüpel geschafft, sie aus der Fassung zu bringen. Sie atmete bewusst ihren Zorn aus und begann in Gedanken bis zehn zu zählen.

Bei »drei« bog sie an der kleinen Kirche in Sommereben ab, als ihr Blick den Wald streifte. Zwischen den Bäumen lag noch etwas Schnee, der gestern bis in mittlere Lagen gefallen war. Das Meiste war aber heute bereits wieder weggetaut. Weiter als bis »acht« kam Sandra mit dem Zählen nicht.

»Willst du gar nicht wissen, wodurch sich Georg Steinbauer verdächtig gemacht hat?«, fragte Bergmann.

Selbstverständlich interessierte sie das. »Aber nur, wenn du sachlich bleibst«, erwiderte sie scheinbar emotionslos.

Bergmann überging ihre Bedingung. »Laut KPU handelt es sich bei den Kabelbindern, mit denen die Hände des Opfers gefesselt waren, um ein altes Fabrikat aus den USA, das seit geraumer Zeit nicht mehr produziert wird. Selbst im Internet lassen sich keine Restbestände mehr auftreiben.«

Obwohl ihr Zorn noch nicht vollständig verraucht war, bemühte sich Sandra, aus der neuen Information einen logischen Schluss zu ziehen. »Die Familie Leinzinger lebt doch schon lange in den USA«, sprach sie ihre erste spontane Assoziation aus. »Vielleicht haben sie diese alten Kabelbinder im Haus zurückgelassen, als sie ausgezogen sind.«

Bergmann schloss ihre Theorie aus und setzte zu einer Erklärung an. »Die ersten Kabelbinder wurden in den

USA erfunden. Ein amerikanisches Elektrounternehmen hat die sogenannten *Ty-Raps* ursprünglich für die Flugzeugindustrie produziert und ab 1958 erfolgreich vermarktet. Ich erspare dir jetzt die technischen Details, die für unsere Spurenauswertung entscheidend waren. Nur so viel: Die Kabelbinder, die der Täter verwendet hat, wurden zwischen 1970 und 1982 produziert – lange nachdem die Familie Leinzinger aus dem Haus am Reinischkogel ausgezogen ist. Außerdem war dieses Modell damals weltweit, sogar in der Steiermark erhältlich«, fügte er ein wenig abwertend hinzu.

»Was heißt *sogar*?«, unterbrach Sandra seine Ausführungen. »Selbst dir dürfte nicht entgangen sein, dass die Steiermark ein Industrieland ist, das sich in den vergangenen Jahrzehnten zu einem internationalen Technologiestandort mit enormem Innovationspotenzial entwickelt hat«, stellte sie klar. »Abgesehen davon: Wenn es diese Kabelbinder damals überall gegeben hat, könnte sie doch jeder gekauft haben. Die Kogelbauern zum Beispiel. Auch jüngere Semester wie die beiden Afghanen und Christian Zwettler haben vielleicht Zugriff auf Restbestände, wenn sie diese irgendwo gefunden oder aufgetrieben haben«, überlegte sie laut. Darüber hinaus kam freilich auch jeder andere infrage, der ein Tatmotiv hatte.

»Du hast Georg Steinbauer vergessen«, ergänzte Bergmann ihre Aufzählung. »Wenn du mich weiterreden lässt, kann ich dir auch den Grund für diesen Verdacht nennen.«

»Und worauf wartest du?«, fragte Sandra immer noch verstimmt.

Bergmann seufzte, ehe er fortfuhr. »Der Förster hat einem Polizisten die Hausschlüssel vom *Leinzingerhaus* für die Tatortermittlungen ausgehändigt. Sie waren mit einem Kabelbinder aus derselben Charge zusammengebunden, aus der auch die Fesseln an den Handgelenken des Opfers stammen.«

Sandra stockte kurz der Atem, während sie nach einer Erklärung suchte. »Aber das hat doch nichts zu bedeuten, wenn sich diese Kabelbinder vielleicht doch im *Leinzingerhaus* befunden haben«, sagte sie, als sie ihre Sprache wiederfand.

»Dort hat die Tatortgruppe aber keine Kabelbinder aus dieser Charge gefunden«, stellte Bergmann klar und wartete vorerst vergeblich auf ihre Antwort.

Die Information musste Sandra erst einmal verdauen. »Vielleicht hat Georg Steinbauer die Schlüssel gar nicht selbst zusammengebunden«, sagte sie nach einer Weile. »Er verwaltet das Haus ja erst seit zehn Jahren. Außerdem: Welches Tatmotiv soll er denn gehabt haben?«

Bergmann zuckte mit den Achseln. »Ich habe nicht die leiseste Ahnung. Du vielleicht?«

Sandra funkelte ihn von der Seite an. Dachte er ernsthaft, dass sie den Förster besser kannte als er?

»Als Hausverwalter hatte er jedenfalls die besten Gelegenheiten, Elisabeth Fleischanderl ins *Leinzingerhaus* zu schaffen, sie dort zu misshandeln und zu töten«, fuhr Bergmann gnadenlos fort.

»Und sein Motiv?«, wiederholte Sandra, der keines einfallen wollte. Was jedoch nicht ausschloss, dass Georg Steinbauer ein Tatmotiv gehabt hatte. Immer, wenn ihr ein Mann gefiel, endete das früher oder später in einer Katastrophe. Diesmal womöglich sogar schon vor dem ersten Date. Ein neuer Rekord, aber wenigstens noch nicht so schmerzhaft wie sonst. Ohnehin musste sie sich zuerst einmal Hubert vom Hals schaffen, der sie gestern mit Anrufen und Nachrichten bombardiert, unaufgefordert besucht und um den Schlaf gebracht hatte.

Als sie am *Leinzingerhaus* vorbeikamen, registrierte Sandra abermals die beiden Vans der Tatortgruppe, die neben dem Hauseingang parkten, ehe sie auf die Zufahrt zum Kogelbauer-Hof auf der anderen Straßenseite abbog. Den Audi parkte sie auf derselben Stelle wie beim letzten Mal und schaltete den Motor ab. »Pass auf, dass du nicht wieder in die Scheiße trittst«, erinnerte sie Bergmann an sein letztes Missgeschick. Im übertragenen Sinn galt das auch für sie, wenn auch nicht auf diesem Bauernhof.

Die Landwirtin war nicht erfreut, die Ermittler wiederzusehen, und blieb in der Tür stehen. »Sie schon wieder«, empfing sie die beiden mit entsprechender Miene. Auch an diesem Tag hatte sie ihr Schürzenkleid an, trug jedoch einen schwarzen Pullover und ausgewaschene Jeans darunter, dazu dieselben braunen ausgelatschten Hausschlapfen wie letztens.

»Dürfen wir hineinkommen?«, fragte Sandra.

»Der Gustl ist beim Schnapsbrennen«, entschuldigte die Kogelbäuerin ihren Mann mit verschränkten Armen.

»Wir wollten ohnehin mit Ihnen sprechen«, sagte Sandra.

»Mit mir? Wieso? Ich weiß von nix«, versuchte Frau Stallhofer, die polizeiliche Befragung abzuwenden.

»Dennoch müssen wir Ihnen ein paar Fragen stellen.«

»Aha. Und wenn ich net reden mag?«

»Dann erhalten Sie in den nächsten Tagen eine Vorladung nach Graz«, erwiderte Bergmann achselzuckend.

Die Kogelbäuerin verdrehte die Augen und gab den Weg frei. »Na, dann kommen S' halt eini. Lang hab ich aber nicht Zeit. Ich muss der Oma ihr Abendessen fertigmachen und dann für uns kochen.«

Sandra bedankte sich und trat vor Bergmann über die Türschwelle.

»Schuhe ausziehn!«, kommandierte die Kogelbäuerin barsch. »Ich hab erst gestern den Boden aufg'wischt.«

Ihre Worte bescherten Sandra eine Gänsehaut, hätten sie doch glatt aus dem Mund ihrer peniblen Mutter stammen können, wenngleich die einen anderen steirischen Dialekt sprach. Die Bodenfliesen im Flur der Landwirtin sahen für sie nicht sauberer als vor zwei Tagen aus, was auch an dem altmodischen beige-braun gesprenkelten Muster liegen mochte. Noch dazu waren einige Fliesen gesprungen.

Wie bei ihrem letzten Besuch folgten sie der Kogelbäuerin auf Socken in die Küche, um auf der Sitzbank Platz zu nehmen. Auf der Arbeitsplatte lag allerlei Wurzelgemüse, das noch nicht fertig geschnitten war.

»Haben Sie sich das Foto der vermissten Frau schon angesehen, das wir Ihrem Mann geschickt haben?«, fragte Sandra, nachdem sie die Audioaufnahme mit ihrem Handy gestartet hatte.

Birgit Stallhofer schüttelte den Kopf. »Ich mag mir keine Toten anschaun«, sagte sie.

»Wer sagt Ihnen denn, dass die Frau tot ist?«, hakte Bergmann nach.

»Ja, ist das denn nicht die Kellerleich aus 'm *Leinzingerhaus*?«, fragte die Kogelbäuerin unbedarft.

Sandra hatte jedenfalls nicht den Eindruck, dass sich die Frau bei einer Lüge ertappt fühlte. Vielmehr schien sie den naheliegendsten Schluss zu ziehen. Oder sie wiederholte die Vermutung ihres Mannes, womit die beiden schlussendlich auch richtiglagen.

»Die Leiche wurde erst vor wenigen Stunden identifiziert«, sagte Bergmann und taxierte die Frau mit schmalen Augen. »Deshalb frage ich mich, woher Sie das wissen.«

»Halten S' mich für deppert?«, fragte die Kogelbäuerin kampflustig.

Sandra warf Bergmann einen warnenden Blick zu, damit er auf eine provokante Antwort verzichtete und die Befragung nicht eskalierte. »Sie haben recht, Frau Stallhofer«, sagte sie. »Bei dem Opfer aus dem *Leinzingerhaus* handelt es sich um die abgängig gemeldete Elisabeth Fleischanderl.« Sandra reichte ihr das Handy, auf dem das Fahndungsfoto zu sehen war. »Früher hat sie Höllerer geheißen – Elisabeth Höllerer. Sie hat …«

Birgit Stallhofer ließ das Handy wie eine heiße Kartoffel auf den Tisch fallen. »Hören S' auf!«, unterbrach sie Sandra und schlug die Hände vors Gesicht.

»War Frau Höllerer Ihre Erzieherin - damals im Kinderheim?«, fragte Sandra dennoch weiter.

»Sie solln aufhörn! Verschwinden Sie!«, zischte die Frau durch die Zähne. Die Farbe war aus ihrem Gesicht gewichen.

Sandra sah Bergmann ratlos an, als August Stallhofer in die Küche kam und sie begrüßte.

»Was is'n los?«, sprach er seine Frau an, als er bemerkte, dass sie wie versteinert dasaß. Eine Antwort blieb sie ihm schuldig. »Geht's schon wieder ums Kinderheim?«, traf er auf Anhieb ins Schwarze.

Birgit Stallhofer stand wortlos auf und stürmte aus der Küche.

Während Sandra ihr nachblickte, fragte sie sich, wie die Frau es ertragen konnte, in der Nähe der Stätte des Grauens ihrer Kindheit und Jugendzeit zu wohnen. Entweder hatte sie sich daran gewöhnt und blendete die Vergangenheit aus, wenn sie am *Leinzingerhaus* vorbeifuhr, oder der fortschreitende Verfall des Gebäudes stärkte die Gewissheit, dass der Schrecken endgültig vorüber war. Möglicherweise hatte sie nur darauf gewartet, eines Tages mit ihrer Peinigerin an genau jenem Ort abzurechnen, an dem diese ihr früher Schmerz und Leid zugefügt hatte. »Hat Ihre Frau schon einmal eine Therapie gemacht?«, fragte Sandra ihren Mann.

Der Kogelbauer hickste, als er mit den Schultern zuckte. Offenbar hatte er nicht nur Schnaps gebrannt, sondern diesen auch gleich verkostet. Oder hatte er bloß Schluckauf?

»Es gibt Entschädigungen für Opfer von Gewalt und Missbrauch in Kinderheimen«, fuhr Sandra fort. »Ich kann Ihnen gerne einen Kontakt zukommen lassen, an den sich Ihre Frau wenden kann, wenn Sie möchte.«

Erneut folgte Schulterzucken, diesmal ohne Schluckauf.

Bergmann zog sein Handy aus der Jackentasche und rief ein Foto auf, um es dem Landwirt zu zeigen. Der blickte sich vergeblich nach seiner Lesebrille um. Ungern, aber doch half ihm der Chefinspektor mit der eigenen Brille aus. »Besitzen Sie Kabelbinder, die so aussehen wie diese?«, wollte er wissen.

»Hm … Kann schon sein. Gibt's da leicht Unterschiede, außer bei der Größe und der Farb?«, antwortete August Stallhofer mit einer Gegenfrage.

Bergmann verzichtete auf eine Antwort, nahm seine Brille und das Handy zurück und steckte beides wieder ein.

»Wollts euch in meiner Werkstatt umschaun?«, bot ihm der Kogelbauer unaufgefordert an.

Das klang nach einem reinen Gewissen, dachte Sandra. Oder nach Bauernschläue, falls er in die Tat verwickelt war und die alten Kabelbinder aus derselben Charge längst entsorgt hatte. Letzteres traute sie ihm zwar nicht zu, aber auszuschließen war es auch nicht. Abgesehen davon fragte sie sich, ob Birgit Stallhofer die Tat ohne ihren Mann begangen haben konnte. Vielleicht gab es Komplizinnen, die ihr Schicksal teilten, kam ihr eine frühere Theorie in den Sinn. »Hat Ihre Frau noch Kontakt zu anderen ehemaligen Heiminsassinnen?«, fragte sie.

Der Kogelbauer schloss das aus. Soweit er wusste, war außer seiner Frau nur ein einziges Mädchen in der Gegend geblieben, das nach Sankt Stefan ob Stainz geheiratet hatte. Die beiden Frauen mochten sich aber nicht besonders. Außerdem sei die Kroiss Gitti im letzten Sommer verstorben. »Der Krebs hat's aufg'fressn.« Er seufzte, ehe er weitersprach. »An meiner Frau nagt er a scho.« Der Arzt gab ihr höchstens noch ein Jahr zu leben. August Stallhofer biss sich auf die Lippe und senkte den Blick, als wollte er Löcher in die großen lachsrosa Blüten auf der wasserabweisenden Tischdecke starren.

»Gitti Kroiss hat die Frau geheißen, die mit ihrer Frau damals im Kinderheim war?«, fragte Sandra nach. Wenn sie sich recht erinnerte, hatte der kahlköpfige Taxifahrer, dessen Mutter kürzlich verstorben war, denselben Nachnamen.

Der Landwirt bestätigte ihre Frage.

»Hatte Frau Kroiss einen Sohn, der Thomas heißt?«, fuhr sie fort.

»Ja, genau.« Der Thomas sei schon als Bub immer wieder abgepascht und irgendwann gar nicht mehr nach Hause gekommen. Angeblich war er drogensüchtig und sogar in der Justizanstalt Graz-Karlau inhaftiert gewesen. »Ob's stimmt, waß i net. Die Leut z'reißen sich ja gern das Maul.« Sicher wusste er hingegen, dass Thomas Kroiss im vergangenen Sommer heimgekommen war, als es mit seiner Mutter zu Ende ging. »Der Scheißkrebs der«, seufzte der Mann mit feuchten Augen.

Dass Thomas Kroiss noch immer hier war und fürs *Schilchertaxi* fuhr, erwähnte der Kogelbauer nicht, sondern starrte ins Leere.

»Haben Sie Elisabeth Höllerer gekannt?«, fragte Sandra. »Sie war Erzieherin im Kinderheim.«

»Nur flüchtig.« Seine Frau hatte ihm aber erzählt, dass die Höllerer die Allerschlimmste von ihnen gewesen sei. Und der Heimleiter stand ihr kaum nach.

»Herr Schmölzerl ist inzwischen verstorben«, bestätigte Sandra. »Und Frau Höllerer hat in den letzten Jahren im Seniorenheim in Stainz gewohnt.«

»Was?« Der Kogelbauer sah sie erstaunt an.

Seine Überraschung wirkte echt, fand Sandra. »Seit ihrer letzten Eheschließung hat sie allerdings nicht mehr Höllerer geheißen«, sagte sie.

»Das Monster hat no an Mann g'fundn?«, fragte August Stallhofer.

»Herrn Fleischanderl«, antwortete Sandra.

Auf einmal fiel dem Landwirt auch ein, woher er die Augen auf dem Fahndungsfoto kannte. »Dann war die Höllerer die Tote im Keller …«

Sandra nickte.

Der Kogelbauer lehnte sich zurück und hielt sich die Hand vor den Mund, ehe er weitersprach. »Die hätt scho vü frirer wer okragln solln«, meinte er, und niemand widersprach ihm.

»Können Sie sich an weitere Namen von Heiminsassinnen oder Erzieherinnen erinnern?«, fuhr Sandra fort. Möglicherweise waren andere ältere Frauen auch in Lebensgefahr, an denen der oder die Täter Rache üben wollten.

»Tuat ma lad«, bedauerte ihr Gegenüber. »Des is ewig her.«

»Aber Ihre Frau kann sich vielleicht noch erinnern«, ließ Sandra nicht locker.

Der Kogelbauer zuckte mit den Achseln. »Sie habn ja g'sehn, wie sie auf die altn G'schichten reagiert«, sagte er. »I brauch jetz a Schnapserl.«

»Können wir uns vorher noch die Kabelbinder in Ihrer Werkstatt anschauen?«, fragte Bergmann.

»Kommen S' mit!«, sagte der Landwirt und stand auf.

Dass in dem Schuppen, der ihm als Werkstatt diente, Ordnung herrschte, hätte Sandra nicht erwartet. Alle Kabelbinder waren fein säuberlich nach Größen, aber nicht farblich getrennt, in transparenten wiederverschließbaren Plastikbeuteln sortiert und in einer Schachtel verstaut. »Dürfen wir die mitnehmen? Sie bekommen sie später wieder«, versprach sie.

»I brauch s' eh grad net.«

Sandra bedankte sich und klemmte den Karton unter ihren Arm. »Vielleicht schaffen Sie es ja doch noch, Ihrer Frau ein paar Namen aus dem Kinderheim zu entlocken«, sagte sie. »Das könnte uns weiterhelfen.«

»Sie redt a mit mir nimmer drüber.«

Sandra nickte. »Wie gesagt: Sie könnte um psychologische Betreuung und um finanzielle Unterstützung ansuchen. Ich schicke Ihnen auf alle Fälle den Kontakt. Überlegen Sie es sich zumindest.«

Der Kogelbauer sah sie traurig an. Ob Birgit Stallhofer lange genug leben würde, um für ihre Qualen entschädigt zu werden, stand auf einem anderen Blatt Papier.

Die Ermittler verabschiedeten sich und verließen den Schuppen. In der Abenddämmerung leuchtete der Himmel orangerot, als stünde er in Flammen. »Und jetzt?«, fragte Sandra.

»Jetzt fahren wir zum Förster«, sagte Bergmann auf dem Weg zum Auto. »Ich will wissen, woher der Kabelbinder an seinem Schlüsselbund stammt.«

Sandra gab Georg Steinbauers Adresse ins Navi ein, der keine fünf Minuten vom Kogelbauer-Hof entfernt wohnte, und folgte dem Waldkeuschler Weg, während Bergmann sein Smartphone zur Hand nahm. »August Stallhofer hat sich heute erstaunlich gesprächig und kooperativ gezeigt«, sagte sie.

Bergmann nickte. »Der Mann kann einem wirklich leidtun mit dieser Funsen.«

»Sie aber auch. Die Frau ist schwer traumatisiert durch ihre Vergangenheit«, sagte Sandra. »Und jetzt ist sie auch noch todkrank.«

Bergmann blickte von seinem Handy auf. »Was bedeutet, dass sie nichts mehr zu verlieren hat. Bevor wir sie als Täterin überführen könnten und sie von einem Gericht verurteilt würde, hat sie wahrscheinlich schon das Zeitliche gesegnet.«

Sandra stimmte dem Chefinspektor zu. »Außer einem mutmaßlichen Tatmotiv und der Gelegenheit haben wir nichts gegen sie in der Hand.« Da sich der Tatzeitraum über mehrere Wochen erstreckte, ließen sich nicht einmal die Alibis der Verdächtigen lückenlos überprüfen. Die bisher einzige tatrelevante Spur waren diese Kabelbinder, die ausgerechnet zu Georg Steinbauer führten. Aber welches Motiv sollte der Förster haben, zermarterte sich Sandra erneut ihr Hirn.

Bergmann hielt sein Smartphone ans Ohr. »Servus, Anni«, begrüßte er die Kollegin und trug ihr auf, die Polizeiakte von Thomas Kroiss auszuheben. Außerdem sollte sie die Sterbefälle minderjähriger Mädchen abfragen, die zwischen 1967 und 1981 in der damals zuständigen Gemeinde verstorben waren.

»Was ist mit der Gästeliste der Alpenvereinshütten am Reinischkogel?«, fragte Sandra laut, als sie den Wagen vor den gelben Briefkästen abbremste und dem Navi auf eine geschotterte Sackgasse folgte, die am Waldrand entlangführte.

»Ist noch nicht eingelangt«, wiederholte Bergmann die Antwort der Kollegin. Er hörte Anni noch kurz zu und trennte dann die Verbindung.

Sandra fuhr auf die Lichtung am Ende der Straße zu. Das alte, renovierte Forsthaus war über einen gläsernen Gang mit einem ebenerdigen Holzquader verbunden. Die großen Glasflächen reflektierten die umliegenden Wiesen, den Wald und den Himmel im spektakulären Abendrot. Das leuchtende Spiegelbild verbarg den Blick in die Innenräume. Es musste sich wie Urlaub anfühlen, in dieser Waldidylle ohne unmittelbare Nachbarn zu wohnen, dachte sie. Dabei war das architektonische Glanzstück in Fallegg nur eine gute halbe Stunde von Graz entfernt. Sie stellte den Dienstwagen vor dem Doppel-Carport ab. Die Verkleidung aus schmalen, leicht verwitterten Holzlatten fügte sich optisch in den Wald ein. Im Carport stand der Land Rover von Georg Steinbauer, der 2021 geschieden worden und seither allein an dieser Adresse gemeldet war. So viel hatte Sandra inzwischen herausgefunden. Sie konnte jedoch nicht ausschließen, dass er eine Freundin hatte, die woanders wohnte. Aber das hatte die Ermittlerin nicht zu interessieren, solange es nicht fallrelevant war. Als sie zum Haupthaus gingen, um an der Haustür zu klingeln, vernahmen sie eine Männerstimme aus der anderen Richtung. Sie wandten sich um und erkannten den Förster, der in einer offenen Glastür stand und herüberwinkte.

Er begrüßte sie in einer cognacfarbenen Cordhose und einem olivgrünen Pulli, den er über einem karierten Hemd trug.

Sandra trat ihre Schuhe an der Schmutzfangmatte ab, die vor der offenen Glasschiebetür lag.

Der Hausherr bat sie, in den großen Wohnraum mit schiefergrauer Küche und Kochinsel, Essplatz und hellgrau-dunkelrot gepolsterten Sitzmöbeln einzutreten. »Wollen wir uns nicht hinsetzen?«, fragte er und bot ihnen Platz an seinem Esstisch an, während er die gläserne Schiebetür schloss.

»Nicht nötig«, meinte Bergmann grimmig und hatte bereits sein Smartphone in der Hand. »Schauen Sie sich dieses Foto an.«

»Gerne«, erwiderte Georg Steinbauer höflich und nahm das Handy entgegen.

»Wischen Sie noch eins weiter … Kommen Ihnen diese Kabelbinder bekannt vor?«, fragte Bergmann und behielt den etwas größeren Mann im Auge.

»Ja, aber was ist daran so besonders?«, fragte der Förster und vergrößerte das Bild auf dem Display.

»Sehen Sie die Nummer, die ins Plastik geprägt ist?«

Georg Steinbauer nickte. »Ja, und weiter?«

»Wischen Sie noch einmal nach rechts«, forderte ihn der Chefinspektor auf. »Erkennen Sie die Schlüssel?«

»Das dürften die Schlüssel vom *Leinzingerhaus* sein, um die mich der Polizist letzte Woche gebeten hat«, sagte der Förster und warf Sandra einen ratlosen Blick zu.

»Haben Sie die Schlüssel selbst zusammengebunden?«, wollte Bergmann wissen.

»Warum?« Der Förster schien noch immer nicht zu verstehen, worauf der Chefinspektor hinauswollte.

»Ja oder nein?«, beharrte er auf eine Antwort.

Georg Steinbauer bejahte seine Frage.

Bergmann nahm ihm das Handy ab. »Diese Kabelbinder gibt es nirgendwo mehr zu kaufen«, erklärte er ihm. »Es handelt sich um einen Restbestand. Dummerweise war die tote Frau Fleischanderl im Keller des *Leinzingerhauses* mit Kabelbindern aus derselben Charge gefesselt.«

»Ach, wirklich?«, stutzte der Förster. Er lehnte sich an der Kücheninsel an und verschränkte die Arme vor der Brust.

»Ja, wirklich«, knurrte Bergmann, der ihn mit finsterem Blick fixierte.

»Und jetzt halten Sie mich für den Mörder?«, fragte Georg Steinbauer. »Das ist ja absurd«, meinte er kopfschüttelnd.

»Finden Sie?«

»Ja.«

»Woher haben Sie die Kabelbinder?«

»Von einem Volksschulfreund. Sein Vater war zu Lebzeiten Elektroinstallateur in Greisdorf unten. Ich hab ihm vor ein paar Monaten geholfen, das Haus zu entrümpeln, nachdem seine Mutter gestorben ist. Sie erinnern sich doch bestimmt an den Taxifahrer mit der Glatze, der am Sonntag auch im Buschenschank war?«

»Thomas Kroiss«, sagte Sandra.

Der Förster nickte. »Der Thomas hat nicht gewusst, was er mit den vielen Kabelbindern machen soll und hätte den Großteil weggeschmissen. Also habe ich ihm welche abgenommen. Man kann sie ja für alles Mögliche verwenden. Als Schlüsselring zum Beispiel.«

Oder um jemanden damit zu fesseln, ihn zu quälen und zu töten, dachte Sandra. »Haben Sie den gesamten Restbestand mitgenommen?«, fragte sie.

»Nein, der Thomas hatte noch welche.«

Sandra verspürte Erleichterung, was sie sich jedoch nicht anmerken ließ. Es konnte demnach weitere Abnehmer für die Kabelbinder geben. Den Taxifahrer Amir Jamaluddin zum Beispiel, der die praktischen Kunststoffstreifen wiederum an seinen Freund Khalid Hashimi weitergeben hätte können, überlegte sie. Vielleicht waren auch welche beim Kogelbauer gelandet, wenngleich zwischen ihm und den anderen Männern kein persönlicher Kontakt bestand.

»Wissen Sie von anderen Abnehmern?«, hakte Bergmann nach, der offenbar ähnliche Überlegungen wie Sandra angestellt hatte.

»Am besten fragen Sie Herrn Kroiss und nicht mich«, riet ihm der Förster.

Bergmann nickte, nach wie vor grimmig.

»Würden Sie fürs Erste bitte Stillschweigen über unsere Unterhaltung bewahren?«, fragte Sandra.

»Sie können sich auf mich verlassen«, versprach ihr Georg Steinbauer.

»Darf ich Sie außerdem bitten, in den nächsten Tagen bei uns in Graz vorbeizuschauen, damit wir Ihre Aussage protokollieren können, die Sie anschließend unterschreiben müssten?«, fragte Sandra weiter.

Der Förster dachte kurz nach. »Passt es Ihnen morgen um 16 Uhr?«

Sandra bestätigte den Termin.

»Bringen Sie in Ihrem eigenen Interesse alle Kabelbinder mit, die Sie von Herrn Kroiss bekommen haben«, fügte Bergmann streng hinzu.

Georg Steinbauer nickte erneut. Er wirkte nachdenklich, als sie sich verabschiedeten.

10. März 1978

Ich bin gerade aus dem Krankenhaus zurückgekommen und soll ab Montag wieder in die Schule gehen. Außerdem bin ich wieder in der Küche eingeteilt, nicht mehr in der Waschküche, weil das zu anstrengend ist. Es ist viel passiert. Wo soll ich anfangen? Am besten bei der Faschingsparty letzten Monat.

Ich war als Hexe verkleidet und habe mich unbemerkt ins Zimmer von der Christine geschlichen, um mir mein Geld zu holen. Aber im Batteriefach vom Johnny war keines mehr, dafür neue Batterien. Eine Erzieherin muß sie dort hineingegeben und meine 120 Schilling gestohlen haben, bevor sie der Kleinen meinen Teddybären zu Weihnachten geschenkt haben. Ich wollte ihn gerade auf das Bett zurücksetzen und gehen, da ist plötzlich ein kleines Schneewittchen im Zimmer gestanden und hat zum Schreien angefangen. Ich habe die Christine in ihrem Faschingskostüm aufs Bett geschubst, mich auf sie draufgesetzt und ihr den Polster aufs Gesicht gedrückt, damit sie endlich still ist und zum Strampeln aufhört.

Auf einmal hat mich jemand von hinten gepackt und weggezerrt. Das Schneewittchen ist regungslos auf dem Bett gelegen. Ich schwöre, daß ich die Christine nicht umbringen wollte. Sie sollte doch nur stillsein!

Sie haben mich zum Herrn Schmölzerl gebracht. Der hat getobt, mich geohrfeigt und den Erzieherinnen aufgetragen, mich zur Strafe unter die eiskalte Dusche zu stellen und mich auszupeitschen. 25 Hiebe mit der Weidenrute. Noch schlimmer war das Wundbenzin, das sie mir anschließend auf der Krankenstation über die blutigen Striemen auf meinem Rücken gegossen haben. Aber ich war heilfroh, daß die Christine auch auf der Station ist und es ihr schon wieder viel besser geht. Ich habe mich auf der Stelle bei ihr entschuldigt.

Letzte Woche war ich dann noch einmal auf der Krankenstation, weil ich starke Blutungen hatte und in der Waschküche zusammengeklappt bin. Der Arzt hat mich untersucht und gleich ins Krankenhaus in Voitsberg mitgenommen. Dort habe ich dann zugeben müssen, dass ich mich selbst mit einer Stricknadel verletzt habe, weil ich das Kind wegmachen wollte. Für eine Abtreibung ist es schon zu spät und ich habe auch kein Geld dafür. Aber ich will dieses Kind nicht!

Der Herr Doktor wollte wissen, wer mich geschwängert hat, weil ich erst 13 Jahre alt war, als es passiert ist. Aber ich weiß es doch selbst nicht! Es kommen einige als Vater in Frage. Der Herr Schmölzerl, der Hans, der Günther, der Norbert und ein paar andere, von denen ich keine Namen kenne.

Ich wollte nicht, dass irgendjemand etwas davon erfährt. Schon gar nicht der Herr Schmölzerl, der mich wieder bestrafen wird. Aber der Herr Doktor hat gemeint, daß er den Heimleiter über meine Schwangerschaft informieren muß, der sie wiederum meinen Vormund melden wird. In meinem Fall ist das die Wiener Jugendwohlfahrt, die mich ins Heim in der Steiermark geschickt hat.

Aber es muß doch niemand wissen! Mir geht es gut und das Kind ist weg, habe ich geglaubt. Der Arzt hat den Kopf geschüttelt. Mein Baby hat offenbar einen sehr starken Lebenswillen, hat er gesagt.

Aber ich will es nicht! Er soll es wegmachen! Meine Bettnachbarinnen haben alle zu mir herübergeschaut, weil ich so hysterisch war, aber das war mir wurscht.

Ich sollte mich beruhigen. Es gibt für alles eine Lösung, hat der Herr Doktor gesagt. Und wehe, ich verletze mich noch ein-

mal selbst. Dann läßt er mich am Krankenbett festschnallen oder in eine Zwangsjacke stecken, bis das Baby auf der Welt ist.

Ich habe nichts mehr gesagt. Nur noch geheult und beschlossen, daß ich mich umbringen werde. Dann ist das Kind auch tot.

Heute ist es soweit. Ich werde noch einen Abschiedsbrief schreiben, damit sie wissen, daß ich im Grab von der Mutti beerdigt werden will. Nach dem Abendabwasch nehme ich mir das große Kochmesser aus der Küche mit, gehe zu meinem Versteck im Wald und schneide mir die Pulsadern auf. Bis mich wer findet, bin ich längst verblutet, erfroren oder beides. Die Mutti wartet bestimmt schon auf mich.

KAPITEL 20

Mittwoch, 15. November

Die Ermittler wurden bereits im Verhörzimmer erwartet. Sandra bedankte sich beim uniformierten Kollegen in der Ecke, der den Raum verließ, um vor der Tür zu warten. Der junge vollbärtige Mann saß mit Handschellen am Tisch und vermied es, sie anzublicken.

Bergmann zog das Mikrofon an der Decke hinunter und schaltete das Aufnahmegerät ein, bevor er sich neben Sandra setzte.

Sie las die Personalien ihres Gegenübers vor und nannte den Zeitpunkt der Vernehmung, um diese für das Protokoll aufzuzeichnen. Anschließend belehrte sie Khalid Hashimi ein weiteres Mal über seine Rechte. »Sie verzichten freiwillig auf einen Dolmetscher und auf einen Rechtsbeistand, Herr Hashimi?«, fügte sie der Ordnung halber hinzu.

Der junge Mann nickte.

»Bitte sprechen Sie Ihre Aussagen laut aus, damit wir sie hören. Die Vernehmung wird aufgezeichnet.«

Khalid Hashimi bejahte ihre letzte Frage, schaute sie aber noch immer nicht an.

»Warum haben Sie gestern versucht zu flüchten?«, fragte Sandra.

»Ich Angst, Sie mich abschieben.«

Ein weiteres Mal zum Verschwinden von Elisabeth Fleischanderl aus dem Seniorenheim befragt, wiederholte er erneut, was er bereits mehrfach ausgesagt hatte. Dabei wirkte er nervös und schwitzte.

»Frau Fleischanderl war als Patientin schwierig im Umgang, nicht wahr?«, hakte Sandra nach.

»Umgang? Nix verstehen.« Der junge Mann sah sie flüchtig an.

»Frau Fleischanderl war nicht sehr freundlich, oder?«, drückte sich Sandra einfacher aus.

»Sie böse Weib«, sagte er. »Ich aber immer gut zu ihr.«

»Sie tun sich keinen Gefallen, wenn Sie uns etwas verschweigen, Herr Hashimi«, sagte Bergmann streng. »Sie wollen doch in Österreich bleiben …«

»Frau Fleischanderl böse Weib.«

»Das sagten Sie bereits. Und weiter?«

Dem jungen Mann war anzumerken, dass er innerlich mit sich rang. Hätte es eine Fluchtmöglichkeit gegeben, wäre er wohl auf der Stelle wieder aufgesprungen und davongerannt. Aber diesmal hatte er keine Chance.

»Kommen Sie, Herr Hashimi. Ich sehe Ihnen doch an, dass Sie etwas belastet«, übernahm Sandra die Rolle des *Good Cop*, die ihr mehr lag als Bergmann.

Der junge Mann schluckte und gab sich tatsächlich einen Ruck. »Nach Mittagessen ich mit Frau gehen owi. Taxi warten vor Tür. Aber sonst ich nix tun!« Er hob die gefesselten Hände von der Tischplatte und zeigte ihnen die Schwurfinger seiner rechten Hand. Dabei lief ihm der Schweiß von der Schläfe in seinen dunklen Vollbart.

»Sie haben Frau Fleischanderl nach dem Mittagessen nicht in ihr Zimmer gebracht, sondern zum Taxi, das vor dem Heim auf sie gewartet hat«, fasste Sandra seine Aussage zusammen.

Khalid Hashimi nickte stumm.

»Wie bitte?«, setzte Bergmann nach. »Ich kann Sie nicht hören.«

»Ja, stimmt.«

»Wo wollte Frau Fleischanderl denn hinfahren?«, fragte Sandra weiter.

»Sie nix wollen. Amir sie holen.«

Sandra und Bergmann warfen einander Blicke zu. »Amir Jamaluddin?«

»Ja.«

»Und wo hat er Ihre Patientin hingebracht?«, fragte Sandra weiter.

»Zu Thomas. Kollege von Amir bei Taxi.«

»Thomas Kroiss?«

Auch diese Frage bejahte Khalid Hashimi. »Thomas sagt, alte böse Weib muss Strafe bekommen. Sie Kinder töten. Amir und ich nix sprechen, sonst Sachen packen und z'ruck nach Afghanistan.« Mit gefesselten Händen gestikulierte er den Abflug.

»Herr Kroiss hat Sie und Herrn Jamaluddin erpresst, nachdem Sie ihm einen Gefallen getan haben?« Wobei es sich bei einer Entführung um keinen Gefallen handelte, sondern um eine Straftat. Jeder Pflichtverteidiger hätte ihm das klargemacht, aber aus welchem Grund auch immer hatte er einen solchen abgelehnt.

»Erpresst, ja. Aber wir nix wissen, er töten Frau. Thomas sagt, bringen später wieder z'ruck in Heim.«

»Herr Kroiss hat sein Versprechen aber nicht gehalten«, sagte Sandra. Ohne den Altenpfleger wäre Thomas Kroiss kaum unbemerkt an sein Opfer im Seniorenheim herangekommen, überlegte sie. Aber warum hatte er auch noch seinen Taxifahrer-Kollegen als Komplizen eingespannt, anstatt die Frau selbst abzuholen? Wahrscheinlich wollte er nicht riskieren, von möglichen Augenzeugen der Entführung wiedererkannt zu werden, überlegte Sandra weiter. Außerdem hatte er damit beide Asylanten in der Hand, die Angst vor einer Abschiebung hatten. Mitgehangen, mitgefangen. Dass sich die beiden mit strafbar machten, sollte Thomas Kroiss ihre Verschwiegenheit garantieren. Aber seine Rechnung war nicht aufgegangen.

»Mir alles tut sehr leid«, sagte der junge Mann. »Nix wollen Afghanistan z'ruck.« Verzweifelt brach er in Tränen aus.

»Weiß sonst noch jemand Bescheid über die Entführung, außer Thomas Kroiss und Amir Jamaluddin?«, fragte Sandra. »Ihr Chef vielleicht?« Norbert Deutschmann hatte Brigitte Kroiss lange gekannt und vielleicht auch mitbekommen, was Elisabeth Fleischanderl ihr im Kinderheim angetan hatte.

Khalid Hashimi beteuerte, dass der Taxichef ein guter Mensch war und bestimmt nichts von der Entführung wusste.

Seine Mitwisserschaft ergab auch keinen Sinn, überlegte Sandra. Welchen Vorteil hätte Thomas Kroiss sich davon erwarten können?

»Und was haben Sie und Herr Jamaluddin beim *Leinzingerhaus* gesucht?«, unterbrach Bergmann ihre Gedanken.

»Wir nix dort«, schwor der Befragte beim Leben seiner Eltern in Afghanistan.

Der Kogelbauer konnte genauso gut andere dunkelhaarige, bärtige junge Männer gesehen haben, während er die Leinzingerwiese mähte. Ob es sich nun um Asylanten, *Urbexer* oder Touristen handelte. Vermutlich hatten diese gar nichts mit der Tat zu tun, die erst später geschehen war. Dennoch sollte Anni die Gäste der Alpenvereinshütten durchrufen und nach ungewöhnlichen Beobachtungen befragen. »Das haben Sie gut gemacht, Herr Hashimi«, bedankte sich Sandra. »Warten Sie bitte hier, bis das Protokoll fertig ist, das Sie dann noch unterschreiben müssen. Anschließend dürfen Sie nach Hause. Aber fahren Sie bis auf Weiteres nicht ins Ausland, ja?«

Der junge Mann sah sie aus verweinten Augen ungläubig an, ehe er hoffnungsfroh nickte. »Ich bleiben hier in Steiermark«, versprach er ihr hoch und heilig, und Sandra glaubte ihm.

Der Chefinspektor beendete die Tonaufzeichnung. »Kann Herr Jamaluddin Sie abholen, damit wir ihn auch gleich befragen können?«, schlug er vor. »Aber kein Wort über Ihre Vernehmung zu ihm, auch nicht zu Herrn Kroiss oder zu sonst jemandem. Haben wir uns verstanden?«

Khalid Hashimi nickte erneut und rief seinen afghanischen Freund an, um ihn in Anwesenheit der Ermittler auf Deutsch ins LKA zu bitten.

Zurück im Büro rief Bergmann erneut die Staatsanwaltschaft an, um einen Haftbefehl für Thomas Kroiss zu erwirken, während Anni mit der telefonischen Befragung der Hüttengäste begonnen hatte, die sich im Tatzeitraum am Reinischkogel aufgehalten hatten.

Sandra wartete, bis die Kollegin auflegte, um sich nach der Strafakte von Thomas Kroiss zu erkundigen.

Einige frühere Drogen- und Diebstahlsdelikte, für die er verurteilt worden war, hatte er durch Haftstrafen abgebüßt, berichtete Anni. Im Strafregister waren diese Straftaten längst getilgt, aber im Kriminalpolizeilichen Aktenindex schienen sie trotz Verjährung noch auf. Über Gewalttaten stand allerdings nichts in der Akte.

»Hast du die Daten aus dem Sterberegister auch schon ausgehoben?«, fragte Sandra.

Bergmann legte den Hörer auf und hörte zu, als Anni ihr von zwei weiblichen Personen berichtete, die im fraglichen Zeitraum minderjährig an der Adresse des Kinderheims an Krankheiten verstorben waren. »Eine Siebenjährige 1972 und eine Zehnjährige 1976.«

»Zwei tote Kinder innerhalb von 15 Jahren kommt mir nicht besonders viel vor«, sagte Sandra.

»Mir kommt diese Zahl sogar verdächtig niedrig vor«, wandte Bergmann ein. »Die Kindersterblichkeit war damals höher als heute.«

»Du hast recht«, sagte Sandra. »In den 1970ern ist nahezu jedes Kind an Windpocken, Mumps und Masern erkrankt, da es noch keine längerfristig wirksamen Impfungen gegeben hat.« Nicht selten führte das zu Komplikationen, manchmal sogar zum Tod. Dazu kamen andere Krankheiten, die damals noch nicht so gut behandelt werden konnten. Auch die Hygienestandards waren geringer und die Ernährung meist schlechter.

Bergmann nickte mit ernster Miene. »Ich werde Jörg bitten, das Grundstück am Tatort umzugraben«, sagte er und griff erneut zum Hörer.

Sandra schluckte bei dem Gedanken, dass dort Kinder begraben sein könnten. Ihr nächster Versuch, Thomas Kroiss zu erreichen, scheiterte abermals.

Während Anni die Vernehmung von Khalid Hashimi transkribierte und anschließend die Befragung der Hüttengäste fortsetzen wollte, traf Amir Jamaluddin ein, den die Ermittler ebenfalls vernahmen.

Seine Aussage deckte sich soweit mit der seines Freundes. Beide Männer unterzeichneten die Vernehmungsprotokolle und wurden unter der Auflage entlassen, sich für weitere Ermittlungen der Kriminalpolizei zur Verfügung zu halten und Stillschweigen zu bewahren.

Auch nach dem Mittagessen gelang es Sandra nicht, Thomas Kroiss zu kontaktieren. Von Norbert Deutschmann erfuhr sie, dass der Taxifahrer an diesem Tag unentschuldigt nicht zur Arbeit erschienen war und auch sein Chef ihn nicht erreichen konnte. Sollte er sich bis morgen Früh nicht bei ihm melden, wollte er eine Diebstahlsanzeige machen, um seinen Taxibus zurückzubekommen, mit dem der Fahrer zuletzt unterwegs gewesen war.

Sandra rief die Kollegen in der Polizeiinspektion Sankt Stefan ob Stainz an, die Thomas Kroiss an seiner Wohnadresse in Greisdorf aufsuchen und ihn zur Vernehmung nach Graz überstellen sollten. Jedoch trafen die Polizisten dort weder den Verdächtigen noch den verschwundenen Taxibus an, und auch seine Nachbarn wussten nicht, wo er sich aufhielt.

Sandras letzte Hoffnung war der Förster, der sich ohnehin für 16 Uhr im LKA angekündigt hatte, um die Kabelbinder vorbeizubringen und das Protokoll seiner Aussage zu unterschreiben. Doch Georg Steinbauer konnte ihr auch nicht weiterhelfen. Sie bat Anni, die Fahndung nach Thomas Kroiss und dem weißen *Schilchertaxi* mit Deutschlandsberger Kennzeichen einzuleiten.

Als Sandra später das Büro verlassen wollte, rief der Polizeikommandant aus Stainz an, um sie über einen Verkehrsunfall zu informieren. Unweit der Ölmühle in Herbersdorf war ein *Schilchertaxi* an einer unbeschrankten Bahnkreuzung mit dem *Stainzer Flascherlzug* kollidiert. Der Taxilenker war schwer verletzt. Zum Glück hatte er keinen Fahrgast an Bord gehabt.

»Handelt es sich um Thomas Kroiss?«, sprach Sandra ihre Vermutung aus, die der Kollege im Schilcherland prompt bestätigte.

Bergmann, der den Namen gehört hatte, blickte von seinem Bildschirm auf und lauschte interessiert.

Der schwer Verletzte war an der Unfallstelle reanimiert und anschließend in die Uniklinik nach Graz geflogen worden, berichtete der Kommandant weiter. Der Lokführer der Schmalspurbahn war mit leichten Blessuren ins LKH Deutschlandsberg eingeliefert, aber noch nicht vernommen worden, erfuhr Sandra und notierte sich seinen Namen. Die Fahrgäste des *Flascherlzugs* waren auf dieser Sonderfahrt mit blauen Flecken und dem Schrecken davongekommen und wurden gerade vor Ort befragt.

»War das wirklich ein Unfall oder ein Suizidversuch des Taxifahrers?«, erkundigte sich Sandra, wenngleich es vermutlich zu früh war, um eine Antwort auf diese Frage zu erhalten.

Und tatsächlich war es das auch. Augenzeugen des Unfalls schien es auf der wenig befahrenen Landstraße keine gegeben zu haben. »Könnt ihr bitte einen Zeugenaufruf über die lokalen Medien veröffentlichen? Vielleicht meldet sich doch noch der eine oder andere«, sagte Sandra.

»Wird gleich erledigt«, versprach der Bezirksinspektor.

Sandra bat ihn außerdem, die Gegenstände aus dem Unfalltaxi sicherzustellen und ins LKA schicken zu lassen. Auch das Wrack sollte nach der Verkehrsunfallaufnahme vor Ort zur forensischen Untersuchung nach Graz geschleppt werden. »Ja, morgen Früh reicht. Habt ihr seinen Arbeitgeber schon über den Unfall informiert? … Dann macht das bitte gleich. Und versiegelt das Haus von Thomas Kroiss. … In Ordnung … Ruf mich an, sobald es etwas Neues gibt.

Pfiat di!« Sandra beendete das Telefongespräch. »Thomas Kroiss ist bei einem Autounfall mit dem *Stainzer Flascherlzug* schwer verletzt worden«, verkündete sie, nachdem sie aufgelegt hatte.

»Im Ernst?«, fragte Anni erschrocken.

Sandra nickte.

»Was denn für ein Flaschenzug?«, fragte Bergmann.

»*Flascherlzug*«, korrigierte Sandra ihn. »Das ist die historische Schmalspurbahn, die entlang der Steirischen Ölspur im Kernölland zwischen Stainz und Preding verkehrt.« Seinen Namen verdankte der *Flascherlzug* einem Wunderdoktor namens *Höllerhansl* aus Rachling bei Stainz, dem seinerzeit der Ruf vorauseilte, Krankheiten aus dem Urin seiner Patienten diagnostizieren zu können. Deshalb reisten sie mit ihren Urinflaschen im Zug an. Heutzutage wurden in den bunten Waggons, die je nach Wochentag oder Anlass entweder von einer Diesel- oder einer Dampflok gezogen wurden, nur mehr Schilcher-Flaschen transportiert und während der Fahrt zur zünftigen Musik eines Ziehharmonikaspielers geleert. Aber das interessierte Bergmann gewiss nicht.

Stattdessen wiederholte Sandra alle wesentlichen Fakten, die der Kommandant ihr mitgeteilt hatte. »Und jetzt?«, fragte sie ratlos. Den Tatverdächtigen würden sie so bald nicht vernehmen können, falls er seine schweren Verletzungen überhaupt überlebte.

»Jetzt machen wir erst einmal Feierabend und schlafen drüber«, entschied Bergmann. »Morgen Früh ist Team-Besprechung. Ausgeschlafen fallen uns hoffentlich neue Ermittlungsansätze ein.« Er gähnte demonstrativ und fuhr seinen Rechner herunter.

Sandra blieb noch länger im Büro, um die Protokolle zu

vervollständigen und die Unterlagen für das Meeting am nächsten Morgen vorzubereiten, damit sie nicht noch früher aufstehen musste. Dann machte auch sie sich auf den Heimweg.

Als sie sich ihrem Wohnhaus näherte, war es in Huberts Wohnung finster. Anscheinend war er nicht zu Hause und würde hoffentlich nicht wieder ungebeten an ihrer Tür klingeln. Er hatte sich heute den ganzen Tag nicht bei ihr gemeldet. Im besten Fall hatte er sich mit der Trennung abgefunden.

26. März 1978

Vorgestern haben sie mich ins Heim zurückgebracht. Die Frau Höllerer hat mich ausgelacht, weil ich es noch nicht einmal schaffe, mich umzubringen. Dabei war ich fast schon tot. Ich habe die Mutti auf einer wunderschönen Blumenwiese mit tausenden bunten Schmetterlingen gesehen. Sie hat mir zugewinkt, und ich war so glücklich. Es war warm und hell, das Licht hat bis in mein Herz hineingestrahlt. Doch plötzlich war es wieder finster, als hätte jemand das Licht abgedreht oder die Karzertür zugemacht, und die Mutti war weg. Irgendwann bin ich im Spital aufgewacht.

Die Judith hat mir erzählt, daß mich das Fräulein Wegscheid bei der abendlichen Bettenkontrolle vermißt hat. In der Nacht zuvor hat die Judith geträumt, daß ich mich umgebracht habe, und sich große Sorgen gemacht. Deshalb hat sie mein Versteck im Wald verraten. Dort haben sie mich dann auch gefunden und in letzter Sekunde gerettet. Dabei wäre ich viel lieber bei meiner Mutti und den Schmetterlingen auf der Blumenwiese geblieben.

Gestern hat mich die Frau Höllerer zum Herrn Direktor geschickt. Ich habe gehofft, daß ihm mein Bauch schon zu dick ist und ich nicht wieder halten muß. Das Kind soll in drei Monaten zur Welt kommen. Ich werde es gleich nach der Geburt zur Adoption freigeben. Hoffentlich findet es gute Eltern, damit es nicht in ein Kinderheim muß. Hier darf es auf gar keinen Fall bleiben. Ein unschuldiges Baby an einem Ort wie diesem wäre schrecklich!

Der Herr Direktor war nicht allein in seinem Büro. Der Hans

ist bei ihm gesessen und hat Schilcher mit ihm getrunken. Der Doppler auf dem Schreibtisch war fast leer. Der Hans hat mir auf den Bauch gestarrt und sich erkundigt, wann das Baby kommen soll. Geburtstermin ist der 4. Juli. Ich soll so etwas nie wieder machen, hat er gesagt. Ob er die Schwangerschaft, meinen Abtreibungs- oder den Selbstmordversuch gemeint hat, weiß ich nicht. Vielleicht alles zusammen.

Der Herr Schmölzerl hat gesagt, daß sie eine Lösung gefunden haben, die für alle am besten ist. Der Hans wird mir jetzt einen Vorschlag machen. Wenn ich schlau bin, soll ich ihn annehmen. Dann hat er noch einen Schluck Schilcher getrunken, bevor er mir erklärt hat, was sie mit mir vorhaben. Vielleicht wird ja doch noch alles gut?

KAPITEL 21

Donnerstag, 16. November

»Das musst du dir anschauen, Sandra!« Bergmann sprach sie von seinem Schreibtisch an, als sie in der Früh das Büro betrat. Anni war noch nicht an ihrem Arbeitsplatz.

»Guten Morgen!«, betonte Sandra übertrieben, um dem Chefinspektor zu verdeutlichen, dass er sie nicht begrüßt hatte.

»Hm? Ja, Morgen!«, erwiderte Bergmann ungeduldig. »Jetzt komm schon her und schau dir das an«, wiederholte er, während er sie über seine Lesebrille hinweg streng ansah.

Konnte das nicht warten, bis sie sich einen Tee gemacht hatte? »Was gibt es denn so Dringendes?«, erkundigte sie sich. Erst einmal stellte Sandra ihren Rucksack unter dem Tisch ab und zog dann ihre Jacke aus, die sie an die Garderobe hängte.

»Das ist beinahe besser als jedes Geständnis«, murmelte Bergmann, vertieft in ein Notizbuch, das vor ihm lag.

»Was ist das?«, fragte Sandra und näherte sich seinem Schreibtisch. Jetzt erst fiel ihr auf, dass der Chefinspektor Einweghandschuhe trug und neben ihm eine Asservatenkiste mit Büchern stand.

Er presste die Luft durch seine geschlossenen Lippen und griff nach dem Kaffeehäferl, bevor er ihr antwortete. »Das sind Gittis Tagebücher. Sie hat 1977 mit dem Schreiben angefangen, als sie mit 13 Jahren ins Kinderheim geschickt worden ist. Mit einigen Unterbrechungen hat sie ihr Leben lang weitergeschrieben und erst kurz vor ihrem Tod damit aufgehört.« Bergmann trank einen Schluck Kaffee.

»Gitti?« Sandra war auf einmal hellwach. »Du meinst Brigitte Kroiss? Die Mutter von Thomas Kroiss?«

Der Chefinspektor stellte sein Kaffeehäferl ab und nickte. »Als Zögling am Reinischkogel hat sie noch Brigitte Sedlaczek geheißen. Der Heimleiter, dieser Franz Schmölzerl, hat sie und viele weitere Mädchen im Kinderheim regelmäßig vergewaltigt und sie auch noch für ihn anschaffen lassen. Gitti ist prompt schwanger geworden. Wobei sie selbst nicht gewusst hat, von wem das Kind ist. Entweder vom Heimleiter oder von irgendeinem Freier. Möglicherweise ist auch der Schulbusfahrer der leibliche Vater ihres Sohnes, den sie mit 14 Jahren zur Welt gebracht hat. Mit dem war sie immerhin befreundet und hatte freiwillig Sex.«

Sandra stand wie angewurzelt da und starrte auf ihren Chef herab. »Norbert Deutschmann?«

»Genau.«

»Und wenn Thomas Kroiss sein Sohn ist? Vielleicht hat er ihn deshalb als Taxifahrer beschäftigt. Womöglich weiß er sogar, dass er der Täter ist, und deckt ihn deshalb.«

Bergmann zuckte mit den Achseln. »Du kannst ihn ja fragen, ob er Thomas' biologischer Vater ist. Gitti wollte es jedenfalls bis zu ihrem Tod nicht wissen. Und geheiratet hat sie damals Hans Kroiss, einen ihrer Freier.«

»Der Elektroinstallateur aus Greisdorf, von dem die Kabelbinder stammen«, murmelte Sandra.

Bergmann nickte und trank noch einen Schluck Kaffee, ehe er fortfuhr. »Hans Kroiss war der rechtliche Vater ihres Sohnes. Ihre Ehe war dann aber nicht viel besser als das Heim«, erzählte er zähneknirschend und klappte das Tagebuch vor sich zu, um es zu den anderen in die Asservatenkiste neben seinem Schreibtisch zurückzulegen. »Dieser Hurenbock hat auch nach der Hochzeit regelmäßig das Kinderheim am Reinischkogel besucht, um dort kleine Mädchen zu ficken, bis es endlich zugesperrt worden ist«, berichtete er zornig. »Zu Hause hat er seine Frau vergewaltigt, den Sohn gedemütigt und beide windelweich geschlagen.«

Sandra ging vor der Kiste in die Knie. »Na servas«, kommentierte sie die kurze Zusammenfassung des Chefinspektors. »Hast du diese Tagebücher schon alle gelesen?« Überschlagsmäßig zählte sie an die 40 Bände.

Bergmann nickte. »Ich war heute schon sehr früh im Büro und bin Schnellleser, wie du weißt. Und jetzt könnte ich speiben«, sagte er noch immer wütend. »Lies die Bücher, damit du auf demselben Stand bist wie ich.«

Sandra schluckte. »Wo hast du die überhaupt her?«, fragte sie und hob die schwere Kiste auf.

»Vom Portier«, sagte Bergmann, während sie die graue Kunststoffbox zu ihrem Schreibtisch schleppte. »Die Asservaten aus dem Taxiwrack sind in aller Herrgottsfrüh für uns abgegeben worden. Die Tagebücher waren in einem Koffer im Taxibus. Ich habe sie behalten, damit wir sie vorab lesen können. Alle anderen Gegenstände, die nach dem Unfall sichergestellt wurden, befinden sich in der Kriminaltechnik. Auch ein Schlüssel vom *Leinzingerhaus*, den Thomas Kroiss offenbar mittels Handyfoto kopiert hat.«

»Warum waren die Tagebücher seiner Mutter im Taxi?«, wunderte sich Sandra.

»Weil sie vieles erklären«, antwortete Bergmann, der sich mit dieser Frage bereits beschäftigt hatte. »Auch die verkorkste Beziehung, die Brigitte Kroiss zeit ihres Lebens zu ihrem Sohn hatte. Entweder wollte er mit den Tagebüchern seiner Mutter untertauchen oder sie in den Tod mitnehmen, um der Nachwelt unter anderem sein Tatmotiv zu hinterlassen«, brachte er die frühere Suizidtheorie wieder ins Spiel. »Thomas Kroiss hat wohl schon befürchtet, dass wir ihm auf die Schliche kommen, nachdem er von seinem Kollegen Amir Jamaluddin erfahren hat, dass sein zweiter Komplize, Khalid Hashimi, festgenommen wurde.«

»Du hast recht. Das Eis war ziemlich dünn«, drückte Sandra es in ihren Worten aus. »Wie hat er Elisabeth Fleischanderl überhaupt gefunden, nachdem sie seit Jahrzehnten einen anderen Nachnamen hatte?«

»Seine Mutter ist ihrer ehemaligen Erzieherin zufällig beim Einkaufen in Stainz über den Weg gelaufen, kurz nachdem diese im Seniorenheim eingezogen ist. Sie hat ihre Peinigerin sofort wiedererkannt. Umgekehrt war das wohl nicht der Fall. Die Feinkostverkäuferin hat Frau Fleischanderl dann mit ihrem Namen angesprochen.« Diese traumatische Begegnung hatte Brigitte Kroiss ebenfalls ihrem Tagebuch anvertraut.

»Dann war es wohl nicht mehr allzu schwierig für den mutmaßlichen Täter, sein Opfer zu finden«, sagte Sandra. Stainz zählte nicht einmal 9.000 Einwohner. Sie zog Handschuhe an, bevor sie die Tagebücher anfasste. »Sind sie chronologisch geordnet?«, erkundigte sie sich.

»Sie sind auf den Buchrücken mit Monats- und Jahreszahlen versehen«, sagt Bergmann. Verschließbar waren sie nicht.

Sandra schlug den ersten Band auf, als Anni das Büro betrat.

»Guten Morgen!«, zwitscherte die Kollegin. »Entschuldigts bitte die Verspätung. Mein Bus ist ewig nicht dahergekommen.«

Die paar Minuten waren gar nicht der Rede wert, dachte

Sandra, sagte aber nichts außer »Guten Morgen«. Ein Lächeln wollte ihr nach dem Kurzbericht des Chefinspektors jedoch nicht mehr gelingen.

Bergmann stand auf. »Verschieb das Meeting auf 11 Uhr, Anni. Ich hol mir einen Espresso und ein Kipferl. Und du lies dir inzwischen die Tagebücher durch«, sagte er zu Sandra.

Sie folgte seiner Anweisung und vertiefte sich in die Zeilen, die ihr immer wieder aufs Neue Tränen in die Augen trieben. Die Verfasserin war schon als Kind durch die Hölle gegangen und dadurch emotional abgestumpft. Brigitte Kroiss war nicht mehr in der Lage gewesen, ihrem Sohn die Liebe zu schenken, die er so dringend von ihr benötigt hätte. Vielmehr lehnte sie das unerwünschte Kind, das höchstwahrscheinlich bei einer Vergewaltigung entstanden war, ab.

Dass Thomas früh zu Alkohol und Drogen griff, die Schule vernachlässigte und wiederholt von zu Hause weglief, wunderte Sandra nicht. Dass er mit 17 Jahren gar nicht mehr heimkam und auch später keinen Kontakt zu seinen Eltern suchte, war ebenfalls verständlich.

Erst als die Tage seiner krebskranken Mutter gezählt waren und sie sich von ihm verabschieden wollte, kehrte er nach Jahrzehnten wieder nach Hause zurück.

Sandra fragte sich, ob sich die beiden vor ihrem Tod noch ausgesprochen und versöhnt hatten. Das stand nämlich nicht mehr im letzten Tagebuch. Konnte der Sohn seiner Mutter verzeihen, nachdem er ihre schreckliche Vergangenheit kannte? Der Erzieherin, die indirekt auch sein Leben zerstört hatte, hatte er jedenfalls nicht vergeben können. Stattdessen hatte er sie für die Qualen bestraft, die sie seiner Mutter zugefügt hatte, war Sandra mittlerweile überzeugt.

»Um Gottes willen!« Auf sein Handy starrend riss Bergmann sie aus ihren Gedanken.

Vor lauter Lesen hatte Sandra gar nicht bemerkt, dass er wieder an seinem Schreibtisch saß. Umso mehr fiel ihr jetzt auf, dass die Zornesröte in seinem Gesicht blankem Entsetzen gewichen war. »Was ist denn los?«, fragte sie.

»Jörg hat Fotos vom Tatort geschickt«, sagte er mit brüchiger Stimme. »Sag das Meeting ab, Anni.«

Waren das Tränen, die in seinen Augen glitzerten?

Beide Frauen sahen ihn bestürzt an, als er berichtete, dass die Kollegen beim Graben auf skelettierte Überreste von Kindern gestoßen waren. Spätestens jetzt war auch Sandra übel. Es kostete sie einiges an Überwindung, die Tagebücher zu Ende zu lesen. Vorher jedoch griff sie zum Telefon, um Norbert Deutschmann anzurufen.

Thomas Kroiss war nicht sein Sohn, versicherte ihr der Taxiunternehmer, als sie ihn direkt darauf ansprach. Er konnte es sogar beweisen. Nachdem Brigitte verstorben war, hatte Thomas ihn um einen Vaterschaftstest gebeten, der negativ ausgefallen war. Nichtsdestotrotz war er über den Unfall seines Mitarbeiters zutiefst erschüttert und hoffte, dass er wieder ganz gesund werden würde. Das zu Schrott gefahrene Taxi ließ sich ersetzen. Für Sandra war Norbert Deutschmann damit vorerst entlastet.

Ehe sie sich wieder den Tagebüchern widmete, beschloss sie, auch noch Georg Steinbauer anzurufen.

Von dem schweren Unfall, den Thomas Kroiss verursacht hatte, wusste er längst Bescheid. Auch dass der Zustand seines Schulfreundes unverändert kritisch war, war ihm bekannt. Darüber hinaus bestätigte er, was Sandra vermutet hatte. Die Tagebücher von Brigitte Kroiss waren den beiden Männern beim Entrümpeln des Hauses in die Hände gefallen. Georg Steinbauer hatte sie nicht gelesen, aber Thomas Kroiss hatte es bestimmt getan.

Ob er eines Tages genesen und gestehen würde, was er Elisabeth Fleischanderl aus Rache angetan hatte, war ungewiss. So oder so mussten die Ermittler alle Fakten und Indizien zusammentragen, um den mutmaßlichen Täter auch ohne sein Geständnis überführen zu können.

»Ich möchte nicht aufdringlich wirken«, hörte Sandra den Förster am Telefon sagen. »Aber könnten wir uns vielleicht einmal privat treffen?«

Sandra zog Farbe auf, was er glücklicherweise nicht sehen konnte. Dennoch verbarg sie ihr Gesicht hinter dem Bildschirm, damit Bergmann sie nicht beobachten und später sekkieren konnte. »Ich melde mich so bald wie möglich bei Ihnen«, antwortete sie unverbindlich, um sich ihre Freude über seine Frage nicht anmerken zu lassen.

ENDE

DANKE FÜR DIE UNTERSTÜTZUNG UND / ODER INSPIRATION!

Hannes Rossbacher, Künstler und bester Ehemann seit 30 Jahren

Univ.-Prof. Dr. Eduard Peter Leinzinger, Gerichtsmediziner, Graz

Christine Höller, Petra Grinschgl und Sabine Krobath, *Hahnhofhütte*, Sommereben, Reinischkogel, Sankt Stefan ob Stainz

Fabian Bayr, *Weingut Buschenschank Trapl*, Lestein, Sankt Stefan ob Stainz

Gaby und Harald Florian-Schaar, *Meierei beim Stainzer Flascherlzug*, Stainz

Karl Dudek, Historiker, Pichling bei Stainz

Claudia Dunst-Mösenlechner, *CDM Incoming*, Stainz

Familie Goach, *Jagawirt*, Sommereben, Reinischkogel, Sankt Stefan ob Stainz

Florian Hubmann, *Kaufhaus Hubmann*, Stainz und Eibiswald

Stefan Klug, *Der Klugbauer*, Naturhotel, Fallegg, Reinischkogel, Sankt Stefan ob Stainz

Stefan Langmann, *Weingut und Buschenschank Lex Langmann*, Langegg an der Schilcherstraße, Sankt Stefan ob Stainz

Erika und Walter Lazarus, *Weingut und Buschenschank Lazarus*, Langegg an der Schilcherstraße, Sankt Stefan ob Stainz

Kathrin Messner, Hotel und Restaurant *Stainzerhof*, Stainz

Alois Rumpf, Redakteur & Pressefotograf, Gundersdorf, Sankt Stefan ob Stainz

Maria & Leo Steinbauer, Rassach, Stainz

Toni Wassermann, *Bioalm Wassermann-Wirt*, Sommereben, Reinischkogel, Sankt Stefan ob Stainz

GLOSSAR DER ÖSTERREICHISCHEN UND STEIRISCHEN AUSDRÜCKE UND ABKÜRZUNGEN

abposchen abhauen

Äitsch, das Buchstabe H für Heroin, englisch ausgesprochen

Am, dam, des Auszählreim, der auch beim Gummihüpfen aufgesagt wird. Von 1975 bis 1993 gab es in FS1 (heute ORF eins) eine gleichnamige Kindersendung.

(an)pumpern (an)klopfen

autochthon einheimisch

A-Zug/B-Zug In der früheren Hauptschule in Österreich (heute Neue Mittelschule) war der A-Zug den leistungsstärkeren Schülern vorbehalten, der B-Zug den schwächeren.

Bettzeug, das Bettwäsche

Brüstl, das Schweinsbraten vom vorderen Stück des Schweinebauchs, für die Buschenschankjause fein aufgeschnitten und kalt mit Schwarzbrot serviert

Carla, die	Sachspendenladen der Caritas
derrisch	schwerhörig, taub
Detschn, die	Ohrfeige
Doppler, der	Zweiliterflasche, früher gängig vor allem im Weinverkauf, jetzt wieder im Kommen
Eierschwammerl, das	Pfifferling
entrisch	unheimlich, gruselig
fetzen, sich	raufen
frali	freilich, natürlich
Funs(e)n, die	unattraktive, unangenehme Frau, aber auch ein schwaches Licht bzw. eine mickrige Flamme
Gatsch, der	Matsch
Gatschlacke, die	Matschpfütze
Gault Millau-Haube, die	renommierte Auszeichnung des gleichnamigen Restaurantführers analog zu Michelin-Stern
Giftler, der	Drogensüchtiger

Gogl, der	Freier einer Prostituierten
Graffl, das	wertloses Zeug, Kram
Greibl, das	(altes) Fahrzeug, Maschine
hinterfotzig	durchtrieben
Jogltisch, der	Bauerntisch aus Holz mit einer Fußleiste
Käfer-bohne, die	Feuerbohne, auch Prunkbohne, arabische oder türkische Bohne, deren braun gesprenkeltes Aussehen an einen Käfer erinnert
KAGes, die	Abkürzung für Steiermärkische Krankenanstaltengesellschaft m.b.H.
Kalksburg	umgangssprachlich für die renommierte Suchtklinik (heute Anton-Proksch-Institut) am gleichnamigen Standort, der ein Stadtteil von Liesing im 23. Bezirk von Wien ist; auch für das private Gymnasium (Kollegium Kalksburg) bekannt
Keischn, die	*Keusche*; heruntergekommene/s Haus bzw. Hütte
Klumpert, das	wertloses, unnützes Zeug
Koschpl, die	Früher wurden die Küchenabfälle am Land mit etwas Abwaschwasser vermengt (Geschirrspülmittel wurde noch nicht ver-

	wendet, höchstens etwas Soda dem heißen Wasser zugesetzt) und an die Schweine verfüttert.
KPU, die	Abkürzung für Kriminalpolizeiliche Untersuchungen; Assistenzbereich im LKA, für die Gewinnung von Sachbeweisen zuständig
Kren, der	Meerrettich
kudern	kindisch lachen, kichern
Lacke, die	Pfütze
liegen gehen	schlafen gehen, zu Bett gehen
Menscha, die	Mädchen (Plural); *Mensch, das* (Singular)
Mischung, die	Schorle; mit Mineralwasser gemischtes Getränk (mit Sodawasser aufgesprudelt ist es ein *gespritztes* Getränk oder *Spritzer)*
okragln	*abkrageln*; an den Kragen gehen, erwürgen
Ölspur, die	Die *Steirische Ölspur* folgt der Spur des steirischen Kürbiskernöls durch alle Gemeinden des Bezirks Deutschlandsberg. Dazu zählen *Ölspur*-Bauern und Ölmühlen ebenso wie *Ölspur*-Wirte und Partnerbetriebe, die sich dem »Grünen Gold der

Steiermark« verschrieben haben.

pempern Geschlechtsverkehr haben

PIWIs, die Abkürzung bzw. Begriff für pilzwiderstandsfähige Rebsorten, die eine besonders hohe Widerstandskraft gegen Pilzbefall aufweisen und deshalb kaum Pflanzenschutz benötigen

rean weinen

Rexglas, das Einmachglas, Weckglas

Rexi, der Biskuitkuchen mit frischen Beeren bzw. (Kastanien-) Creme im *Rexglas* serviert

Schandi, der steirischer Ausdruck für Gendarm, heute Polizist

den Schein zupfen den Führerschein abnehmen

Scherzküberl, das Witzbold

Schilchersturm, der teilweise gegorener Most aus der Blauen Wildbacher-Traube; in Deutschland als Neuer Wein oder Federweißer bekannt

Schippel, das Büschel

schmähstad	wortkarg, sprachlos
Schneeballen, die	süßes Gebäck
Schnürlsamthose, die	Cordhose
schepfn	*schöpfen;* hier: arbeiten
Schwarzbeere, die	wilde Waldheidelbeere
Schwedenbombe, die	Schaumkuss
Sparefroh, der	Werbefigur einer Bank, die in den 1970er-Jahren in Österreich besonders populär und damals namentlich bekannter als der amtierende Bundespräsident war
Steirerkrone, die	Steiermark-Ausgabe der auflagenstarken österreichischen Kronen Zeitung
Stoasteirisch, das	steirischer Dialekt
Tocker, der	Trottel, Depp
tögeln	verdreschen, zusammenschlagen
Toilettetascherl, das	Kulturbeutel
Tschick, der	Zigarette

Tutteln, die	Titten
UHU, der	hier: Klebstoffmarke, die in Österreich als Synonym bzw. generisch verwendet wird
Verhackert(s), das	Brotaufstrich aus luftgeselchtem, fein gehacktem Speck, Schmalz, Salz und Pfeffer
vernadern	verpetzen, verraten
veroarschen	auf den Arm nehmen, veräppeln
vü frirer	viel früher
Watschn, die	*Watsche*; Ohrfeige
Wie der Herr, so 's G'scherr	Wie der Herr, so der Knecht. oder auch: Der Apfel fällt nicht weit vom Stamm.
zerkugeln, sich	übermäßig lachen
zwider	grantig, schlecht gelaunt

QUELLEN

»Verwaltete Kindheit« – Der österreichische Heimskandal; Georg Hönigsberger/Irmtraud Karlsson, Kral Verlag, 2013

Jetzt reden wir! – Ehemalige Heimkinder erzählen; www.heimkinder-reden.at

Alois, Christine, Edith, Erwin, Günther, Hanni, Heidi, Herbert, Hermine, Irene, Luggi, Michaela, Rosi und Sonja

Interviews: Horst Schreiber

Statistik Austria – www.statistik.at

Weitere Titel finden Sie auf den folgenden Seiten und im Internet:

WWW.GMEINER-VERLAG.DE

LKA-Ermittler Sandra Mohr und Sascha Bergmann ermitteln:

1. Fall: Steirerblut
ISBN 978-3-8392-1136-6

2. Fall: Steirerherz
ISBN 978-3-8392-1243-1

3. Fall: Steirerkind
ISBN 978-3-8392-1396-4

4. Fall: Steirerkreuz
ISBN 978-3-8392-1536-4

5. Fall: Steirerland
ISBN 978-3-8392-1683-5

6. Fall: Steirernacht
ISBN 978-3-8392-1926-3

7. Fall: Steirerpakt
ISBN 978-3-8392-2044-3

ISBN 978-3-8392-2264-5

8. Fall: Steirerquell
ISBN 978-3-8392-2265-2

ISBN 978-3-8392-2441-0

9. Fall: Steirerrausch
ISBN 978-3-8392-2414-4

10. Fall: Steirerstern
ISBN 978-3-8392-2593-6

11. Fall: Steirertanz
ISBN 978-3-8392-2861-6

12. Fall: Steirerwahn
ISBN 978-3-8392-0198-5

13. Fall: Steirerwald
ISBN 978-3-8392-0511-2

14. Fall: Steirerzorn
ISBN 978-3-8392-0733-8

Weitere Titel von Claudia Rossbacher:

Enter ermittelt
ISBN 978-3-8392-1371-1

Enter ermittelt in Wien
ISBN 978-3-8392-1877-8

Wer mordet schon in der Steiermark?
ISBN 978-3-8392-1775-7

SOKO Graz – Steiermark
ISBN 978-3-8392-2078-8

Hillarys Blut
ISBN 978-3-8392-2516-5

Drehschluss
ISBN 978-3-8392-2709-1

Lieblingsplätze in der Steiermark
ISBN 978-3-8392-0387-3

GenussSpur Steiermark
ISBN 978-3-8392-2517-2